Armin Strohmeyr

George Sand

Armin Strohmeyr

George Sand

Glauben Sie nicht zu sehr an mein satanisches Wesen

Biografie

HERDER

FREIBURG · BASEL · WIEN

HERDER spektrum Band 6814

MIX
Papier aus verantwortungsvollen Quellen
FSC www.fsc.org
FSC® C083411

Aktualisierte und überarbeitete Neuausgabe des Buches »George Sand. Glauben Sie nicht zu sehr an mein satanisches Wesen. Eine Biografie«

www.herder.de

Satz: Arnold & Domnick, Leipzig
Herstellung: CPI books GmbH, Leck

Printed in Germany

ISBN 978-3-451-06814-0

für Christoph

Inhalt

»Von Musik und Rosenrot umgeben«
Herkunft und Kindheit

Das Kind kommt zu Klängen eines Contredance zur Welt.

Die Mutter, in einem rosenfarbenen Kleid, hat eben noch zu den Melodien einer Cremoneser Geige ausgelassen getanzt. Da entschuldigt sie sich und geht in ihr Zimmer, gefasst und ruhig. Keiner der Anwesenden ahnt die Niederkunft. Wenige Minuten später verlässt eine Verwandte den Tanzsaal, um nach der jungen Frau zu sehen. Kurz darauf hört man sie rufen: »Kommen Sie, kommen Sie, Maurice! Sie haben eine Tochter.«

Maurice Dupin – der Vater des Kindes – und seine Freunde laufen hinüber, um den neuen Erdenbürger zu bestaunen. Das Kind ist kräftig und gesund. In den Umständen der Niederkunft sieht die Tante ein gutes Omen: »Ihre Geburt war von Musik und Rosenrot umgeben, sie wird glücklich sein!« Man einigt sich auf den Namen Amantine-Aurore-Lucile. Aurore wird der Rufname. Sehr viel später wird sich Aurore ein männliches Pseudonym zulegen, unter dem sie zu Weltruhm gelangt: George Sand.

Man schreibt den 1. Juli 1804. Die Szenerie: Paris, im Hause begüterter Landadliger und gehobener Bürger. Es ist das letzte Jahr der französischen Republik. Bereits im Dezember wird Napoléon Bonaparte sich selbst zum Kaiser der Franzosen krönen. Französische Truppen sind über halb Europa verteilt. Bonaparte kürt und verwirft seine Vasallen in den europäischen

Ländern. Jeglicher Widerstand wird mit Hilfe seiner als unbesiegbar geltenden Armeen gebrochen. Der französische Staat steht im Zenit seiner Macht.

Doch im Innern der französischen Gesellschaft zeigen sich Brüche und Verwerfungen. Auch durch Aurores Familie gehen sie. Die Republik hat zwar die Gleichheit der Bürger durchgesetzt und die Privilegien des Adels abgeschafft, aber das hindert die Aristokratie nicht, ihre Vorurteile und Standesdünkel zu pflegen. Aurore jedenfalls trägt das Stigma des unstandesgemäßen Bastards, geht es nach dem Urteil ihrer adligen Großmutter väterlicherseits, der Dame Marie-Aurore Dupin de Francueil. Die Mutter des Kindes ist nämlich eine Bürgerliche, eine von zweifelhaftem Ruf.

Doch beweist Madame de Francueil damit ein kurzes Gedächtnis. Denn auch in ihrem Stammbaum gab es eine missliche Liaison. Ihr Urahn ist zwar kein Geringerer als der sächsische Kurfürst August II., genannt der Starke. Er, dem man mehrere hundert Bastarde nachsagt, zeugte auch einen mit der Gräfin Aurora von Königsmarck. Nach ihr hat die kleine Aurore den Namen erhalten, und vielleicht von ihr auch die Gabe der Schriftstellerei. Gräfin Königsmarck war Autorin von Opernlibretti und geistlichen und galanten Gedichten. Nach Dresden, an den sächsischen Hof, kam sie 1694, um wegen des ungeklärten Verschwindens ihres Bruders Philipp vorstellig zu werden. Hier gelangte sie bald in unmittelbare Nähe des sächsischen Kurfürsten und polnischen Königs August und empfing von ihm einen Sohn, Moritz. Über diese Verhältnisse hat Aurore Dupin alias George Sand später, in ihren 1854 erschienenen Memoiren *Geschichte meines Lebens* berichtet. Sie hat dies in aller Ausführlichkeit getan: Mehr als ein Viertel der eintausendsechshundert Seiten umfassenden Autobiografie widmet sich den Lebenswegen ihrer Ahnen. Für ihren Ururgroßvater August von Sachsen hat George Sand kein freundliches Wort übrig. Er sei »der größte Wüstling seiner Zeit« gewesen, bemerkt sie harsch. Und mit einer Mischung aus Abscheu und Verehrung schreibt sie über seine Mätresse als von »der großen, gewandten Kokotte, vor welcher Karl XII. [von Schweden] zurückwich, so dass sie sich an Furchtbarkeit einer Armee überlegen glauben konnte«. Freilich wurden Kriege nicht nur am Hofe ausgefochten, Bündnisse nicht nur in den fürstlichen Betten geschlossen. Das Soldatenhandwerk bot für einen Bastard die beste Möglichkeit, aus dem Schatten seiner Herkunft herauszutreten, und so wurde Moritz, legitimierter Graf von Sachsen, Offizier im Heer seines Vaters. Er kämpfte in verschiedenen Kriegen gegen die Franzosen, Schweden und Polen und unter Kaiser Karl VI. sogar gegen die Türken. Die Idee eines nationalen Heers war der damaligen Zeit noch fremd, und so bereitete es Moritz von Sachsen keine Gewissensbisse, später in französische Militärdienste zu treten. Für Louis XV. kämpfte er im Polnischen Thronfolgekrieg und im Österreichischen Erbfolgekrieg und erwarb sich große Verdienste. Er wurde schließlich zum »Marschall von Frankreich« ernannt. So berühmt Moritz von Sachsen als Feldherr war, so berüchtigt war er als Frauenheld – vielleicht auch das ein Erbe seines fürstlichen Vaters. Mit einer schönen Pariserin, Marie Rainteau, die unter dem Namen Madame de Verrière als galante Dame und »Dienerin der Musen« in den Pariser Salons brillierte, in Wahrheit jedoch nur die Tochter eines Limonadenhändlers war, zeugte der Feldmarschall eine Tochter. Sie wurde auf den Namen Marie-Aurore getauft und erst mit fünfzehn Jahren, lange nach dem Tod des Marschalls, als dessen Kind legitimiert, weshalb sie sich nun »de Saxe«, »von Sachsen« nennen durfte. Ebendiese Marie-Aurore de Saxe war die Großmutter George Sands und hegte wegen der Herkunft ihrer Schwiegertochter so großen moralischen und ständischen Dünkel.

Marie-Aurore de Saxe war eine jener Frauengestalten, in denen das galante Frankreich, die Epoche Louis' XV. und XVI., seine allerletzte, überfeinerte Steigerung erfuhr. Bildnisse zeigen sie als Frau mit edlen Gesichtszügen, großen Augen, die Stolz und ein wenig Überheblichkeit ausstrahlen, makelloser weißer Stirn, einer hohen Turmfrisur à la Marie-Antoinette und mit weit ausgeschnittenem Dekolletee. Dabei war sie keineswegs leichtsinnig oder frivol. Im Gegenteil: Sie wurde in einem Kloster streng religiös erzogen und früh verheiratet, an einen Grafen de Horn. Früh verwitwet, kehrte sie in das Haus ihrer Mutter zurück, um mit knapp dreißig Jahren nochmals zu heiraten, den bereits zweiundsechzigjährigen Louis-Claude Dupin de Francueil. Der Ehe entsprang Maurice, der Vater George Sands. Von dieser pflichtgemäßen Fortführung der Linie abgesehen, war die Verbindung, auch hinsichtlich des fortgeschrittenen Alters Dupins, eher eine platonische, und zwar im schönsten Sinn: Die Eheleute teilten ihre Leidenschaft für Literatur, Malerei, Musik, für gutes Essen und ein heiteres und geselliges Leben auf Schloss Raoul in Châteauroux in der Region Berry. Der eklatante Altersunterschied scheint Marie-Aurore nicht berührt zu haben. George Sand überliefert die Worte der Großmutter: »Ein Greis liebt besser als ein junger Mann [...]. Und dann, war man wohl jemals alt in jener Zeit? Die Revolution hat erst das Alter in die Welt gebracht. Dein Großvater, mein Kind, war schön, elegant, fein, heiter, liebenswürdig, herzlich und von immer gleicher Laune bis zur Stunde seines Todes.«

Dupin, Generalsteuereinnehmer des Herzogtums d'Albret, verdiente gut. Dennoch reichten seine Einkünfte nicht aus, um die aufwendige und sorglose Lebensführung auf Dauer zu finanzieren. Ein Pastellporträt zeigt ihn bezeichnenderweise nicht als Amtsperson, sondern mit der Malerpalette vor einer Leinwand – ein den Künsten verschriebener Dilettant des schönheitstrunkenen Ancien Régime, der nicht nur malen konnte, sondern auch Geigen und Uhren baute, Möbel schreinerte, dichtete und komponierte. Mit Stil vollzog sich auch der Ruin Louis-Claude Dupins. Seine Frau erzählte der Enkelin hiervon: »Das Unglück war nur, dass er bei der Übung dieser Talente, bei den mannigfaltigen Versuchen, die er anstellte, sein Vermögen durchbrachte; aber ich sah nur die Lichtseite, und so richteten wir uns auf die liebenswürdigste Weise zugrunde.« Der finanzielle Niedergang konnte den Großvater in seinem Gleichmut nicht stören. »Man wusste aber auch zu leben und zu sterben in jener Zeit«, berichtet Madame de Francueil, »wer das Podagra hatte, ging trotzdem rüstig einher, ohne Gesichter zu schneiden, und verbarg sein Leiden aus gutem Ton. Man war auch nicht durch Geschäfte eingenommen – was die Häuslichkeit verdirbt und den Geist schwerfällig macht. Man wusste sich zugrunde zu richten, ohne etwas davon merken zu lassen, wie großartige Spieler, die verlieren, ohne Besorgnis oder Wunsch.« Als es mit Louis-Claude Dupin de Francueil dem Ende zuging – er starb glücklicherweise drei Jahre vor der Französischen Revolution –, nahm er seiner Frau auf dem Sterbebett das Versprechen ab, noch möglichst lange zu leben und das Dasein zu genießen. Ein nobler Zug, der leider außer Acht ließ, dass sie zu dieser Lebensführung bislang jährlich sechshunderttausend Livres benötigt hatten, die jedoch in der Kasse eigentlich gar nicht vorhanden waren.

Marie-Aurore Dupin de Francueil stand als achtunddreißigjährige Witwe vor dem Bankrott – zumindest aus ihrer Sicht. Ihr »Ruin« bestand in einer jährlichen Zins- und Ertragsrente von fünfundsiebzigtausend Livres. Sie zog daher einen Schlussstrich unter ihr luxuriöses Dasein, zahlte die Gläubiger aus und ging nach Paris. Hier widmete sie sich der Erziehung ihres Sohnes Maurice. Wie sein Großvater, der Feldmarschall, von dem er den Namen hatte, sollte Maurice auf die Offizierslaufbahn vorbereitet werden. Er schien dafür geeignet zu sein, konnte er doch Pferden und der Fechtkunst mehr abgewinnen als dem trockenen Stoff der Schulbücher. Obwohl Maurice von dem Arzt und Schulmeister François Deschartres unterrichtet wurde, der später auch noch die kleine Aurore unter seine Fittiche nehmen sollte, lag der Hauptanteil der Erziehung doch bei der Mutter. Und wie viele Alleinerziehende war wohl auch Madame Dupin von dem jungen Springinsfeld überfordert. Sie verabscheute körperliche Züchtigungen und setzte ganz auf Güte, Einsicht und Nachsicht – was Maurice offensichtlich ausnutzte. George Sand schreibt später über ihren Vater: »Dieser künftige Held war ein schwächliches, schrecklich verzogenes Kind.«

Maurice wurde als Jüngling kräftiger und gesünder, und so sollte seiner militärischen Laufbahn nichts entgegenstehen. Zwar erschütterte die Revolution das Land, aber Soldaten werden immer gebraucht. Die Republik sah einem Offizier den »Makel« des Adels gerne nach, wenn er nur auf ihrer Seite stand. Nicht ganz so glimpflich gingen die revolutionären Wirren an Madame de Francueil vorüber.

Hochbepackte Kutschen, auf deren Wagenschlag das adlige Wappen vorsichtshalber ausgekratzt worden war, rollten damals über die Landstraßen in Richtung Deutschland. Andere Aristokraten setzten sich über den Ärmelkanal nach England ab. Etliche Unglückliche, besonders aus dem Dunstkreis des Versailler Hofes, bezahlten ihr Schranzentum mit dem Tod auf dem Schafott. Madame Dupin de Francueil hingegen blieb und harrte der Dinge. Die Sansculotten drangen schließlich in ihre Wohnung ein und durchsuchten alles nach geheimen, konterrevolutionären Dokumenten und unerlaubten Luxusartikeln. Man fand – wie anders bei einer Dame mit Geschmack? – Silberbesteck. Grund genug für den aufgehetzten Mob, sie einzusperren. Es gab zu jener Zeit viele Unglückliche, denen eine

Kleinigkeit zum Verhängnis wurde. Es gab aber auch Adlige, denen eine List oder der blinde Zufall zu Hilfe kam. Bekannt ist die Geschichte von Gustav Graf von Schlabrendorff, der in der Conciergerie einsaß. Als die Schergen kamen, um ihn zur Hinrichtung zu führen, log er, er finde seine Stiefel nicht, und meinte, er könne sich ja wohl nicht auf Strümpfen zum Schafott begeben. Den Henkersknechten leuchtete das ein, sie entfernten sich, um ihn anderntags zu holen. Am nächsten Morgen jedoch lag eine andere, aktuelle Liste aus; Graf Schlabrendorff wurde schlicht vergessen.

Madame Dupin de Francueil hatte ein vergleichbares Glück: Sie saß bereits seit neun Monaten im Gefängnis, als Robespierre gestürzt und hingerichtet wurde – die Revolution fraß ihre eigenen Kinder. Madame de Francueil wurde daraufhin freigelassen und zog sich aus der Stadt zurück.

Ihr Zufluchtsort war Schloss Nohant im Berry, gut zweihundert Kilometer südlich von Paris. Sie hatte den zweigeschossigen Landsitz, mehr ein Gutshof als ein repräsentatives Schloss, ein Jahr zuvor mit den restlichen Mitteln ihres großzügig bemessenen »Ruins« gekauft. Auf dem Lande ging vieles noch seinen althergebrachten Gang. Die Bauern waren in Gegenden, in denen die Armut nicht ganz so bitter war, gutmütig und ihrer Herrschaft meist treu ergeben. Daran änderte auch die Revolution nur wenig. Madame Dupin de Francueil stand bei den Dörflern bald in gutem Ruf. Auch Aurore alias George Sand wurde später von den Landleuten – Arbeitern, Handwerkern und Bauern – mit anhänglicher Hochachtung bedacht. Man sah im Adel, obgleich die Stände nach der Revolution rechtlich weitgehend gleichgestellt waren, weniger die alten Ausbeuter und Tunichtgute als die »Patrons«, die für Recht und Ordnung sorgten, die Arbeitsplätze boten und die man in schwierigen Belangen des öffentlichen Lebens um Rat oder gar Schlichtung anging.

Madame Dupin de Francueil ließ das erst unter Louis XVI. errichtete Gebäude renovieren, pflanzte einen Weinberg und einen Park, legte Laubengänge und Gewächshäuser an. Nohant wurde ein kleines Schmuckstück, ein Refugium in stürmischer Zeit. Keiner konnte damals ahnen, dass es bereits dreißig Jahre später zu einem Zentrum des französischen Geisteslebens werden sollte.

Der junge Maurice war so besessen vom Wunsch, ein berühmter Offizier zu werden, dass es ihn wenig scherte, wenn das in Diensten einer republikanischen Armee geschah. Er meldete sich zwanzigjährig freiwillig und nahm bald an den Kriegszügen Napoléon Bonapartes am Rhein und in Italien teil. Dort lernte er im Jahre 1800 die siebenundzwanzigjährige Sophie-Victoire Delaborde kennen. Sie stammte aus ärmlichen Verhältnissen: Ihr Vater war Vogelhändler in Paris und verkaufte auf den Brücken der Seine Kanarienvögel und Stieglitze. Sophie-Victoire war eine schöne, aufgeweckte und lebensfrohe Person, zu lebensfroh für die Konventionen der Zeit. Sie begleitete – wohl als eine Art Marketenderin – das französische Revolutionsheer und hatte bereits mehrere uneheliche Kinder zur Welt gebracht, von denen allerdings nur eines, das Mädchen Caroline, überlebte. Maurice störten Herkunft und schlechter Leumund der jungen Frau nicht. Die Liebe war stärker als jeder Standesdünkel – fast wie die Geschichte aus einem Kolportageroman. Immerhin war auch Maurice kein Mensch von Traurigkeit; auch er hatte aus der Verbindung mit einer Dienstmagd einen unehelichen Sohn, den ein Jahr zuvor geborenen Hippolyte.

Trotz der gesellschaftlichen Umwälzungen der Revolutionszeit war die Verbindung von Maurice Dupin de Francueil und Sophie-Victoire Delaborde natürlich unstandesgemäß. Madame de Francueil, die Herrin von Nohant, musste notwendigerweise entsetzt reagieren, obwohl die Geschichte der eigenen Abkunft ebenfalls nicht »unbefleckt« war. Nicht von ungefähr verheimlichten die beiden Liebenden ihre Beziehung, bis sie nicht mehr zu verheimlichen war. Aurore Dupin alias George Sand jedenfalls hat sich ihrer Herkunft nie geschämt. »Man ist nicht allein das Kind seines Vaters, man ist, wie ich glaube, auch ein wenig das seiner Mutter«, schreibt sie unumwunden in ihren Lebenserinnerungen. Sie fügt sogar stolz hinzu, sie stehe durch ihr Blut dem einfachen Volk nahe. Diese Äußerung ist keineswegs Koketterie. Auch wenn George Sand zeitlebens finanziell und gesellschaftlich begünstigt war, empfand sie doch nie Berührungsängste gegenüber Arbeitern, Bauern und Dienstleuten und setzte sich auch für deren Rechte und bessere Lebensbedingungen ein.

Als Aurore Dupin am 1. Juli 1804 geboren wird und ihre Tante ihr ein glückliches Leben voraussagt, steht diesem Glück zunächst die Großmutter entgegen. Bereits drei Wochen zuvor hat sie heimlich versucht, die zwischen ihrem Sohn und Sophie-Victoire geschlossene Ehe für ungültig erklären zu lassen – ohne Erfolg, denn beide Ehepartner sind volljährig, und die Republik hat gegen Verbindungen aus unterschiedlichen Ständen nichts einzuwenden. Wie soll sich das junge Paar verhalten? Der Großmutter die Geburt des Kindes verbergen? Sie brieflich aufklären? Es auf eine Konfrontation ankommen lassen? Aurore ist bereits acht Monate alt, da greift Maurice zu einer List, um das Herz seiner zwar dünkelhaften, aber nicht kalten Mutter zu erweichen. Als sie einmal in Paris weilt, fährt Maurice, das Kind im Arm, zu ihrer Wohnung und übergibt Aurore der Pförtnerin, wobei er ihr tuschelnd Anweisungen erteilt. Die Pförtnerin klopft kurz darauf an die Tür von Madame de Francueil: »Sehen Sie mal, Madame, welch' hübsches kleines Mädchen ich hier habe. Ich bin ihre Großmutter; ihre Amme hat sie mir heute gebracht, und ich bin so glücklich darüber, dass ich mich keinen Augenblick von ihr trennen kann.« Madame ist von dem Kind entzückt, nimmt es auf den Schoß und hätschelt es. Da sieht sie ihm genauer in Gesicht und Augen und erschrickt. »Sie täuschen mich, dies Kind gehört nicht Ihnen!«, sagt sie entrüstet zur Pförtnerin, »es sieht Ihnen nicht ähnlich – ich weiß, ich weiß, was es ist!« Doch die kleine Aurore, erschrocken über die plötzliche Schärfe in der Stimme der Großmutter, beginnt zu weinen. Da bricht der Widerstand in Madame de Francueil: »Das arme Kind! Seine Schuld ist es ja nicht! ... holen Sie meinen Sohn und lassen Sie mir das Kind.« Nach erfolgter Aussöhnung und offizieller Anerkennung von Sophie-Victoire als Schwiegertochter gehen die Generationen wieder ihre eigenen Wege. Maurice zieht erneut in den Krieg, seine Frau und das Kind bleiben in Paris in einer kleinen Mansardenwohnung, Madame de Francueil fährt nach Nohant zurück. Die Versöhnung mit der Schwiegertochter schließt eine tiefere Zuneigung aus; das Leben auf dem Schloss soll durch solch Unliebsamkeiten nicht gestört werden – zunächst jedenfalls nicht.

Aurore lebt mit ihrer Mutter und der Halbschwester Caroline in Paris. In der Rückerinnerung der erwachsenen Frau werden die ersten Kinderjahre als Nährboden der späteren schriftstellerischen Fantasie betrachtet. Sie entsinnt sich eines Rundtanzes, wozu ein Nachbarskind ein Liedlein singt: »Wir gehen nicht mehr in das Holz, / Die Lorbeerbäume sind gefällt.« Naive Verse, die jedoch bei der etwa vierjährigen Aurore melancholische Gefühle und träumerische Trauer über den Verlust eines Zauberwaldes auslösen. »Wer kann die Sonderbarkeiten des Kindesalters erklären?«, räsoniert George Sand noch viel später. Sie sagt dies nicht besserwisserisch, nicht spöttisch, sondern in ehrlichem Staunen über die Geheimnisse der Kindheit. Und sie verteidigt diese halbdunklen Mysterien, etwa den Glauben an den Weihnachtsmann, denn »die Vernunft und der Unglauben kommen früh genug und von selbst«. Zugleich jedoch verurteilt sie die Unart mancher Erwachsener, kindliche Furcht als pädagogisches Mittel zu missbrauchen, und nennt hierfür ein Beispiel aus der eigenen Kindheit. Einmal ist die Mutter mit der kleinen Aurore in der Abenddämmerung unterwegs. Auf den Champs-Élysées zündet eine alte Frau die Petroleumlaternen an. Aurore, die eben im Trotzalter ist und der Mutter nur schwer folgt, bleibt stehen und sieht neugierig zu, während die Mutter demonstrativ und mit pädagogischer Absicht ein Stückchen weitergeht, als wolle sie das Kind zurücklassen. Da sagt das alte Laternenweib zu dem Mädchen: »Nimm dich in Acht vor mir – ich nehme die kleinen unartigen Mädchen mit und sperre sie die ganze Nacht in die Laterne.« Das Grauen Aurores über den dummen Spruch der Alten ist groß. »Ich erinnere mich nicht, je wieder ein ähnliches Entsetzen empfunden zu haben [...]«, schreibt George Sand. Und tadelnd mahnt sie ihre Leser: »Die Furcht ist, glaube ich, das größte moralische Leiden der Kinder. Sie zu zwingen, den Gegenstand, der ihnen Furcht einflößt, nahe zu besehen oder zu berühren, ist ein Heilmittel, mit dem ich nicht einverstanden bin.«

Außerhalb der kindlichen Welt nimmt das Grauen seinen Lauf: Der Krieg brandet an allen Fronten. Nur scheinbar ist Napoléon auf dem Gipfel seiner Macht, denn in manchen Regionen regt sich Widerstand gegen den Kaiser und die von seinen Gnaden berufenen Stellvertreter. In Spanien, wo Napoléons Bruder Joseph regiert, kommt es mit englischer Unterstützung zu einer breiten Volkserhebung gegen die Besatzer. Zusätzliche Truppen werden aus Frankreich nach Spanien verlegt. Auch Maurice Dupin, inzwischen persönlicher Adjutant von Napoléons Schwager Murat, nimmt an dem Feldzug auf der Iberischen Halbinsel teil. Im April 1808 bricht die hochschwangere Sophie-Victoire gemeinsam mit Aurore nach Spanien auf, um nach der Niederkunft in der Nähe ihres Mannes zu sein. Die wochenlange Reise wird zur Strapaze. Endlich kommen sie in Madrid an, wo der Vater im Palast des Prinzen von Asturien wohnt. Sophie-Victoire wird von einem Sohn entbunden. Doch lange können sie die Ruhe nicht genießen Anfang Juli – der Volksaufstand bricht wieder los – müssen sie nach Frankreich zurück. Sie kommen durch verwüstete Landstriche, sehen am Wegrand Leichen, verbrannte Dörfer, zerstörte Städte. Sie müssen in verdreckten Herbergen zusammen mit Soldaten, Bauern und fahrenden Leuten schlafen. In solch einer Lagerunterkunft stecken sich die Kinder mit der Krätze an. Juckende Pusteln, worin die Milben ihre Gänge graben, und grindiger Schorf bedecken Hände und Füße, Kopf und Hals.

Völlig erschöpft, fiebrig, die Kinder »zwei regungslose, brennende Klumpen«, langen sie endlich in Nohant an, bis Paris reicht die Kraft nicht mehr. Da geschieht das Unerwartete: Die sonst so reservierte Großmutter nimmt sie nicht nur auf, sie kümmert sich sogar liebevoll, ohne Ekel und Angst vor einer Ansteckung, um ihre kranken Enkel. Sie trägt Aurore in ihr Schlafzimmer und legt sie in ihr eigenes Bett. Es ist Aurores erster Besuch in Nohant, und der gute und fürsorgliche Empfang wird zum Omen für den guten Geist dieses Hauses. Trotz des Fiebers betrachtet die Vierjährige das Zimmer der Großmutter mit Staunen: »Dies Bett und dies Zimmer, dessen Dekorationen damals noch neu waren, erschienen mir wie ein Paradies. Die Wände waren mit großgeblümtem Kattun überzogen, alle Möbel waren aus der Zeit Louis' XV. Das Himmelbett hatte große Federbüsche an den vier Ecken, doppelte Vorhänge, eine Menge Schnitzwerk, Kissen und Garnierungen, deren Pracht und Feinheit mich in Erstaunen setzten. Ich wagte nicht, mich an einem so schönen Ort behaglich niederzulassen, denn ich war mir bewusst, wie viel Ekel ich einflößen musste, und fühlte mich dadurch sehr gedemütigt.«

Aurore wird mit Schwefelsalbe behandelt und gesundet bald, ihr kleiner Bruder jedoch stirbt. Dennoch wird die erste Begegnung mit Nohant zur glücklichen Episode: Sie lernt ihren Halbbruder Hippolyte kennen, ein lustiger, dicklicher Knabe. Beide verstehen sich sofort, und Aurore steht ihm in nichts nach. Gemeinsam erkunden sie Haus und Park, kneten aus Erde und Wasser »Kuchen« und verstecken sie im Backofen. Sie freuen sich diebisch, wenn die Mägde Brot backen wollen und die schmierigen Dreckklumpen aus dem Ofen herauskratzen müssen. »Ich bin niemals mutwillig gewesen«, stellt George Sand später richtig, »denn ich bin von Natur nicht schalkhaft. Ich war eigensinnig und herrschsüchtig, weil ich von meinem Vater sehr verzogen war, aber ich tat nichts mit Vorbedacht und war nie verstockt.«

Doch in die ländliche Idylle bricht die Nachricht vom Tod des Vaters herein. Maurice Dupin stirbt nicht, wie er vielleicht gehofft hat, den »Heldentod«, sondern an den Folgen eines banalen Reitunfalls. Er ist gerade einmal dreißig Jahre alt. Was soll Sophie-Victoire nun tun? Sie tut zunächst gar nichts und bleibt mit den Kindern in Nohant, das ist am bequemsten. Nicht jedoch für Madame de Francueil. Zwar mag sie ihre Enkelkinder, kommt jedoch mit der Schwiegertochter nicht zurande. Insgeheim ist Sophie-Victoire für sie noch immer das gefallene Frauenzimmer mit dunkler Vergangenheit. Auch möchte die Großmutter ihre Enkelin Aurore gerne nach eigenen Grundsätzen erziehen. Deschartres, der schon Maurice unterrichtet hat, wird verpflichtet. Schließlich, im Januar 1809, willigt Sophie-Victoire ein und tritt die Vormundschaft für Aurore an die Großmutter ab. Im Gegenzug erhält sie eine kleine Rente. Dann kehrt sie nach Paris zurück, um sich um ihre andere Tochter zu kümmern. Aurore bleibt in Nohant. Aus heutiger Sicht vielleicht ein etwas erpresserischer Coup einer besitzergreifenden Großmutter. Aurore jedenfalls ist lange Zeit über die Trennung von der Mutter untröstlich. Im ersten erhaltenen Brief, drei Jahre später entstanden, schreibt sie an ihre Mutter, die zu Besuch gewesen und eben im Begriff ist, nach Paris zurückzufahren: »Wie leid es mir tut, Dir nicht mehr Lebewohl sagen zu können! Du siehst, welchen Kummer ich leide, Dich wieder hergeben zu müssen.«

Die Zeit des bloßen Umherstreunens ist vorbei. Madame de Francueil will aus dem Kind eine kleine, gebildete und wohlerzogene Dame formen. So zumindest wünscht sie es sich und rechnet dabei nicht mit dem Witz und der Dickschädeligkeit ihrer Enkelin.

»*Mademoiselle ist wirklich* fürchterlich«
Wegsuche

Zumindest anfangs scheint die Rechnung der Großmutter aufzugehen. Sie ist in ihrer Erziehungsmethode ganz eine Figur des aufgeklärten 18. Jahrhunderts, das nach rationalistischen Prinzipien denkt und handelt und Kinder als kleine Erwachsene sieht. Das »Jahrhundert des Kindes«, wie es die schwedische Pädagogin Ellen Key in ihrem berühmten Buch von 1900 fordert, ist damals jedenfalls noch lange nicht angebrochen. Aurore wird wie eine Adlige des Ancien Régime erzogen. Sie darf nicht nach Herzenslust umherspringen, denn das ist einer Dame unangemessen. Sie darf nicht laut lachen, denn nach alter christlicher Überlieferung ist das Lachen etwas Teuflisches. Sie darf nicht mehr den Dialekt des Berry sprechen, denn damit würde sie sich dem niederen Stand gleichstellen. Selbst vom eigenen Gesinde soll sie sich distanzieren, indem sie nicht die Küche betritt. Alle Dienstmädchen, selbst die, die das Mädchen kurz zuvor noch mütterlich auf dem Schoß hatten, müssen nun »Sie« zu der siebenjährigen Aurore sagen. Selbst die Großmutter spricht ihre Enkelin so an: »Liebe Tochter, Sie halten sich wie eine Verwachsene; liebe Tochter, Sie gehen wie ein Bauernmädchen; liebe Tochter, Sie haben schon wieder die Handschuhe verloren; liebe Tochter, Sie sind zu groß, um so etwas zu tun!« Umgekehrt besteht Madame de Francueil darauf, von Aurore in der dritten Person tituliert zu werden: »Will mir Großmama erlauben, in den Garten zu gehen?«

Aurore empfindet diese Verkünstelung als Misshandlung. Sie vermisst schmerzlich die Mutter, betrachtet deren Fernsein als Verrat. Der großmütterlichen Gewalt fügt sie sich, aber nur nach außen. Sie puppt sich ein, versucht ihr Denken, ihre Empfindungen unverfälscht für sich zu bewahren. Man kann einem siebenjährigen Kind vermeintlich seinen Willen aufzwingen, die Sehnsucht jedoch lässt sich so leicht nicht abtöten. So auch bei Aurore: Sie verzehrt sich nach einem kindgerechten, natürlichen Dasein. Erst später, als erwachsene Frau, findet sie Worte dafür: »Ich bebte, wenn ich draußen einen Hund bellen hörte oder wenn ein Vogel im Garten sang; ich wäre gern der Hund oder der Vogel gewesen.«

Vielleicht wäre all das noch zu ertragen, hätte sie in ihrem Leben ein Gegengewicht. Wie alle Kinder ist sie wissbegierig. Sie will lesen und schreiben lernen, die Welt und ihre Zusammenhänge durchschauen, doch dazu bräuchte sie die einfühlsame Hand eines Pädagogen. Aber einige ihrer Lehrer erweisen sich nur als kauzige Naturen, die das Kind mit unnötigem Ballast quälen. Da ist der Schreiblehrer, ein Monsieur Loubens. Eine schöne und sichere Handschrift gehört damals mit zum Wichtigsten, sie ist eine Visitenkarte. Also hat Loubens allerhand Apparaturen entworfen, um die Haltung des Schülers zu kontrollieren und zu korrigieren, denn seiner Anschauung nach muss alles »graziös« getan werden. Aurore wird in eine Art offenes Korsett gezwängt, das aus Fischbein, Lederriemen und Draht gebastelt ist. Sich diesen Mechanismus bildhaft vorzustellen, wirkt komisch, obwohl es für die »Delinquentin« Aurore der vielfache Anlass zu Tränen gewesen sein mag. Sie selbst berichtet über dieses Foltergerät: »1) für den Kopf, eine Art Krone von Fischbein; 2) für Körper und Schultern, einen Gürtel, der hinten mittels einer Schnur an der Krone befestigt war; 3) für die Ellbogen, einen hölzernen Stab, der am Tisch befestigt wurde; 4) für den Zeigefinger der rechten Hand, einen Messingring, an welchen noch ein kleinerer Ring gelötet war, durch den man die Feder steckte; 5) für die Haltung der Hand und des kleinen Fingers, eine Art Sockel von Holz mit Falzen und kleinen Rollen.« *Einen* Nutzen hat der Apparat immerhin: Er bessert Monsieur Loubens' klägliches Salaire auf, denn wie die meisten Schulmeister seiner Zeit kann er vom Unterrichten allein nicht leben. Also stellt er den Eltern der Schüler seine angeblich unentbehrlichen Erfindungen in Rechnung.

Aurore hat noch andere Lehrer, und nicht alle sind so unfähig und überflüssig. Sie lernt zeichnen und Klavier spielen – für eine junge Dame von Stand von enormer Wichtigkeit, weniger um der Liebe zur Musik denn um der gesellschaftlichen Konvention willen. Immerhin stellt sich Aurore nicht ungeschickt an, wenngleich ihre Musikalität nicht außergewöhnlich zu nennen ist. Dass sie später mit den beiden berühmtesten Klaviervirtuosen ihrer Zeit, Franz Liszt und Frédéric Chopin, befreundet sein wird, hat freilich andere Gründe.

Wichtigster Lehrer ist und bleibt der alte Deschartres, der bereits ihren Vater unterrichtet hat. Er tut sein Möglichstes, nach bestem Wissen und Gewissen, so könnte man sagen. Aber auch er ist zu sehr Kind seiner Zeit, als dass er neuere pädagogische Ansätze, wie es sie damals bereits gibt, anwenden könnte. So stopft er Aurore wahllos mit Wissen voll, ohne es hinsichtlich der Anwendung im Leben zu hinterfragen. Das Mädchen muss alles auswendig lernen: lateinische Vokabeln, ohne die Zusammenhänge dieser Sprache zu verstehen; arithmetische Leitsätze, obwohl sie keinerlei Begabung für die Mathematik hat; Tausende von Versen, ohne den Inhalt und die Schönheit der Dichtung vermittelt zu bekommen. »Man lernte«, so Aurore später, »um mit unterrichteten Leuten plaudern zu können, um die Bücher zu verstehen, die man in den Schränken hatte, und um die Zeit auf dem Lande oder sonst wo zu töten.«

Unterdessen hat Napoléon die Schlachten von Leipzig und Waterloo verloren. Sein Sturz ist endgültig, er wird von den Engländern auf die Insel St. Helena im Atlantischen Ozean verbannt. Auf dem Wiener Kongress wird die europäische Landkarte neu gezeichnet: Frankreich verliert die nach 1792 eroberten Gebiete. Überall auf dem Kontinent festigen die autokratischen Herrscherhäuser ihre Macht, versuchen, mit strengen Reglementierungen das Rad der Geschichte zurückzudrehen, als hätte es nie die Ideen der Aufklärung und der Revolution gegeben. Es ist dies die Geburt des Überwachungsstaates als System. Die Restauration, wie sie gemeinhin euphemistisch genannt wird, pervertiert zur Reaktion. In Frankreich besteigt der Bourbone Louis XVIII., der Bruder des guillotinierten Königs, den Thron. Für ein offizielles Staatsgemälde lässt er sich in Haltung und Ornat wie die absolutistischen Herrscher einer längst untergegangenen Zeit porträtieren. Heute fragt man sich, ob Louis sich selbst ernst nehmen konnte oder ob er sich insgeheim nicht als Imitat der Historie vorkam? Aber offensichtlich überwog die Ignoranz jeglichen Zweifel.

Aurore liest von all diesen Umbrüchen in der Zeitung. Persönlich bekommt sie nichts davon mit. Zu fern ist das Berry von den Zentren der Macht, zu abgeschirmt und behütet ist das Mädchen aus gutem Haus. Ihrer Großmutter ist die rückwärtsgewandte Entwicklung nicht unrecht. Madame de Francueil ahnt nicht, dass sie – eine Verkörperung des 18. Jahrhunderts – jemanden heranzieht, der später einmal als glühender Verfechter der Republik sogar ins politische Tagesgeschehen eingreifen wird. Seltsam auch, dass Aurore, von ihrem Lehrer Deschartres über die Freuden des Besitzes unterrichtet, damals – mehr aus Widerspruchsgeist denn aus Überzeugung – die Gleichheit der Stände verteidigt und den Gemeinbesitz fordert. »Kommunismus« nennt sie dreißig Jahre später diese Utopie, dass alles allen gehören solle. Die Ursprünge dieser Haltung mögen tatsächlich im Kindesalter liegen, in ihren Disputen mit Deschartres. Doch ist die Grenze zwischen Wahrheit und Selbststilisierung nicht genau zu ziehen.

Trotz des konventionellen Unterrichts regt sich in Aurore früh ein leidenschaftliches Interesse für Geschichte und Literatur. Ihre Einbildungskraft entzündet sich an den bunten Gemälden der Historie. Früh fängt sie an, selbst zu fabulieren, Geschichten zu erfinden, fortzuspinnen und auszuschmücken. Mit zwölf Jahren macht sie erste Schreibversuche: Landschaftsschilderungen und Stimmungsbilder. Diese frühen literarischen Schritte lassen sie unbefriedigt, ohne dass sie selbst zu sagen vermag, woran es mangelt. Die Worte selbst, so erkennt sie jedenfalls, kommen den beschriebenen Gegenständen nicht gleich. Noch nicht. Denn zugleich dämmert ihr, dass ihr noch die Reife des Ausdrucks, die Geläufigkeit des Handwerks, die Erfahrung des Lebens fehlen. Aber dennoch regt sich in ihr das unabwendbare Bedürfnis, weiterzuschreiben. Sucht? Bestimmung? Das Schreiben wird sie von da an nicht mehr loslassen. Sie selbst gesteht später: »Der Beruf des Schreibens ist eine ungestüme, fast unzerstörbare Leidenschaft. Wenn sie sich eines armen Kopfes bemächtigt hat, kann sie nicht mehr zum Stillstand gebracht werden.« Der Rückzug ins Schreiben, in die schriftliche Fassbarmachung hat nicht nur rein poetische Gründe, sondern offenbart auch ein religiöses Bedürfnis. Aurore, wie alle jungen Menschen über Sinn und Zusammenhänge des Lebens grübelnd, erschafft sich in ihren Fantasien eine metaphysische Ersatz- und Idealwelt. Der Herkunft nach katholisch erzogen, vermag doch keiner, weder die Großmutter noch Deschartres noch der Pfarrer, ihr diese Konfession wirklich nahezubringen. In Aurore bleibt ein religiöses Vakuum. Also erschafft sie sich selbst einen Gott, der nicht strafend, sondern verständnisvoll ist. Sie nennt dieses Fantasiewesen

»Corambé« und ruft ihn in ihren frühen Schriften an. Bezeichnend ist, dass sie den christlichen Gott (oder die gewöhnliche Vorstellung von ihm) als mangelhaft betrachtet und daher Corambé mit allen Attributen der Schönheit und Güte ausstattet, aber auch mit androgyner Übergeschlechtlichkeit. Die spätere feministische Kritik an der patriarchalischen Natur der christlichen Religion scheint hier – noch recht emotional grundiert – bereits vorgefasst zu sein. George Sand erinnert sich später an ihren Ersatzgott: »Er war rein und barmherzig wie Jesus und strahlend und schön wie Gabriel. [...] auch musste er sich zuweilen, um vollkommen zu werden, in eine Frau verwandeln. [...] er gehörte, mit einem Worte, zu keinem Geschlecht und nahm alle möglichen verschiedenen Gestalten an. [...] ich wollte ihn lieben wie einen Freund, wie eine Schwester und zu gleicher Zeit verehren wie einen Gott.«

Die Großmutter bemerkt sehr wohl, dass die Enkelin vordergründig zwar gehorcht, sich aber innerlich von ihr und der Norm der Konvention distanziert. Sie beschließt daher, Aurore mit Gewalt auf den Boden der Realität, ihrer, Madame de Francueils Realität, zurückzuholen. In zwei Schritten soll das geschehen.

Zum einen will sie ein Exempel statuieren, und dieses abschreckende Beispiel ist niemand anders als Aurores Mutter. Madame de Francueil bestellt eines Tages ihre Enkelin zu sich, heißt sie niederknien und ihr die Hand küssen, und erzählt der vor ihr kauernden und verschreckten Aurore die Lebensgeschichte ihrer Mutter Sophie-Victoire. Was die Großmutter im Einzelnen vorgebracht hat, ob sie wahrheitsgetreu erzählte oder vieles dazuerfand, wissen wir nicht. Allein Sophie-Victoires außereheliche Beziehungen und Kinder machen sie in den Augen Madame de Francueils verachtenswert. Sie ist nach den Konventionen der bürgerlichen und »gesitteten« Welt eine »gefallene Frau«. Dass ein Mann vor der Ehe sexuelle Erfahrungen sammelt, wird damals nicht nur hingenommen, sondern sogar mit seiner angeblich aggressiveren Natur begründet und verziehen. Eine Frau hingegen darf ihr Leben entweder nur in jungfräulicher Entsagung oder hinter Schloss und Riegel der Ehe fristen. Hierin ist Madame de Francueil nicht strenger als die große Mehrheit ihrer Zeit. Seltsam ist allenfalls, dass das »galante Jahrhundert«, dem die Großmutter entstammt und das sie in gewisser Weise verkörpert, so frei und ungebunden nicht war. Die literarischen Werke jener Zeit, etwa Beaumarchais' *Hochzeit des Figaro* oder Choderlos' de Laclos *Gefährliche Liebschaften* halten uns Heutigen ein Zerrbild vor. Es ist die Kunstansicht einer gesellschaftlichen Elite, wie sie gerne sein wollte oder zu sein vorgab. In Wirklichkeit eint Adel wie Bürgertum, Klerus wie niederen Stand die Moral.

Aurore ist eingeschüchtert und in tiefster Seele getroffen: Ihre Mutter, die sie so liebt, soll ein verworfenes, ehrloses Luder sein? Sie selbst, Aurore, ein Mädchen, das am Rande des Abgrunds steht? Unter Tränen zieht sie sich auf ihr Zimmer zurück, ist tagelang wie gelähmt: »[...] jedes Wort gab mir den Tod; [...] ich dachte nicht mehr, lebte nicht mehr – alles war mir gleichgültig. [...] ich liebte mich selbst nicht mehr. Wenn meine Mutter verächtlich und hassenswert war, dann war ich, ihr Kind, es auch. [...] man hatte mir einen entsetzlichen Schaden zugefügt, der vielleicht durch nichts wiedergutgemacht werden konnte, denn man hatte versucht, die Quellen des seelischen Lebens, Glaube, Liebe und Hoffnung, in mir zu töten.«

Aurores Einschüchterung ist nur die Vorbereitung, um sie wieder in die Bahnen der Konvention zu lenken. Die eigentliche erzieherische Maßnahme steht noch bevor. Im Januar 1818 wird das dreizehnjährige Mädchen nach Paris in das Kloster der Englischen Augustinerinnen gebracht. Mehr als zwei Jahre wird sie dort zubringen und als Internatsschülerin den Gesetzen und Regeln des klösterlichen Lebens, Arbeitens und Betens unterworfen sein.

Die Rechnung der Großmutter geht nicht auf. Aurore empfindet die Abgeschiedenheit im Kloster nur anfangs als Einschränkung. Bald jedoch findet sie unter den Schülerinnen und Novizinnen Freundinnen. Wie in jeder Schule gibt es auch hier viel Jux und Schabernack, wenngleich meist hinter dem Rücken der Klosterfrauen. Aurore schließt sich der Gruppe der »Teufel« an, wie sie sich ironisch nennen. Das sind die Unangepassten, die sich ostentativ von den artigen und frömmlerischen Mädchen absetzen. Besonders mit einem irischen Mädchen namens Mary, einem wahren Wildfang, der mehr einem Knaben gleicht, geht Aurore eine geradezu schwärmerische Freundschaft ein. Mary mag die Ungebärdigere sein, Aurore die Geistvollere, Gewitztere. Sie verfasst in Briefen an die Großmutter Satiren auf eine Nonne, die bei allen wegen ihrer aufgesetzten Frömmelei unbeliebt ist. Aurore tut das im Glauben, dass das Briefgeheimnis gewahrt bleibt. Sie täuscht sich. Die Siegel der Briefe werden erbrochen, bevor die Post das Kloster verlässt. So erfährt besagte Nonne von Aurores Spottlust. Madame de Francueil wird einbestellt und muss alles wieder geradebiegen. Insgeheim freut sich die alte Dame über die spöttischen Neigungen ihrer Enkelin. Denn für Madame de Francueil ist das Kloster zwar ein geeignetes Mittel, um ein junges Mädchen gefügig zu machen, im Übrigen aber schert sich die Tochter eines aufgeklärten und galanten Jahrhunderts recht wenig um die Kirche.

Unangenehm und leidvoll sind die äußeren Umstände im Kloster, und es bietet wenig Trost, dass alle in gleicher Weise davon betroffen sind. Die Mädchen sind in engen Kammern unterm Dach untergebracht. Im Sommer heizen sich die Zimmerchen so auf, dass die Schülerinnen zu ersticken glauben. Im Winter dagegen schillert Reif an den Wänden der nicht beheizbaren Stuben, und Aurore liegt unter der klammen Decke oftmals die ganze Nacht wach, ohne Schlaf zu finden. Sie zieht sich Frostbeulen und geschwollene Gelenke zu. Noch Jahre später – längst wieder in Nohant – leidet sie unter rheumatischen Schmerzen, die so heftig sind, dass sie bei Ausritten manchmal vom Pferd fällt.

Vielleicht wäre Aurore länger im Klosterinternat geblieben, wäre da nicht eine innere Wandlung, die der Großmutter missfällt. Die Enkelin, vorbildhaft beeinflusst von Nonnen wie der sanften und glaubensfesten Mutter Alicia, beginnt, sich dem Klosterleben schwärmerisch anzunähern. Sie äußert den Wunsch, selbst Nonne zu werden, und hat nach eigenen, späteren Aussagen eine Art Erweckungserlebnis: In der Kirche steht Aurore einmal im Gebet vor einem Gemälde, das die Bekehrung des heiligen Augustinus darstellt. Da glaubt sie, ein weißes Licht vor ihren Augen zu sehen und eine Stimme zu hören, die ihr ins Ohr flüstert: »Tolle, lege.« – »Nimm und lies.«

Übersteigerte Fantasie oder tatsächliche Berührung mit einer transzendenten Kraft? Für Aurore jedenfalls ist das Erlebnis eindeutig. Sie wendet sich dem Studium der Bibel zu, versenkt sich in die wundersamen Geschichten des Alten Testaments und die trostreichen Gleichnisse Jesu. Doch der skeptischen Großmutter kommt dies bald zu Ohren. Eine Wendung des klösterlichen Zwischenspiels, mit der die aufgeklärte Madame de Francueil nicht gerechnet hat. Sie reagiert schnell und holt ihre Enkelin im Mai 1820 nach Nohant zurück. Hier soll sie – unter Aufsicht des alten Deschartres – wieder auf ihre Aufgaben als Ehe- und Hausfrau vorbereitet werden.

Doch ein Schicksalsschlag räumt Aurore unerwartet den Weg frei: Im Februar 1821 erleidet Madame de Francueil einen Schlaganfall. Zunächst scheint sie sich wieder zu erholen, doch dann schwinden die Kräfte der Dreiundsiebzigjährigen. Sie wird von Aurore und der Dienerschaft umsorgt. Die meiste Zeit verbringt Madame de Francueil im Bett, bei schönem Wetter wird sie anfangs noch hinaus in den Garten gefahren. Doch schwerer als körperliche Lähmungen wiegt eine Trübung des Bewusstseins. Sie verliert zunehmend die Orientierung und redet wirres Zeug. Nachts ist sie darüber erbost, dass die Fensterläden geschlossen sind und die Sonne ausgesperrt werde. Öffnet man die Läden, um sie davon zu überzeugen, dass es Nacht ist, behauptet sie, sie könne die Sonne ja nicht sehen, schließlich sei sie blind.

Das mag unfreiwillig komisch klingen, aber für die Pflegenden, allen voran Aurore, ist es eine starke Belastung. Es wird Frühling, es wird Sommer. Sie ist siebzehn Jahre alt, voller Ideen und Sehnsüchte. Sie will nicht tagelang und halbe Nächte hindurch am Bett der Großmutter hocken, sie möchte hinaus in die Natur oder zu ihren Büchern. Sie vermisst ihre Freundinnen aus dem Kloster und empfindet unbestimmt so etwas wie Sehnsucht, wenn sie einmal im nahen Städtchen La Châtre bei Besorgungen oder beim Kirchgang einem jungen, gut aussehenden Mann begegnet.

Doch allem Unglück zum Trotz muss der Haushalt weiter geführt, die Dienerschaft beaufsichtigt, das Gut verwaltet werden. Deschartres tut hinter den Kulissen, was er kann, aber er scheut sich, die Verantwortung zu übernehmen. Es fehlt der Mann im Haus, das wird allen klar. Kurz zuvor hat Aurore den Heiratsantrag eines fünfzigjährigen Generals abgewiesen, sehr zum Kummer der Großmutter, die sie von den Vorzügen »reifer« Männer zu überzeugen suchte. Nun, da Madame de Francueil langsam der Welt entgleitet, ändert sich Deschartres' Verhalten gegenüber Aurore urplötzlich: Er behandelt sie nicht mehr als Schülerin, sondern als die Herrin von Haus und Hof. Natürlich überwacht er weiterhin die ganz praktischen Arbeiten auf dem Gut, doch zeigt er sich der jungen, siebzehnjährigen Frau gegenüber zur Rechenschaft verpflichtet. Aurore meistert ihre Aufgabe erstaunlich schnell, sie legt ihre neue Rolle als Dame des Hauses und Aufseherin des Gutes wie ein maßgeschneidertes Gewand an: »Es machte mir nicht viel Mühe, die bestehende Ordnung im Hause aufrechtzuerhalten.«

Doch die Unbekümmertheit, die sie nach außen zeigt, trügt. Insgeheim zehrt die Sorge um die hinfällige Großmutter sehr an ihr. Die Nachtwachen am Bett der Kranken erschöpfen sie: »Ich trank viel schwarzen Kaffee ohne Zucker und zuweilen selbst Branntwein, um nicht einzuschlafen, wenn sie die ganze Nacht zu plaudern wünschte.« Aurore magert ab, wirkt in jenem Sommer kränklich. Der alte Deschartres sieht das und weiß einen Rat: Sie solle sich auf langen Ausritten ablenken und Gemüt und Körper stärken. Aurore hat das Reiten schon früher gelernt, doch im Laufe der Jahre mangels Übung die Lust daran verloren. Nun besteigt sie nacheinander die Pferde des Guts und entscheidet sich schließlich für Colette, die Schnellste und Feurigste der Stuten. Mit ihr macht sie von da an jeden Morgen lange Ausritte, vier Stunden lang. Auf ihren Touren lernt sie die umliegenden Dörfer und die Landschaft des Berry kennen, sie kommt unterwegs mit einfachen Bauern und Tagelöhnern ins Gespräch, wenn sie an einer Kate oder einer Meierei Halt macht und um ein Glas Milch bittet. Später wird sie in vielen ihrer Romane die Landschaft des Berry und seine Bewohner liebevoll schildern. Die Region, sanft gewellt, von kleinen Tälern durchzogen, dünn besiedelt, mit gut bebauten Feldern, besitzt keine spektakuläre Schönheit. Vielmehr geht von der Landschaft und ihren Bewohnern eine gewisse Melancholie aus, die manche gleichgültig lässt, anderen düster vorkommt. Aurore begreift die verborgenen Reize der Gegend, die sie als ihre Heimat betrachtet. In ihren Büchern wird sie nicht nur die Landschaft des Berry beschreiben, sie wird darin auch den Dialekt der Region aufgreifen und die Sitten, Gebräuche und Musik der Bauern schildern. Dies wird sie nicht als heimattümelnde Dichterin tun, sondern im Wissen, dass diese jahrhundertealte Kultur der Landleute im beginnenden Industriezeitalter im Schwinden begriffen ist, dass sie einer der letzten Zeitzeugen ist, der diese Lebens- und Äußerungsformen unverfälscht betrachten darf. Zugleich aber steht sie dem Dasein der armen Bauern nicht blind gegenüber. Auch das eine Lehre, die sie auf ihren langen Ausritten im Berry empfängt. Später wird sie in ihren Dorfromanen die soziale Benachteiligung breiter Schichten der Bevölkerung anprangern und aufzeigen, dass die technischen Segnungen der Neuzeit und die Ideen der Aufklärung nur für das besitzende Bürgertum Vorteile gebracht haben.

Noch etwas anderes lernt Aurore beim Reiten: dass Männerkleider praktischer und bequemer sind. Eigentlich hat Deschartres die Idee, als er einmal einem Grafen in Begleitung eines jungen Mannes begegnet, den der Adlige als seine Tochter vorstellt. Also besorgt der alte Lehrer für Aurore Knabenkleider, damit sie besser zu Pferde ist und ihn auch bei der Wachteljagd – die Großmutter liebt Wachtelbraten – begleiten kann. Dann nämlich muss Aurore auf allen Vieren durch hohes Gras und Strauchwerk kriechen, um die Vögel zu locken. »Überdies muss man sich«, so die Dichterin erklärend, »an die faltenlosen Röcke erinnern, die damals getragen wurden und die so eng waren, dass eine Frau im vollen Sinne des Wortes wie in einem Futterale steckte und kaum mit Anstand über einen Bach springen konnte, ohne ihre Schuhe zu verlieren.«

Als sie sich einmal unvorsichtigerweise in Männerkleidern dem Bett der Großmutter nähert, bricht die alte Dame in Tränen aus. Zu sehr erinnert Aurore sie an den geliebten Sohn Maurice, der so früh sterben musste. Madame de Francueil nimmt der Enkelin das Versprechen ab, nie wieder in ihrer Gegenwart so aufzutreten. »Man hielt mich für sehr bizarr«, schreibt George Sand später. Sie genießt es, wenn die Leute sie auf ihren Ausritten als Mann ansehen und sie mit »junger Herr« ansprechen. Ist es »Exzentrizität«, wie Deschartres zu sagen pflegt? Ist es eine anarchische Lust an der Verkleidung, am Wechsel der Identität? Wohl von beidem ein wenig. In erster Linie jedoch ist es für Aurore ein Zeichen der Emanzipation. Dieser heute strapazierte Begriff bezeichnet ursprünglich einfach den Versuch, sich »aus den Händen« des Herrn in ein Leben in Selbstbestimmung zu begeben. Sich selbst zu bestimmen, Herr seiner selbst zu sein, einen eigenen Lebensweg einzuschlagen wird in jenen Monaten für Aurore das oberste Ziel.

Nicht alle sehen das so gelassen. Manche witzeln über das Schlossfräulein und reden schlecht über sie. Aurores Kammerfrau fürchtet um den Ruf der Familie und schilt: »Mademoiselle ist wirklich *fürchterlich,* wenn sie ausgeht, setzt sie nie einen Hut auf.« Das berichtet Aurore in einem Brief an ihre Freundin aus der Klosterzeit, Émilie de Wismes. Und sie fügt lakonisch hinzu: »Du gehst sicher nie in einer weiten Redingote aus, eine Kappe auf dem Kopf, ein Gewehr über der Schulter, läufst nicht mit großen Schritten über die Äcker, um die Ruhe eines armen Hasen zu stören [...]. Ich hoffe doch, dass Du es besser machst als ich, dass Du Deine Kräfte für einen Ball oder ein Konzert aufsparst und dass Du Dich nicht erschöpfst durch einen solch ermüdenden Lebenswandel.« Gewiss spricht da der Schalk aus Aurore, sie will ein wenig auftrumpfen und Émilie neidisch machen. Aber ganz so sicher ist sie sich in ihrer neuen, ungebundenen Lebensart doch nicht. Das wird deutlich in einem Brief an die Mutter, die aus Paris angefragt hat, was es denn mit den Gerüchten auf sich habe? Aurore wechselt wie eine Schauspielerin den Ton, gibt sich artig, versucht aber auch, der Mutter ihre schwierige Lebenslage näherzubringen: »Sie sagen, ich ließe meine kranke Großmutter alleine, um über die Felder zu laufen, meine liebe Mutter. Ich glaube, wenn ich die ganzen acht Monate, die meine Großmutter nun dahinsiecht, nicht hinausgekommen wäre, dann wäre ich selbst beinahe genauso krank wie sie.« Was freilich das Misstrauen der Mutter auch genährt hat: Aurore soll sich mit exzentrischen Studien befassen! »Exzentrisch« wird zur damaligen Zeit alles genannt, was nicht in den engen Kanon bürgerlicher Bildung – Religion, Lesen, Schreiben und Rechnen, ein wenig Klavier, ein wenig Literatur – passt. Tatsächlich nimmt Aurore seit einiger Zeit Unterricht bei einem jungen und darüber hinaus mit seinen dunklen Locken und seinem sinnlichen Mund recht hübschen Medizinstudenten namens Stéphane Ajasson de Grandsagne. Er unterweist Aurore in Anatomie und beschafft ihr zu diesem Zweck sogar ein Skelett (wahrscheinlich eines der – wie damals üblich – auf Friedhöfen bei Nacht und Nebel ausgegrabenen Exemplare). Dieses steht nun höchst dekorativ zwischen den Bücherregalen und nimmt sich im Zimmer einer jungen Dame etwas seltsam aus.

Daneben beginnt Aurore, Literatur wahllos zu verschlingen. Für ihre Studien nutzt sie überwiegend die Nacht, liest bis zum Morgengrauen, manchmal, ohne überhaupt zu Bett zu gehen. Diesen Arbeits- und Studienrhythmus hat sie zeitlebens beibehalten, ein großer Teil ihres immensen schriftstellerischen Œuvres wird in der stillen Abgeschiedenheit der Nacht entstehen. Ihr Lesehunger ist anfänglich geradezu unersättlich; zu lange wurden ihr viele Bücher als gefährlich oder verwirrungstiftend vorenthalten. Sie liest mit Begeisterung Locke und Montesquieu, Bacon und Aristoteles, Leibniz, Pascal, Montaigne und Rousseau. Viel Philosophisches also. Vieles auch, was sie nur in Teilen verstanden haben wird. Unter den Dichtern liebt sie Shakespeare, Vergil, besonders aber Dante, dessen Höllenszenen aus der *Göttlichen Komödie* sie mit einer Mischung aus Faszination und Grauen goutiert.

Doch auch bezüglich ihrer Lektüre muss sich Aurore vor der warnenden Mutter verantworten. Hier spielt das alte Vorurteil vom »Blaustrumpf« eine Rolle. Der »Bluestocking« war ursprünglich ein Kosename für den um 1750 in London brillierenden Salonlöwen und Dandy Benjamin Stillingfleet. Anders als die übrigen Herren trug er zu den Kniehosen nicht schwarze Strümpfe, sondern blaue – eine kleine Marotte, wie sie in England nicht unüblich war. Fehlte Stillingfleet nun bei einer der Soireen, riefen die Damen enttäuscht: »Was sollen wir denn ohne Bluestocking machen?«

Die Begriffe haben ihr Eigenleben, und so übertrug sich die Bezeichnung »Blaustrumpf« bald auf die Gastgeberinnen der geistreichen Salons, die nicht nur in ästhetischen und literarischen Belangen Bescheid wussten, sondern – das galt zu allen Zeiten als löbliches weibliches Element – sich auch karitativ engagierten, indem sie etwa Sonntagsschulen und Erziehungsanstalten für verwahrloste Kinder gründeten oder sich frühzeitig für die Abschaffung des Sklavenhandels stark machten.

Einige Blaustrümpfe jedoch, etwa die Engländerin Mary Wollstonecraft, fingen an, für die Rechte der Frauen einzutreten. Die Männer fühlten sich von den Blaustrümpfen in ihrer eigenen gesellschaftlichen Position alsbald bedroht. Der Begriff »Blaustrumpf« verschob sich zum Negativen; er wurde zum Schimpfwort. Der Blaustrumpf galt nun nicht mehr als die kluge und begehrenswerte Dame des Salons, sondern wurde als alte, dürre Jungfer karikiert, die keinen Mann »abgekriegt« hatte und sich aus Langeweile mit geistigen Dingen beschäftigte, für deren tieferes Verständnis ihr letztlich doch der Intellekt fehle. Es kursierten bald solch gehässige Redensarten und Witzworte wie »Kriegt die Jungfrau keinen Mann, zieht sie blaue Strümpfe an«.

Dieser geistesgeschichtliche Exkurs mag verdeutlichen, weshalb Madame Dupin Bedenken trägt, ihre Tochter könnte sich einer falschen Gelehrsamkeit zuwenden. Aurore jedenfalls sieht sich genötigt, ihre Mutter zu beruhigen und auch ein wenig anzulügen: »Meine liebe Mutter, Sie sagen, es sei eine Dummheit von mir, Latein zu lernen. Ich weiß nicht, wer Ihnen hat sagen können, dass ich mich diesem Studium widmen würde, man hat Sie jedenfalls getäuscht, denn ich kann es weder, noch lerne ich es; – aber selbst wenn dem so wäre, so wundere ich mich doch sehr, dass Sie, meine Mutter, es schlecht finden könnten, dass ich mich weiterbilde. Zweifellos finden Sie, dass es für eine Frau nützlichere Beschäftigungen gibt, die mehr mit den häuslichen Diensten zu tun haben, die die Pflichten ihres Geschlechtes sind.« Aurore stellt die rhetorische Frage: »Warum sollte eine Frau denn ungebildet sein? Kann sie denn nicht gebildet sein, ohne sich etwas darauf einzubilden und ohne besserwisserisch zu sein?« Und sie greift die Ängste der Mutter auf, Aurore würde sich schwer tun, einen Mann zu finden: »[...] ich fände, sagen Sie, als Mann entweder nur einen Riesen oder einen Hasenfuß. In diesem Fall könnte es sehr wohl sein, dass ich gar nicht heiraten würde, denn ich glaube nicht an Riesen, und ich liebe die Hasenfüße nicht. [...] Ich verzeihe einer Frau kaum, die wirklich Angst hat, denn sie überlässt sich einer Schwäche [...].«

Die Mutter ist alarmiert. Sie weiß, es wird mit Aurore ein schlimmes Ende nehmen, wenn nicht bald etwas geschieht. Aber was tun, solange die Großmutter das Sorgerecht hat?

Wieder greift das Schicksal ein, diesmal zu Aurores Ungunsten. Am 26. Dezember 1821 stirbt in Nohant Marie-Aurore de Saxe, Madame Dupin de Francueil. Ihre letzten Worte an Aurore sind: »Du verlierst deine beste Freundin.« In gewisser Weise hatte die alte Dame recht, denn was nun folgt, hat mit Aurores Idee von Selbstbestimmung nichts mehr gemeinsam.

Doch solange die Tote nicht unter dem Boden ist, herrscht ein Waffenstillstand. Auf dem Friedhof von Nohant wird das Familiengrab geöffnet. In einem der Gewölbe kommt der Sarg des dreizehn Jahre zuvor verunglückten Maurice Dupin zum Vorschein. Der alte Deschartres entdeckt, dass die Nägel durchgerostet und herausgefallen sind. Neugierig öffnet er den Sarg, sieht, dass der Leichnam Dupins bereits vollständig skelettiert ist, der Schädel hat sich vom Rumpf gelöst und liegt daneben. Der alte Pächter küsst voller Inbrunst den Schädel seines ehemaligen Herrn. Das an Monstrositäten und übersteigertem Pathos so reiche 19. Jahrhundert macht einen jedoch immer wieder staunen: Aufgeregt rennt Deschartres noch in der Nacht zum Schloss, weckt Aurore, sie möge sich anziehen und mit ihm kommen. Er bringt sie zum Friedhof. Aurore tut dies ohne Widerstreben, ohne Angst, ja ohne sonderlich erstaunt zu sein. Sie steigen in das Gewölbe hinunter. Deschartres zieht den Deckel vom Sarg, zeigt ihr das Skelett ihres Vaters und fordert sie auf, zum »Beweis der Achtung und der Liebe«, wie er sich ausdrückt, ebenfalls den Schädel zu küssen. Aurore tut dies ohne Zögern und Ekel, es »flößte mir nicht den geringsten Widerwillen ein und erschien mir durchaus nicht als etwas Sonderbares«, bekennt sie später. Damit enden – vorerst – die »Exzentrizitäten« des jungen Schlossfräuleins. Tags darauf wird der Sarg der Großmutter in das Gewölbe hinabgelassen.

Aurore ist zwar von der Großmutter zur Alleinerbin bestimmt worden, aber sie ist noch nicht volljährig. Ein Onkel wird Vormund. Im Januar trifft die Mutter in Nohant ein und geht ans Ordnen der Familienangelegenheiten: Sie zwingt die Tochter, mit ihr nach Paris zu gehen. Als Aurore anfängt, ihre geliebten Bücher einzupacken, reißt ihr die Mutter diese aus den Händen, schimpft auf die Schlechtigkeit der Ideen, die dadurch ihrer Tochter eingeimpft worden seien, und nennt Aurore »pervers«. Aurore weiß: Alles, was sie zu erwarten hat, ist, aus den Händen der Mutter in die eines Mannes übergeben zu werden, den sie sich wahrscheinlich nicht einmal selbst aussuchen darf. Mit dieser Einsicht besteigt sie die vor dem Schloss wartende Kutsche.

»Jedes Entsagen ist eine neue Freude«
Szenen einer Ehe

Nicht lange geht es zwischen Mutter und Tochter gut. Dabei bringt Aurore ihrer Mutter durchaus Zuneigung entgegen, doch oftmals stößt sie auf Abweisung und Misstrauen. Umgekehrt ist Madame Dupin keine herzlose Frau; das Wohlergehen Aurores ist ihr nicht gleichgültig. Doch musste sie selbst als junge Frau bittere Erfahrungen machen, als sie – von verschiedenen Männern hingehalten und schließlich sitzen gelassen – als »gefallene Frau« galt, ehrlos, rechtlos, gedemütigt. Das möchte sie ihrer ungebärdigen Tochter ersparen, und deswegen reagiert sie auf deren romantische und emanzipatorische Anwandlungen so harsch. Furcht und die eigene bittere Lebenserfahrung sind der Auslöser.

Doch Aurore ist nicht beliebig verfügbar und formbar. Das Jahr der Freiheit, als die Großmutter krank im Bett lag und sich keiner so recht um die junge Frau kümmerte, ist nicht aus dem Kalender zu streichen. Auseinandersetzungen zwischen Mutter und Tochter sind an der Tagesordnung. In dieser verfahrenen Lage kommt ein Zufall zu Hilfe: Madame Dupin lernt das Ehepaar Roëttiers du Plessis kennen, das bei Melun in der Brie ein Schloss besitzt und mit Maurice Dupin befreundet war. Die Roëttiers, warmherzige und lebenskluge Menschen, erkennen die Nöte Aurores und machen Madame Dupin das Angebot, das Mädchen eine Zeit lang zu sich zu nehmen. Sie selbst haben fünf Töchter, was macht da ein Kostgänger mehr bei Tisch schon aus? Also reist Aurore nach Plessis und bleibt dort zwei Monate. Sie fühlt sich sofort heimisch, endlich hat sie eine Familie gefunden. Die Töchter der Roëttiers sind ihr wie Schwestern, die Eheleute wie Eltern, und sie spricht sie auch mit »Mutter« und »Vater« an.

Eines Tages sitzen sie in Plessis in einem Restaurant und essen Eis, als ein eleganter junger Mann zur Tür hereintritt und das Ehepaar Roëttiers herzlich begrüßt. »Er setzte sich neben Madame Angèle«, so George Sand in der Erinnerung, »und fragte leise, wer ich sei. ›Sie ist meine Tochter‹, antwortete sie laut. ›Dann ist sie also meine Frau?‹, entgegnete er wieder leise. ›Sie haben mir die Hand Ihrer ältesten Tochter versprochen. [...]‹ Madame Angèle fing an zu lachen, aber der Scherz war eine Voraussagung.« Der junge, siebenundzwanzigjährige Mann mit den korrekten und nüchternen Gesichtszügen ist Leutnant Casimir Dudevant, Sohn des Obersten Dudevant, eines Landadligen aus der Nähe von Bordeaux.

Von da an besucht Casimir Dudevant öfters die Roëttiers. Er sieht Aurore mit ihren »Schwestern« im Park umherspringen und ist vom Reiz der jungen Frau überwältigt. Anfang Juni 1822 kommen sich die beiden näher. Aurore schreibt etwas dunkel in ihr Notizbuch: »Sieben oder acht Uhr abends – unbeschreibliches Glück.« Worin dieses »unbeschreibliche« Glück besteht, bleibt im Dunkeln. Leidenschaftliche Ausbrüche sind Casimir Dudevant fremd, wie er sogar selbst stolz betont. Er ist eine jener geradlinigen Naturen, die zwar verlässlich und gutmütig sind und sich sogar großzügig verhalten können, die aber jede Form von Pathos, Spontaneität und Ungestüm als ungehörig und peinlich ablehnen. Ein junger Mann ohne Jugendlichkeit, der seine Gefühlshemmungen auch nicht leugnet, sondern als Zeichen der Reife darstellt. Aurore erinnert sich: »Er sprach durchaus nicht von Liebe, sondern gestand, dass er weder zu heftigen Leidenschaften noch zum Enthusiasmus geneigt sei und sich ungeschickt fühle, sich in überzeugender Weise auszusprechen. Er sprach von einer unwandelbaren Freundschaft und verglich das Glück, das er mir bieten zu können glaubte, mit dem stillen häuslichen Glücke unserer Wirte.« Was findet Aurore an diesem durchaus ehrlichen und gutmütigen, aber etwas drögen Mann? Er entblödet sich nicht, ihr zu gestehen, dass er sie »weder schön noch hübsch« finde. Seltsamerweise ist es wohl dieses »Raisonnement«, das Aurore anzieht. Casimir ist der Gegenpol zu den romantischen Fantasien ihrer Lektüre. Gerade in seiner Greifbarkeit erscheint er ihr so verlockend. Außerdem besitzt er etwas altmodische, höfische Umgangsformen, die sie lachen machen und doch auch rühren. So bittet er sie eines Tages um ihre Hand, mit den Worten: »Es ist vielleicht nicht Gebrauch, so zu handeln, aber ich will die erste Zustimmung von Ihnen allein erhalten.« Das entspricht nicht den Sitten der Zeit und schmeichelt ihr gerade deswegen. Sie sagt Ja, denn sie empfindet Sympathie, und begreift doch nicht, dass Sympathie allein nicht reicht, wenn das Fünkchen Leidenschaft fehlt. Vielleicht ist auch ein Quäntchen Kalkül mit dabei, denn ihre Ferien in Plessis neigen sich dem Ende zu, und sie empfindet Grausen bei dem Gedanken, nach Paris zu ihrer strengen Mutter zurückkehren zu müssen.

Natürlich muss Madame Dupin, die inzwischen die Vormundschaft an sich gebracht hat, um ihr Einverständnis zu einer Heirat angegangen werden. Aurore ist noch nicht einundzwanzig Jahre alt und damit noch nicht volljährig. Zunächst sagt Madame Dupin unter Vorbehalt zu. Dann jedoch zieht sie Erkundigungen über ihren künftigen Schwiegersohn ein und vertraut dabei mehr dem Geschwätz der Leute als der Stimme ihrer Menschenkenntnis. Casimir, so munkelt man, habe früher ein »unordentliches« Leben geführt und – weit schlimmer für das bürgerliche Milieu – sogar eine Zeit lang als Kellner in einem Café gearbeitet! Madame Dupin will nun mit allen Mitteln eine Heirat verhindern. Das hat noch einen anderen Grund. Casimirs Mutter ist nämlich nicht die Frau des Obersten, sondern eine Dienstmagd. Casimir hat also nur ein Anrecht auf die Hälfte des Erbes, und das bei einem Grund- und Hausbesitz, der ohnehin kleiner ist als der Wert von Schloss und Gut Nohant. Also, folgert Madame Dupin, ist Casimir ein Erbschleicher! Sie scheint in ihrer Logik vergessen zu haben, dass auch Aurores Abkunft nicht »besser« ist, und dass sie selbst – Sophie-Victoire – den »Fleck« auf der reinen Weste der Familie darstellt – zumindest gemäß ihrer Denkweise. Aber das moralische Vorurteil ist stärker als die Lebenserfahrung. Erst als die Frau Oberst – Casimirs Stiefmutter – zu Madame Dupin, der Tochter eines Vogelhändlers, pilgert, sieht sich diese so geschmeichelt, dass sie in die Heirat einwilligt. Im August 1822 wird der Ehekontrakt unterzeichnet, worin Madame Dupin eine Klausel einsetzen lässt, wonach der Grundbesitz von Nohant unangetastet bleiben muss. Eine fatale Entscheidung, denn das Gut wirft kaum so viel ab, um die verhältnismäßig aufwendige Haushaltsführung auf dem Schloss zu finanzieren. Später, als Aurore alias George Sand eine der meistgelesenen und bestbezahlten Schriftstellerinnen Frankreichs ist, versickern ihre üppigen Honorare zu einem Großteil in den Haushaltslöchern von Nohant.

Vier Wochen nach Unterzeichnung des Kontrakts wird in Paris die Hochzeit gefeiert. Sie einigen sich, dass Madame Dupin in Paris bleibt, während das junge Paar nach Nohant zieht. Aurore darf sich nun offiziell »Baronin Dudevant« nennen, und einige ihrer früheren Mitschülerinnen, so Émilie de Wismes, titulieren sie auch so, halb neidisch, halb spöttisch. Aurore jedoch lehnt diesen Titel zeitlebens ab und nennt sich ganz bürgerlich nur »Dudevant« – bevor sie sich ein Pseudonym zulegt.

Bereits wenige Wochen später ist Aurore schwanger, ein Zustand, den sie als angenehm empfindet. Sie freut sich auf das Kind, bemerkt aber mit Erstaunen, dass ihr jegliche Lust auf geistige Beschäftigung abhanden kommt. Zumindest ihre »Nachtwachen« mit Lektüre, Anatomie- und Aquarellstudien lässt sie mit Rücksicht auf die Gesundheit des Kindes bleiben.

Früh schon zeigt sich eine Distanz zwischen den Eheleuten. Es Entfremdung zu nennen wäre falsch, denn Entfremdung setzt Einklang voraus. Da sind zum einen äußere Anlässe: Casimir – endlich Herr »auf eigener Scholle« – bringt Haus und Hof nach ökonomischen und praktischen Gesichtspunkten auf »Vordermann«, ohne Rücksicht auf die Nostalgie des Ortes und die Berechtigung des Alten und Althergebrachten. Er lässt Gehölze ausschneiden und Bäume fällen, der alte Hund und ein ebenso betagter Pfau, die bislang das Gnadenbrot erhielten, werden erschossen. Die Mähren, auf denen Aurore schon in der Kindheit geritten ist, werden an einen Pferdemetzger verkauft, die Zimmer im Schloss geweißt und gereinigt, Gerümpel, oder was der Baron darunter versteht, wird weggeworfen, die »Schluderei« unterm Personal bekämpft. Casimir, ein Saubermann und Ökonom, der alles besser machen will und dadurch vieles zugrunde richtet. Aurore ist entsetzt, wagt aber nicht, aufzubegehren. Sie weiß, dass das Gut, soll es finanziell etwas abwerfen, anders als bisher geführt werden muss. Aber sie ahnt auch, dass damit die Erinnerung an ihre Kindheit, an die sie sich im innersten Herzen immer noch geklammert hat, unwiederbringlich abhanden kommt.

Seltsam ambivalent nimmt sich ein Brief vom Januar 1823 aus, den Aurore an ihre Freundin Émilie de Wismes schreibt. Émilie steht vor der Entscheidung zu heiraten – übrigens einen Vicomte de Cornulier, was ihrem Minderwertigkeitsgefühl gegenüber der Baronin Dudevant wohl aufhelfen wird. Sie fragt bei Aurore um Rat und erhält von ihr einen Brief, den man nicht mit Erkenntnissen der Psychologie lesen muss, um ihn zu verstehen. Zunächst berichtet Aurore von ihrem Glück, werdende Mutter zu sein. Dann geht sie auf Casimir und ihre Ehe ein und zeigt sich hierin desillusioniert und selbstbetrügerisch zugleich: »Ich glaube, es ist nötig, dass in der Ehe einer der beiden auf sein eigenes Selbst völlig verzichtet und nicht nur seinen Willen aufgibt, sondern auch seine eigene Meinung, und dass er mit den Augen des anderen sieht und liebt, was der andere liebt usw.« Wer dieses Opfer des Verzichts bringen muss, ist klar; doch Aurore beruhigt ihre Freundin im selben Atemzug: »Aber welch nie versiegende Quelle des Glücks auch, wenn man dem gehorcht, den man liebt! Jedes Entsagen ist eine neue Freude. [...] da aber auf der Seite des Bartes die ganze Macht liegt, und da übrigens die Männer zu einer solch selbstlosen Anhänglichkeit nicht fähig sind, so sind notwendigerweise wir diejenigen, die sich dem Gehorsam beugen müssen.« Ob Aurore das glaubt? Oder betrügt sie sich selbst – halb wissentlich, halb unwissentlich –, indem sie sich die Konventionen aneignet, um ihre Lage erträglich zu gestalten?

Am 30. Juni 1823 kommt ein Sohn zur Welt, der nach dem Großvater Maurice genannt wird. Doch das Kind kann die Risse in der Ehe nicht kitten. Den Verstand mag Aurore betäuben, Körper und Seele jedoch nicht. Eine Nervenkrise – »Spleen«, Lebensüberdruss nennt sie es selbst – bahnt sich an: »Eines Morgens brach ich beim Frühstück, ohne alle äußere Veranlassung, plötzlich in Tränen aus. Mein Mann war erstaunt.«

Casimir ist nicht nur erstaunt, sondern ziemlich hilflos. Er schiebt Aurores Zustand auf den Verlust ihrer Großmutter und auf das Klima des Berry, obgleich die alte Dame bereits seit einem Jahr unterm Boden ist und Aurore die Luft von Nohant seit ihrer Kindheit unbeschadet geatmet hat. Egal: Der Baron entscheidet, von Nohant wegzuziehen, und Aurore hat sich zu fügen.

Die nächsten Jahre verbringen die Eheleute mal in der Hauptstadt, dann in Ormesson bei Paris, mal auf dem Gut von Casimirs Eltern, dann bei den Roëttiers in der Brie, zwischendurch auch in Nohant, um dort nach dem Rechten zu sehen. Die wechselnden Aufenthalte – Casimir ist oft auch allein auf Geschäftsreise oder auf der Jagd – haben etwas Zielloses an sich, erinnern an eine fortwährende Flucht, eine Flucht der Eheleute vor sich selbst und voreinander. Bald schon geht Aurore ihre eigenen Wege: Sie mietet für sich und Maurice in Paris, im zweiten Hinterhof eines Hauses, einen kleinen Pavillon. In der Abgeschiedenheit dieses Ortes, umgeben von einem kleinen Garten, verbringt sie ihre glücklichsten Stunden, wobei sie es genießt, jederzeit ins Großstadtleben eintauchen zu können, sofern ihr der Sinn danach steht. Es wird nicht ihre letzte »Einsiedelei« in Paris sein.

In Paris jedenfalls fängt sie wieder an, sich für geistige Dinge und ihre Umwelt zu interessieren. Sie stößt sich zunehmend an der reaktionären Politik des Bourbonenkönigs Louis XVIII. Als 1823 in Spanien eine Revolution gegen den dortigen König losbricht, schickt Louis französische Truppen ins Nachbarland, um den Aufstand blutig niederzuschlagen. Frankreich, das Geburtsland der Revolution und der Bürgerrechte, nun als Büttel eines unterdrückerischen Systems! Aurore ist empört. Als Louis – das Volk von Paris nennt ihn verächtlich nur »das dicke Schwein« – im Oktober 1824 stirbt, wohnt sie aus Neugier der Grablegung in der Kathedrale von Saint-Denis bei Paris bei. Dort wird der Sarkophag des Königs neben den gesalbten Herrschern des Mittelalters beigesetzt, als hätte sich seit den Zeiten des Königtums von Gottes Gnaden nichts geändert. Es kommt, so die Redeweisheit, selten etwas Besseres nach. Auch in der Frage der königlichen Herrschaft jener Zeit ist es so: Nachfolger auf dem Thron wird Charles X., der Bruder von Louis. Er erweist sich als noch prunksüchtiger, reaktionärer, verblendeter und bornierter als seine Vorgänger. Krönen lässt er sich wie die Könige des Mittelalters in der Kathedrale von Reims, nach dem alten Ritus, und entblödet sich nicht, bei der Zeremonie den eiligst herbeigekarrten Aussätzigen die Hand zur Heilung aufzulegen, gemäß dem mittelalterlichen Glauben, wonach der König als von Gottes Gnaden Erwählter lösende und bannende Kräfte besitze.

Aurore beginnt nicht nur, sich für Politik zu interessieren, sie holt auch ihre Bücher wieder hervor. In Montaignes *Essais* stößt sie auf Äußerungen über die angebliche geistige und charakterliche Minderwertigkeit der Frau, die ihr das Blut zur Wallung bringen. »Aber das stimmt doch gar nicht! [...] diese Unfähigkeit und dieser Leichtsinn, die ihr uns immer vorwerft, sind eine Folge eben der jämmerlichen Erziehung, zu der ihr uns verurteilt habt [...]. Verschafft uns bessere Bedingungen«, erregt sie sich noch später in ihrem Lebensrückblick. Sie erkennt, dass das Klischee vom Blaustrumpf nur eine Männerfantasie ist; und selbst wenn die Begierde mancher Frauen nach Wissen mitunter skurrile Blüten treibt, so sind die mangelhaften Voraussetzungen in Erziehung und Ausbildung die Ursache, nicht eine Neigung zu »Hysterie«, wie sie Frauen seit jeher unterstellt wird.

Viel Zeit zur Grübelei bleibt ihr nicht, denn wieder drängt Casimir zum Aufbruch. Anfang Juli 1825 macht sich das Ehepaar auf den Weg gen Süden, nach Cauterets in den Pyrenäen. Dort kommt es zu einer folgenreichen Begegnung: Aurore lernt den fünf Jahre älteren Aurélien de Sèze kennen, einen Anwalt aus Bordeaux, der auf seinen Jugendbildnissen ganz den schwärmerischen Typus mit dem damals modernen Lockenkopf des Romantikers verkörpert. Aurore hat später vor ihrem Mann und der Leserschaft immer betont, es habe sich nur um eine Seelenfreundschaft, eine platonische Liebe gehandelt. Das mag Teil ihrer Taktik gewesen sein, Casimir nicht ins Recht zu setzen und ihr Image zu pflegen. In Wahrheit sind sich die beiden alles andere als gleichgültig. Anfang September reist das Ehepaar Dudevant weiter nach Guillery bei Nerac, dem Gut von Casimirs Eltern. Doch Aurore gelingt es, den »Seelenfreund« bald wiederzusehen. Anfang Oktober begegnen sie sich in Bordeaux. Danach, wieder in Guillery, beginnt Aurore mit einem Tagebuch in Briefen, worin sie Aurélien nicht nur ihre Erlebnisse schildert, sondern auch ihre Sehnsüchte. Das Tagebuch führt sie fast fünf Wochen lang. Es ist in übersteigertem Pathos gehalten, wie Liebende es gerne tun. Gleich zu Beginn etwa, am 11. Oktober, ist zu lesen – wobei sie in ihrem Wunschdenken dem Freund die Worte gebotsmäßig in den Mund legt: »Endlich«, so solle Aurélien denken, »kennen wir uns. Wir sind rein. Unsere Gefühle haben sich zur Vollendung erhoben. Sie haben einen himmlischen Glanz erhalten. Wir sind aufeinander stolz, wir sind für das Leben vereint, nichts kann uns trennen, wir bilden ein einziges Wesen!« Und am 24. Oktober: »Aber Sie weilen ständig an meiner Seite. Sie folgen mir überallhin, Sie lesen aus der Ferne wie aus der Nähe in meinen Augen und in meinem Herzen [...].« Die Konvention der Zeit verlangt, dass auch intime Freunde sich mit »Sie« anreden, selbst in der Ehe ist das gang und gäbe. Doch darf das nicht über die tatsächliche Nähe der Liebenden hinwegtäuschen. Immerhin gesteht Aurore in einem Brief, Aurélien habe sich auf einem Ausflug am Lac de Gaube »hinreißen« lassen. Und weiter: »Aurélien ist feinfühlig und ehrenhaft, aber er ist ein Mann; das vertrauliche Beisammensein erregte ihn. Er sprach von Liebe.« Er *sprach* wohl nicht nur davon.

Weit mehr als die Person Auréliens begeistert Aurore die Rückkehr ins Leben. Liest man ihre Briefe aus jener Zeit, stellt sich die Frage, ob sie den Freund wirklich so sehr liebte, oder nicht eher ihr Verliebtsein. Sie spricht zu viel von sich selbst, vom Glück, wieder das Leben zu fassen, vom Genuss, einen

Menschen gefunden zu haben, der ihre Ansichten und Empfindungen teilt: »Ich habe Jahre verbracht, ohne einen Stift anzurühren, Monate, ohne mich einem Klavier zu nähern, Tage, ohne ein Buch zu öffnen, aber ich fühlte mich immer zum Reiten aufgelegt, oder ich bedauerte es zumindest, wenn ich nicht reiten konnte. Für mich bedeutet das Reiten: wiedergeboren zu werden, das Leben wieder zu ergreifen. [...] O ja! Sie haben all das empfunden! Wir verstehen uns zu gut, als dass die Seelengeschichte für uns beide nicht die gleiche wäre.« Und schließlich ihr Resümee, bezeichnenderweise wieder nur von ihrem Blickwinkel aus betrachtet: »Ich bin am Ziel. Ich habe einen Freund nach meinem Herzen gefunden. Was geht mich die Welt an?«

Doch die Welt lässt sich nicht so einfach aufs Abstellgleis schieben. Das Verhältnis wird ruchbar. Man munkelt bereits darüber, und die Gerüchte dringen bis an Casimirs Ohr. Da entscheidet sich Aurore auf Drängen Auréliens zur »Flucht nach vorn« und schreibt ihrem Mann – er ist gerade in Nohant, sie noch in Guillery – am 15. November einen einundzwanzig Seiten langen Bekenntnisbrief. Sie versichert Casimir, ihm ein vollständiges und rückhaltloses Geständnis abzulegen. Das tut notgedrungen weh, auf beiden Seiten. Zunächst bekennt sie Casimir, dass Aurélien und sie sich nähergekommen seien, jedoch nur als seelenverwandte Naturen, keinesfalls in körperlicher Weise. Sie beschreibt ihr Verhältnis zu Aurélien und dessen Entwicklung umständlich und detailliert. Ihre Offenheit hat etwas Verletzendes, auch wenn sie stets die »Reinheit« ihrer Gefühle für den jungen Rechtsanwalt betont. Es ist viel von Küssen auf die Wange die Rede, von endlosen Gesprächen zwischen Aurélien und ihr, worin sie ihn stets beschworen habe, alles zu »unterlassen, was darauf hindeuten könnte, dass wir leidenschaftlich verliebt seien«. Sie rührt also an Casimirs Wunden, nicht ohne ihm gleich darauf Pflaster aufzulegen, die freilich nichts nutzen: »[...] denn eine reine Seele denkt nichts Böses.« Jedenfalls scheint sich Aurore der Perfidie ihres Bekenntnisses und ihrer Argumentation nicht bewusst zu sein, vielleicht spielt auch ein Quantum Naivität mit. Denn nur so ist zu verstehen, welches Angebot sie ihrem Mann macht, um eine Ehe, deren Vertrauensgrundlage sie beschädigt hat, noch zu retten. Sie schlägt nämlich Casimir, ihrem »Engel an Großmut«, wie sie ihn nennt, einen Kontrakt vor – vielleicht hat sie diese Art der Unterhandlung dem Anwalt Aurélien abgeschaut. Dieser »Plan« umfasst schön säuberlich sieben Artikel, die wie in einem Vertragswerk aufgelistet sind:

»Artikel 1 – Wir werden diesen Winter nicht nach Bordeaux fahren. Die Wunden sind zu frisch, und ich glaube, das hieße Dein Vertrauen über Gebühr strapazieren. [...]

2 – Ich verspreche Dir an Eides statt, niemals heimlich an Aurélien zu schreiben. Aber Du wirst mir erlauben, einmal im Monat an ihn zu schreiben; wenn Du willst auch seltener. Ich zeige Dir alle meine Briefe und alle seine Antworten. Ich gebe Dir vor Gott mein Wort, Dir keine Zeile zu verbergen.«

Soweit die Aurélien betreffenden Artikel. Sie verfolgen die Wiederherstellung eines Status quo ante. Dann geht Aurore auf ihre Ehe und auf Casimirs mangelndes Interesse für Literatur und Musik ein, denn dies, so stellt sie es vereinfachend dar, habe die Enttäuschung begründet, die sie in den Dunstkreis Auréliens getrieben habe. Sie ist so naiv zu glauben (oder vorzugeben), dass ein wenig Nachhilfe – eine Art Crash-Kurs, würde man heute sagen – aus Casimir einen Freund der schönen Künste machen könne:

»3 – Wenn wir nach Paris gehen, werden wir Sprachunterricht zusammen nehmen. Du hegst auch den Wunsch, Dich zu bilden und meine Beschäftigungen zu teilen. [...]

5 – Falls wir den Winter in Nohant verbringen, werden wir viele nützliche Bücher lesen, die sich in der Bibliothek befinden

und die Du nicht kennst. (...) Du wirst mich an Deinen Gedanken teilnehmen lassen wie ich Dich an den meinigen, gemeinsam wollen wir uns vergnügen.

6 – Du sollst niemals ungehalten und zornig werden, ich will nicht die Beleidigte spielen. [...]

7 – Kurzum, wir werden glücklich sein und in Frieden leben. Kummer und bittere Gedanken seien verbannt. Wir werden darin wetteifern, uns zu vervollkommnen. Später wird die Erziehung von Maurice uns völlig in Anspruch nehmen. [...]«

Ein Happy End wie in einer Seifenoper? Glücklicherweise ist das Leben meist ein besserer Drehbuchschreiber. So auch beim Ehepaar Dudevant. Casimir und Aurore einigen sich zwar auf den Versuch eines Neubeginns, beide vielleicht mit den besten Absichten, aber gute Vorsätze halten bekanntlich nie lange.

Zunächst einmal kehren sie nach Nohant zurück. Casimir kümmert sich wieder um das Gut und die »Verschönerung« von Schloss und Park, Aurore widmet sich dem Haushalt und ihrer Lektüre. Abends lesen sie sich gegenseitig vor, ohne dass Casimir, dessen Herz einzig für die Jagd schlägt, sich für Geschichten oder Gedankengebäude erwärmen kann. Für Aurore besteht die einzige Unterbrechung des alltäglichen Einerleis im Besuch von Freunden, etwa den Roëttiers. Manchmal spielt sie auch eine kleine Rolle in einem Liebhabertheater in La Châtre. Hin und wieder unternimmt sie noch eine Reise, etwa mit Casimir und Maurice in die Auvergne, oder nach Paris, um ihre Mutter zu besuchen. Einmal macht sie sich den Spaß, zusammen mit Freunden eine ländliche Hochzeit zu besuchen – als Bauern verkleidet und die wilde Bourrée tanzend. Im Karneval besucht sie einen Arbeiterball im nahen La Châtre, eigentlich eine Ungebührlichkeit für eine Dame von Stand, doch in der tollen Zeit drückt man ein Auge zu. Ein andermal nimmt sie an einem Ball bei Freunden teil, den

Duvernets, die in Coudray ein kleines Landschloss besitzen. Hier tanzt und lacht sie ausgelassen bis morgens um neun Uhr und mokiert sich hinterher noch darüber, dass der Pfarrer allsonntäglich von der Kanzel herab das »Gewalze« verdammt.

Doch all das kann sie nicht über die Langeweile und Eintönigkeit ihres Alltags hinwegtäuschen. Der Gedanke, dass sie hinfort bis zu ihrem Tod so vegetieren soll, macht sie melancholisch und betrübt. Ihr Körper rebelliert in heftigen Fieberanfällen, die wie aus dem Nichts kommen und gehen.

Da sieht sie Anfang 1827 einen Freund aus vergangenen Tagen wieder: Stéphane Ajasson de Grandsagne, bei dem sie als junges Mädchen Unterricht in Anatomie nahm. Damals schon war sie seinen Reizen gegenüber nicht unempfänglich. Nun, unglücklich in eine langweilige Ehe gepresst, ist sie von ihm heftig angetan. Auch jetzt macht sie sich und der Welt zunächst etwas vor, sieht das Verhältnis zu ihrem »lieben Freund« nur platonisch und sublimiert jegliche erotische Komponente, indem sie, wenn er einmal Sorgen hat, die Seelentrösterin mimt.

Als Aurores gesundheitliche Beschwerden nicht besser werden, fährt sie Anfang Dezember 1827 nach Paris, um einen Arzt zu konsultieren. Ob das der eigentliche Grund für die Reise ist, darf bezweifelt werden, denn immerhin sieht sie Stéphane wieder. Das Treffen bleibt nicht folgenlos: Genau neun Monate nach dem Pariser Stelldichein bringt Aurore ein Mädchen zur Welt, das sie Solange nennt. Sie selbst hat stets Casimir als Vater angegeben. Bedenkt man aber, wie zerrüttet ihre Ehe damals bereits war, darf seine Vaterschaft bezweifelt werden. Verdächtig erscheint auch, dass die Briefe Aurores an Stéphane nicht auffindbar sind. Wahrscheinlich wurden sie – aus gutem Grund – vernichtet.

Ahnt Casimir von der Liaison? Er tut so, als bemerke er nichts; geht zur Jagd, unternimmt Reisen, mimt Gutmütigkeit und Großherzigkeit. Aber im Innern staut sich sein Zorn an. Aurore wird es bald erfahren.

Unterdessen geht das Leben in Nohant seinen Gang: Aurore kümmert sich um die Erziehung ihrer beiden Kinder. Für Maurice, inzwischen sechs Jahre alt, wird ein Hauslehrer, Jules Boucoiran, engagiert, der bald auch zum Vertrauten und Berater der Mutter avanciert. Aurore befasst sich in jenen Jahren wieder mit literarischen Arbeiten, meist Reiseberichte, daneben aber auch ein erster Roman, *Aimée*, ein Buch, das nie erscheinen und dessen Manuskript sie später – wohl aus gutem Grund – vernichten wird.

Aber auch in ihr wächst – wie in Casimir – der Groll auf den Ehepartner. Sie ist trotz ihrer geistigen Tätigkeiten und der Sorge um die Kinder unerfüllt, reist einmal heimlich nach Bordeaux (Casimir glaubt sie in Paris), um sich mit Aurélien zu treffen. Wegen Nohant kommt es immer öfter zu Zwistigkeiten zwischen den Eheleuten. Aurore wirft ihrem Mann vor, er verwalte das Gut – ihr Erbe – nachlässig.

In diese Streitigkeiten und kleinen Fluchtversuche bricht Ende Juli 1830 die Revolution. Wenige Wochen zuvor ist die französische Deputiertenkammer neu gewählt worden, ein Gremium, das nur die herrschende und besitzende Klasse vertritt und also ohnehin keine republikanische Macht im Sinne einer Volksvertretung hat. Dennoch zeitigten die Wahlen eine starke Zunahme der Gruppierungen, die dem neo-absolutistischen und reaktionären König Charles X. skeptisch bis ablehnend gegenüberstehen. Charles tut, politisch in die Enge getrieben, das Unklügste: Er erlässt sogenannte »Ordonnances«, Verfügungen zur Durchführung der Gesetze und zur Sicherung der Macht. Damit wird die Pressefreiheit ausgesetzt und die soeben gewählte Deputiertenkammer aufgelöst. Außerdem wird das Stimmrecht noch weiter eingeschränkt. Als am 27. Juli die Polizei gegen Zeitungsredaktionen vorgeht, die trotz des Verbots unzensiert ihre Blätter erscheinen lassen, kommt es zu Protesten. Der Volkszorn kocht hoch, Arbeiter, Studenten, Bürger und Soldaten plündern die Waffenarsenale und errichten Barrikaden. Es kommt zu Straßenkämpfen der Aufrührer gegen königstreue Truppen. Schließlich gelingt es am 29. Juli den Revolutionären, die Soldaten aus der Stadt zu vertreiben. Am Abend verkündet Charles X. eine Regierungsumbildung – zu spät. Er muss aus der Stadt fliehen und begibt sich ins Exil nach England. Eugène Delacroix, der später mit Aurore befreundet sein wird, hat diese Revolution der »drei glorreichen Tage«, wie sie auch genannt wird, auf seinem berühmten Gemälde *Die Freiheit führt das Volk an* verewigt. Doch glorreich sind jene Tage nur für wenige. Louis-Philippe, der Herzog von Orléans, besteigt den Thron und wird von der Menge vor dem Rathaus durch Akklamation bestätigt. Er wird wegen seiner vergleichsweise liberalen Haltung zwar bald mit dem Beinamen »Bürgerkönig« versehen, doch ist er eben nur ein König für die Besitzenden des Zensuswahlrechts. Das Volk von Paris hat einen Monarchen gestürzt und einen anderen erhalten.

Von Aurore sind zu jenen Vorgängen des Jahres 1830 nur wenige Äußerungen erhalten. Aus ihnen wird jedoch deutlich, dass sie bereits damals eine Republik ersehnt und die Staatsform der Monarchie – egal ob autokratisch oder parlamentarisch – als veraltet und einengend ablehnt. Vor allem, das ist einem Brief an den Staatsanwalt Charles Meure vom September 1830 zu entnehmen, erhofft sie sich von einer Republik eine Verbesserung der Lebensumstände der niederen Stände – für eine vermögende Baronin eine bemerkenswerte Einstellung.

Zwei Jahre später, sie wohnt in Paris, erlebt sie jedoch hautnah eine Revolte mit: Im Juni 1832 kommt es wieder zu Aufständen der Arbeiter gegen die Monarchie. Aurore, die mit ihrer Tochter Solange im Jardin du Luxembourg spazieren war, gerät auf dem Heimweg unversehens in die Auseinandersetzungen: Barrikaden, Schüsse, fliehende Aufständische, königstreue Soldaten, die ihnen nachsetzen. Ungeachtet aller warnenden Zurufe rennt Aurore weiter und gelangt über Umwege wohlbehalten zu ihrer Wohnung, während ringsum in den Gassen geschossen wird. Die Kämpfe dauern die ganze Nacht an. Schließlich wird der Aufstand blutig niedergeschlagen. Erst tags darauf wagt sich Aurore wieder hinaus und sieht, wie die gefangenen Revolutionäre durch die Straßen zur Exekution geführt werden, während die Bürger, die um ihren Besitz gefürchtet haben, vor ihren Häusern stehen und dieses unwürdige Schauspiel hämisch begaffen. Überall sind noch die Spuren des Kampfes zu sehen. Aurore berichtet: »Mehrere Tage waren in der Umgebung des Platzes und des Quai Saint-Michel große Blutflecken sichtbar, und aus dem Leichenschauhaus, das mit Leichen gefüllt war, deren Köpfe an den Fenstern einen grässlichen Anblick boten, rieselte ein roter Bach, welcher langsam unter den Brückenbögen hinfloss [...]. Noch lange Zeit nachher konnte ich kein Fleisch sehen; es schien mir immer jenen Geruch zu haben, der am 6. und 7. Juni inmitten des späten Frühlingsduftes heiß und widerlich zu mir aufgestiegen war.«

Im Jahre 1830 jedoch beschäftigt Aurore ein persönliches Ereignis mehr als die Politik. Sie ist Ende Juli wieder einmal zu Gast bei ihrem Freund Charles Duvernet in Coudray und lernt dort einen neunzehnjährigen Studenten kennen, der ihr auf Anhieb gefällt: Jules Sandeau. Obwohl er Jura studiert, interessiert er sich doch weit mehr für die Literatur und schreibt auch selbst. Später wird er einer der bedeutenderen Romanautoren seiner Zeit werden, der in seinen Büchern kritisch die bürgerliche Gesellschaft porträtiert und tagespolitische Themen einbezieht.

Zum Zeitpunkt der ersten Begegnung Aurore Dudevants und Jules Sandeaus ahnen freilich beide weder etwas von ihrem baldigen Ruhm noch von dem Eklat, dessen Ursache sie sein werden. Aurore ist von der Witzigkeit und Ungebundenheit des jungen Mannes fasziniert. Direkt schön ist er nicht zu nennen: Er altert früh und hat bereits den Ansatz zu einer Glatze. Doch das stört Aurore nicht. Wie schon gegenüber Aurélien de Sèze ist sie in ihr Verliebtsein verliebt und genießt das Unverstellte, Unkonventionelle, das von Sandeau und seinen Kommilitonen ausgeht. Zurück in Nohant, schreibt sie eine übermütige *Romantische Epistel an meine drei Freunde* (gemeint sind Sandeau, Duvernet und ein weiterer Student, der spätere Sozialistenführer Alphonse Fleury), worin sie im Stile jugendlich-studentischer Groteske die drei hochnimmt. Über Sandeau heißt es: »Und Du, kleiner Sandeau, liebenswürdig und leicht wie der Kolibri duftender Savannen! Graziös und stechend wie die Brennnessel, die, von den Winden gepeitscht, sich vor den Türmen von Châteaubrun wiegt! Seitdem Du nicht mehr, flink wie eine Gämse, die Hände in den Hosentaschen, den kleinen Platz überquerst, [...] erheben sich die Damen der Stadt nicht mehr wie die Fledermäuse und Käuzchen bei Sonnenuntergang. Sie setzen die Nachthaube nicht ab, wenn sie am Fenster erscheinen, und die Lockenwickler haben in ihren Haaren Wurzeln geschlagen, die Frisur ist ungepflegt, das Haar verklebt, die Brennschere schläft unbenutzt auf den erkalteten Kohlen. [...] Deine Abreise hat uns eine der wohlbekannten ägyptischen Plagen beschert.«

Dieser Brief vom 2. Dezember 1830 suggeriert eine Leichtigkeit, wie sie Aurore eigentlich gar nicht empfinden dürfte. Denn kurz zuvor, im November, ist es zum endgültigen Bruch zwischen Casimir und ihr gekommen. Sie stößt, als sie im Schreibsekretär ihres Mannes etwas sucht, auf ein an sie adressiertes Päckchen mit dem Vermerk: »Erst nach meinem Tode zu öffnen.« Da sie nicht bis zum Ableben Casimirs warten möchte und die Neugier sie plagt, öffnet sie es und ist starr vor

Entsetzen: »Bei Gott! Was für ein Testament! Nichts als Verwünschungen! Er hat da all seine Anfälle von schlechter Laune und Groll gegen mich zusammengetragen, all seine Betrachtungen über meine Perversität, all seine Gefühle der Verachtung meines Charakters [...].« Noch am selben Tag teilt sie Casimir ihren Entschluss mit, ihn zu verlassen. Ihr Mann reagiert wie immer: zuerst klein beigebend, dann zänkisch, und schließlich doch wieder nachgebend und dabei den Großzügigen spielend. Wahrscheinlich war Casimir – so beschränkt er in geistigen Dingen auch gewesen sein mag – tatsächlich auf seine Weise ein Mensch von Großmut. Aurore und er passten einfach nicht zueinander, Casimirs Schuld war das nicht.

Man einigt sich nach einigem Hin und Her auf einen Kompromiss: Es wird eine Trennung auf Zeit vereinbart. Aurore soll jeweils ein halbes Jahr in Paris, ein halbes Jahr in Nohant leben dürfen. Sie erhält monatlich zweihundertfünfzig Francs Pension ausbezahlt, also dreitausend Francs im Jahr, etwa ein Fünftel der Einnahmen, die das Gut Nohant und ein vermietetes Pariser Stadthaus abwerfen. Maurice und Solange bleiben einstweilen in Nohant, wobei Maurice in die Obhut seines Hauslehrers Boucoiran gegeben wird.

Aurore Dudevant verlässt am 4. Januar 1831 Nohant und fährt mit der Kutsche nach Paris. Sie kommt zunächst bei ihrem Halbbruder Hippolyte unter. Dann bezieht sie eine Mansardenwohnung am Quai Saint-Michel, im fünften Stockwerk. Sie hat von dort einen Ausblick über die Dächer von Paris, fast wie in einem Roman von Eugène Sue oder Victor Hugo. Aber das wirkliche Leben ist prosaischer. Und Paris – das merkt sie bald – ist teuer.

»Sie sind ein wirklich seltenes und starkes Geschöpf«
George Sand wird geboren

Das Geld aus ihrer Pension – zweihundertfünfzig Francs im Monat (ein Arbeiter verdient nur etwa fünfzig Francs) – müsste eigentlich für ein eigenständiges Leben ausreichen, wären da nicht die zahllosen und teuren Zerstreuungen der Großstadt. Aurore will bescheiden leben und ist doch das sorglose Dasein einer Schlossbesitzerin gewohnt. Sie leistet sich eine Zugehfrau und lässt sich das Mittagessen von einem Garkoch bringen. Sie muss für ihre Drei-Zimmer-Wohnung Möbel kaufen und holt einige Monate später ihre Tochter Solange nach Paris, für die sie nun ebenfalls aufkommt. So rinnt ihr das Geld schnell durch die Finger, und sie überlegt, wie sie bescheidener leben kann. Sie will im Winter Brennholz sparen und stattdessen in die öffentliche Bibliothek gehen. Aber da es auch dort kalt ist, lässt sie es bald wieder sein. Mit Sorge sieht sie, wie ihre guten Kleider beim Ausgehen in Wind und Wetter schmutzig werden und ihre feinen Damenschuhe schnell verschleißen. Da gibt ihr die Mutter den Rat, doch Männerkleider zu tragen, die weniger kosten und strapazierfähiger sind. Ein Vorschlag, wie er von der sonst so sittenstrengen Madame Dupin nicht unbedingt zu erwarten wäre, der aber doch ihren Sinn für praktische Lösungen widerspiegelt.

Aurore macht aus der Not eine Tugend: Sie schneidert sich aus grobem Tuch Hose und Weste, dazu einen dicken Überrock. Um den Hals bindet sie sich einen wollenen Schal, auf den Kopf setzt sie eine Mütze, manchmal auch einen Zylinder, wie sie damals gerade in Mode sind. An den Füßen trägt sie feste Schuhe mit dicken Sohlen und eisenbeschlagenen Absätzen, denen das Kopfsteinpflaster nichts anhaben kann. Die Verkleidung ist perfekt; selten nur wird sie bei ihren Gängen durch die Stadt als Frau erkannt, meist hält man sie für einen jungen Studenten. Als solcher geht sie auch im Theater durch, wenn sie für wenig Geld einen Stehplatz im Parterre ergattert. Diese billigen Karten sind den Studenten vorbehalten und damit für Frauen, denen damals der Zugang zur Universität noch verwehrt ist, nicht erhältlich. Hier sieht sie nun, eingekeilt zwischen den anderen Studenten, die vieldiskutierten Dramen von Victor Hugo, Alfred de Vigny und Alexandre Dumas père.

Sie nutzt auch andere studentische Freiheiten: So beginnt sie Tabak zu rauchen, manchmal in der Pfeife, meist jedoch Zigarren oder Zigarillos. Das mag auch heute noch für Frauen ungewöhnlich sein; damals war es ein Affront. Aurore selbst sieht ihre neue Angewohnheit von der eher komischen Seite. Es existiert eine Skizze von ihrer Hand, worauf sie sich als großnasiges, wie ein Schlot qualmendes Wesen karikiert, das in seiner die typischen Accessoires und Merkmale überziehenden Art jedem heutigen Comic zur Ehre gereichen könnte.

Auf ihren Erkundungsgängen durch Paris ist sie nicht allein: Jules Sandeau begleitet sie. Bald sind sie ein Paar, und wenn sie, beide in Redingote, mit Spazierstock und Zylinder, Arm in Arm auf den Avenuen promenieren, drehen sich die Bürger neugierig nach ihnen um. Aurore interessiert es nicht. Früh hat sie es abgelegt, auf die Meinung der Bourgeoisie zu achten. Die Anonymität der Großstadt ist ihr Schutz genug.

Es versteht sich, dass die öffentliche Meinung der jungen Frau in Männerkleidern bald Übles anhängt. Sie sei eine »Femme fatale«, so die allgemeine Ansicht, ein Vorurteil, das sich teilweise bis heute an George Sands Person heftet. Die »Femme fatale« ist ebenso wie der »Blaustrumpf« ein Klischee, das hauptsächlich männlicher Fantasie und Furcht entspringt. Sie ist ein Trivialmythos, der jedoch, um die Grenzen bürgerlicher Moral nicht zu sprengen, dadurch entschärft wird, dass man diese Wunschbilder nur in Kunst und Literatur abbildet und auslebt. Bekannte Typisierungen von Femmes fatales sind in Geschichte und Mythos Kleopatra, Elektra und Salome. In der Literatur des 19. Jahrhunderts werden Salammbô und Carmen als männerverderbende Frauentypen berühmt, beide von Zeitgenossen George Sands entworfen, Gustave Flaubert und Prosper Mérimée. Bezeichnend für die Schizophrenie jener Zeit im Umgang mit erotischen Wünschen ist die Doppelgesichtigkeit des Ideals: Die Femme fatale lockt als Verführerin ihr Opfer, den Mann, an, um ihm höchste Lust zu schenken und ihn zugleich moralisch zu verderben, ihn zu töten, ihm das Antlitz einer »belle dame sans merci«, einer schönen, aber mitleidlosen Herrin zu zeigen. Sie ist Wunschbild und Alptraum zugleich. Nicht die Liebe, der Hass ist es, der diesen Mythos durchzieht. Er ist Zeichen einer frauenfeindlichen Haltung, aber auch Zeichen des männlichen Selbsthasses. Sadismus und Masochismus liegen in diesem Mythos eng beieinander und sind oft nicht genau voneinander zu trennen. Aurore Dudevant jedenfalls bedient augenscheinlich jene von geheimer Lust und verschwiegenem Grauen durchzogenen Fantasien, wenn sie sich gemeinsam mit Sandeau in Männerkleidern, Zigarillos rauchend, auf den Boulevards sehen lässt. Doch ist ihre Maskerade nicht Ausdruck der Negierung ihrer Geschlechtlichkeit, sondern – neben den praktischen Erwägungen – nur *eine* Facette ihres Images, das sehr wohl mit den Accessoires weiblicher Erotik zu spielen weiß.

Den Herbst verbringt Aurore in Nohant. Sie ist froh, Maurice wieder um sich zu haben. Zu Casimir hat sie inzwischen ein gleichgültiges Verhältnis. Morgens reitet sie über Land, kümmert sich tagsüber um ihre Kinder, sitzt bis spät in die Nacht hinein über ihren Manuskripten und Büchern. Manchmal besucht sie im nahen La Châtre Freunde; dann kehrt sie erst anderntags nach Nohant zurück. Casimir kümmert sich wie eh und je um das Gut, mehr schlecht als recht. Er liebt die Jagd, den Wein und die Frauen. Seine Geliebten nimmt er sich unter den jungen Dienstmägden und Arbeiterinnen. Er tut dies offen, er ist im Dorf dafür bekannt, und auch vor Aurore schämt er sich dessen nicht. Es gilt dies als die Freiheit des von seiner Frau vernachlässigten Mannes. Aurore dagegen muss, will sie sich mit Jules auf dem Land treffen, zu einer List greifen. In der Großstadt mag ihr Verhältnis geduldet sein, hier auf dem Land herrscht das Gesetz der »Moral« betitelten Heuchelei. Gustave Papet, ein Freund Aurores, lädt sie einmal auf sein Schloss Ars ein, nur wenige Kilometer von Nohant entfernt. Sie genügen der Konvention der Zeit, und so ist Monsieur Dudevant auch mit von der Partie. Papet steckt jedoch mit Aurore unter einer Decke: Er arrangiert es, dass Jules Sandeau aus Paris nach Ars kommt und bei seiner Geliebten über das Fenster einsteigen kann. Papet deckt das Schäferstündchen der zwei, indem er Wache hält und Casimir anderweitig beschäftigt. Es ist selten, auch in der Briefliteratur, dass eine Frau zu jener Zeit so offen und rückhaltlos wie Aurore über ihre Freude an der sinnlichen Lust schreibt: »Und in dieser Nacht war er da, in meinem kleinen Zimmer, in meinen Armen, glücklich, besiegt, umarmt, gebissen, seufzend, weinend, lachend. Es war eine Raserei der Lust, wie wir sie, glaube ich, noch nie erlebt hatten. [...] Ich bin ganz geschwächt, mein Körper ist mit Bissen und blauen Flecken übersät. Ich kann mich gar nicht aufrecht halten.«

Doch nicht nur privat sind Aurore und Jules ein Paar. Auch beruflich gehen sie gemeinsame Wege. Auf der Suche nach einer Möglichkeit, ihre Pension aufzubessern, verfällt Aurore zunächst auf den Gedanken, sich als Porträtmalerin zu versuchen. Sie stellt im Erdgeschoss ihres Wohnhauses ein Bild aus, das Käufer locken soll, aber nach Wochen hängt es noch immer dort, ohne dass sich jemand danach erkundigt hätte. Dann entsinnt sie sich ihrer bisherigen Schreibversuche und findet über ihren Freund Charles Duvernet Kontakt zu Henri de Latouche, einem Schriftsteller und Redakteur, dem Aurore kurzerhand das Adelsprädikat abspricht: Delatouche nennt sie ihn verbürgerlichend in ihren Briefen. Latouche betreibt ein satirisches Blatt, *Figaro*, das freilich mit der heutigen großen Tageszeitung nur den Titel gemeinsam hat. Er gibt Aurore die Chance, kleinere Texte zu schreiben. So sitzt sie ein paar Wochen wie ein Lehrling täglich von neun bis fünf Uhr in Latouches Redaktionsbüro und bosselt an bissigen Kolumnen und Sottisen. Latouche, im Journalismus erfahren, sieht ihr über die Schulter, macht Anmerkungen, gibt Tipps, streicht und verwirft. Eine harte Schule also. Aurore stöhnt und hält dennoch durch, ahnt sie doch, dass Schreiben nicht nur mit Talent und Fantasie zu tun hat, sondern auch mit Handwerk und stilistischer Ökonomie. Im Innersten verabscheut sie den *Figaro*, aber sie hat ein Ziel vor Augen: Sie will vom Schreiben leben können. Darin ist sie sich mit ihrem Geliebten Jules Sandeau einig, und so liegt nichts näher, als zusammen das literarische Parkett zu betreten. Einmal bringen sie einen gemeinsam verfassten Artikel in der *Revue de Paris* unter, wobei allein Sandeau mit seinem Namen zeichnet. Aurore hat, mehr als sie es sich eingesteht, das Klischee vom Blaustrumpf stark verinnerlicht und möchte außerhalb von Paris, bei ihren Verwandten und Bekannten im Berry, nicht diskreditiert sein. An Duvernet schreibt sie: »So viel ist gewiss, dass er mir seinen Namen leiht, denn ich möchte nicht an die Öffentlichkeit treten [...]. Man hechelt mich in La Châtre so fürchterlich durch

[..], dass das gerade noch gefehlt hätte, um mir den Rest zu geben.«

In dieser Reaktion ähnelt Aurore vielen Schriftstellerinnen ihrer Zeit. Etliche, wie die aus Göttingen stammende Therese Forster-Huber, damals eine berühmte Romanautorin, trugen zeitlebens schwer an ihrer Autorschaft und versteckten sich Jahrzehnte lang hinter einem Pseudonym oder dem Namen ihres Ehemanns. Anderen erleichterte der plötzliche und unvorhergesehene Ruhm die Entscheidung, als Autorin vor die Öffentlichkeit zu treten. So wird es auch bei Aurore Dudevant alias George Sand sein. Im Jahre 1831 jedoch schließt sie jegliche Berühmtheit für sich aus. Bescheiden notiert sie: »[...] ich glaube nicht an all die Verdrießlichkeiten, die man mir in Bezug auf eine literarische Karriere prophezeit, jetzt, da ich versuche, in diesen Beruf einzutreten. [...] Meine einzige Sorge ist es deshalb, meine Situation durch Hinzuverdienen zu verbessern, und da ich keinerlei Ehrgeiz habe, bekannt zu sein, werde ich das auch nicht erreichen. So werde ich weder Neid noch Hass auf mich ziehen.«

Noch kann sie sich dieser Selbsttäuschung hingeben. Sie verfasst zusammen mit Jules einen Roman, der im Dezember 1831 unter dem Titel *Rose et Blanche* erscheint. Als Autor zeichnet »Jules Sand«. Doch schon beim nächsten Werk steht Aurore vor einer schwierigen Entscheidung. Sie schreibt, zurückgezogen in Nohant, den Roman *Indiana*, nun ganz allein. Als Jules das Manuskript gelesen hat, ist er davon so angetan, dass er aus Bescheidenheit das Pseudonym »Jules Sand« verweigert, denn er wolle nicht eine Mitautorschaft suggerieren. Was tun? Unter dem Namen Aurore Dudevant veröffentlichen? Kaum möglich, denn kurz zuvor hat Aurore Besuch von ihrer Schwiegermutter, der alten Frau Oberst erhalten, der das Schriftstellern der Schwiegertochter zu Ohren gekommen ist. »Aber ist's wahr, dass Sie die Absicht haben, Bücher zu *drucken?*«, fragt die etwas einfältige Person die angehende Literatin. »Ja, Madame«, antwortet Aurore lakonisch. Und die Frau Oberst: »Nun, das ist recht gut und schön, ich hoffe aber, dass Sie den Namen, den ich trage, nicht auf die *Deckel gedruckter Bücher* setzen.« Schließlich entscheidet sich Aurore für ein anderes Pseudonym. Da der Name »Sand« bei den Lesern bereits gut eingeführt ist, wählt sie sich »George Sand«, ohne allzu viel zu überlegen. »Jules und George konnten beim Publikum für Brüder oder Cousins gelten«, so meint sie. Dass sie sich einen männlichen Vornamen aussucht, ist der damaligen männlichen Vorherrschaft auf dem Buchmarkt zu schulden. »George« ist dabei keineswegs ein Verweis auf den heiligen Georg als vielmehr ein »Synonym mit dem Berry«, wie sie etwas unklar gesteht. Es ist eine Anspielung auf »Georgeon«, eine im Berry damals gebräuchliche Bezeichnung für den Teufel. Das gehört zum Maskenspiel Aurore Dudevants, die seit jeher eine Freude an der Verkleidung in jeglicher Form besitzt. Es versteht sich, dass solche Wortspielereien, die zumindest von den Menschen im Berry verstanden wurden, zur Dämonisierung der »Femme fatale« George Sand beigetragen haben. Sie selbst spielt in jener Zeit des Öfteren mit dem Motivkomplex Himmel und Hölle, Engel und Teufel. In einem Brief an den Kritiker Charles-Augustin de Sainte-Beuve aus dem Jahr 1833 schreibt sie kokettierend: »Sie sind der Natur der Engel näher; nehmen Sie mich also bei der Hand und überlassen Sie mich nicht dem Satan«, um sogleich zu beschwichtigen: »[...] glauben Sie nicht zu sehr an mein satanisches Wesen; ich schwöre Ihnen, es ist nur ein Image, das ich mir zulege.«

Image oder nicht: Die Schriftstellerin George Sand war geboren. Das Pseudonym wurde sofort zum Gütesiegel und Markenzeichen. Selten hat ein Autor die literarische Welt gleich im ersten Handstreich so erobert. *Indiana* ist das erste Buch unter diesem Namen. Aurore Dudevant hat ihr Pseudonym sehr bald als Inkarnation ihres erfolgreichen Schriftstellerdaseins wie eine zweite, ihre eigentliche Identität angelegt. Sie hat unter diesem Namen zu Lebzeiten etwa einhundertachtzig Bände veröffentlicht. Damit gilt sie neben Honoré de Balzac, Alexandre Dumas père und Émile Zola zu den produktivsten französischen Schriftstellern ihres Jahrhunderts (mit denen allen sie auch befreundet oder zumindest bekannt war). Aber auch ihre literarhistorische Bedeutung, wonach ihr Werk Spiegel der Zeit ist und darüber hinaus neue gesellschaftspolitische Strömungen und Ideen aufgreift und diskutiert, ist bis heute mit diesem Markenzeichen »George Sand« unlösbar verbunden.

Indiana ist noch kein »Meisterwerk«, aber George Sands Talent, einen Stoff fantasievoll, spannend und stilistisch ansprechend zu gestalten, zeigt sich bereits. Natürlich verrät die Autorin darin noch viel Angelesenes. Rousseaus Sentimentalität und Chateaubriands Romantizismus sind auszumachen. Latouche warf der Autorin sogar vor, sie wolle Balzac nachahmen, was George Sand jedoch entschieden zurückwies und auch wenig plausibel erscheint. *Indiana* ist ein Roman über die Formen der Liebe und Möglichkeiten ihrer Erfüllung innerhalb der Grenzen einer bürgerlichen Wirklichkeit. Die Personen stellen, wie so oft bei George Sand, weniger Individuen und Charaktere dar als vielmehr Typen und Ideen. Das unterscheidet die meisten Bücher George Sands von den »realistischen« Romanen Gustave Flauberts oder Émile Zolas. Dennoch hat George Sand Wirklichkeitserfahrungen eingearbeitet, etwa ihre desillusionierenden Eheerlebnisse. Die Typen des Romans verkörpern verschiedene Formen der Liebe und Hingabe: instinktive Zuneigung, stille Treue, sinnliche, aber egozentrische Leidenschaft. Indiana, die Hauptfigur, durchlebt getäuschte Erwartungen und falsche Versprechen, bis sie sich schließlich vom lieblosen Ehemann und dem untreuen Geliebten trennt und mit ihrem Vetter, Sir Ralph – eine Personifizierung der anhänglichen und stillen Liebe – ein neues Leben beginnt.

George Sand hatte sicherlich nicht die Absicht, einen »Schlüsselroman« zu schreiben; diese Art eines platten Exhibitionismus war ihr fremd. Doch dass viele Leserinnen sich darin wiederfanden, trug allein schon zum Erfolg des Buches bei.

Der Roman erfährt innerhalb des ersten Jahres drei Auflagen. Sehr bald ist allgemein bekannt, dass sich hinter dem männlichen Pseudonym eine Frau verbirgt, denn die Thematisierung weiblicher Sehnsuchte und weiblicher Lust könnte so von einem Mann wohl kaum formuliert werden. Der Schriftsteller Charles-Augustin de Sainte-Beuve, damals der »Papst« unter den Kritikern, bescheinigt dem Buch eine natürliche Sprache, tiefe Empfindung und eine lebendige Darstellung. Gustave Planche stellt George Sand sogar über die legendäre Madame de Staël. Planche ist es auch, der sie wenig später aufsucht, um im Auftrag des Verlegers François Buloz um die junge Autorin zu werben. Buloz publiziert die *Revue des Deux Mondes*, eine der bedeutendsten Kulturzeitschriften Frankreichs. George Sand ist von dem plötzlichen Ruhm überfordert. Überstürzt schließt sie mit Buloz einen Kontrakt, der sie auf Jahre hinaus bindet und den man als Knebelvertrag bezeichnen muss. Zum Glück für das lesehungrige Publikum; denn George Sand verpflichtet sich, alle sechs Wochen 122 Druckseiten für die *Revue des Deux Mondes* zu liefern. Für den Vorabdruck ihrer Romane in der Zeitschrift erhält sie von Buloz ein Jahreshonorar von viertausend Francs, also mehr, als sie an Jahrespension von Casimir erhält. Hinzu kommen natürlich noch Honorare aus der späteren Buchpublikation und aus dem Verkauf von Übersetzungen. So ist George Sand über Nacht zu einer der bestbezahlten Schriftstellerinnen geworden. Und zu einem der Großautoren des 19. Jahrhunderts – auch umfangmäßig betrachtet. Sie selbst hat zeitlebens verhältnismäßig leicht gearbeitet. Die selbstzerfleischenden Zweifel am eigenen Talent, an Sprache und Form, wie sie ihren späteren Freund Gustave Flaubert quälen, sind ihr fremd. Ihm gegenüber gesteht sie einmal etwas salopp: »Mit Ihrer peinlich genauen Arbeitsweise erstaunen Sie mich immer wieder. [...] was den Stil anbetrifft, da geb ich's billiger als Sie. Der Wind spielt meine alte Harfe, ganz wie es ihm beliebt. Er hat seine *Höhen* und *Tiefen,* greift voll in die Saiten und vergreift sich auch mal, im Grunde ist mir das einerlei [...].« Hier untertreibt sie ein wenig. Ihre Fron, das Gekettetsein an den Schreibtisch, fiel ihr nicht immer leicht. Über ihre Zusammenarbeit mit Buloz gesteht sie später – da hat sie sich bereits mit ihm entzweit: »Er hat zehn Jahre lang die Schnur meiner Börse in der Hand gehabt [...]. In dieser langen Zeit der Vereinigung der Interessen habe ich Buloz wohl zehntausend Mal zum Teufel gewünscht, aber ich habe ihn auch so oft in Wut gebracht, dass wir quitt sind.«

Zugleich ist sie sich jedoch der Ehre bewusst, die ihr als Hausautorin der *Revue des Deux Mondes* zuteil wird. Bei Buloz geben sich die bekanntesten und bedeutendsten Publizisten die Klinke in die Hand. Viele von ihnen lernt George Sand in jenen Jahren persönlich kennen, mit etlichen verbindet sie eine Freundschaft. Im März 1833 löst sie ihre Beziehung mit Jules Sandeau. Ein halbes Jahr zuvor schon hat sie eine andere Wohnung bezogen, am Quai Malaquais. Diese Wohnung wird alsbald in der Künstlerwelt von Paris als die »blaue Mansarde« berühmt – so genannt wegen der Wandbespannung. Dichter, Musiker und Schauspieler gehen hier in den nächsten Jahren ein und aus: Alfred de Musset und Charles-Augustin de Sainte-Beuve, Prosper Mérimée und Honoré de Balzac, Marie d'Agoult und Marie Dorval, Hugues Félicité de Lamennais und Pierre-Jean de Béranger, Franz Liszt und Heinrich Heine – um nur die wichtigsten zu nennen. George Sand hat zeitlebens Freundschaften hochgehalten, mit zunehmendem Alter – als ihr gescheiterte Hoffnung und Desillusionierung nicht erspart blieben – sogar über die Liebe gestellt. Man kann von ihr mit Fug und Recht behaupten, was später in Deutschland von einer anderen Dichterin, Annette Kolb, gesagt wurde: Sie habe das Genie der Freundschaft besessen. George Sand selbst schreibt einmal in einem Brief: »Ich bin nicht der Mensch, der seine Freunde seinen Feinden opfert.« Diese Anhänglichkeit und Uneigennützigkeit in der Freundschaft hat George Sand in ihrem Leben oftmals bewiesen. Sie stand mit Rat und Tat zur Seite, half häufig auch mit Geld aus, ohne dafür Vorteile zu erwarten oder Dank zu erhoffen. Viele ihrer Zeitgenossen haben das in ihren Erinnerungen und Briefen bestätigt.

Zu den Freunden der ersten Jahre in Paris gehört die Schauspielerin Marie Dorval, die in vielen Dramen der damaligen Zeit die weibliche Hauptrolle verkörpert und den Stücken mit ihrer viel gerühmten Kunst zum Durchbruch verhilft. George Sand hat ein Leben lang eine etwas unglückliche Liebe zum Theater empfunden – vielleicht mit verursacht durch die Bekanntschaft mit der großen Schauspielerin. Sie hat selbst einige ihrer Romane für die Bühne bearbeitet und auch eigens Stücke für das Theater geschrieben, doch blieb ihr der lang anhaltende Erfolg – anders als bei ihren Prosaarbeiten – verwehrt.

Die Freundschaft mit Marie Dorval jedenfalls ist von gegenseitiger Bewunderung durchzogen. Kurz nach dem Erscheinen von *Indiana* schreibt George Sand der Mimin ein Billett, worin sie um einen Besuchstermin bittet. Marie Dorval, eine natürliche und spontane Frau, ist von der Lektüre des Romans sehr angetan und spricht erst gar nicht eine Einladung aus. Stattdessen eilt sie zum Wohnhaus der Schriftstellerin, und, so George Sand, es »wurde die Tür meiner Mansarde heftig aufgerissen, eine Frau stürzte atemlos ins Zimmer, warf sich in meine Arme und rief: ›Da bin ich!‹« Der damaligen Zeit ist sehr nach Bekenntnissen und Schwüren. Und auch George Sand steht dem nicht nach. In einem Brief aus jener Zeit gesteht sie der Freundin: »Du bist die einzige Frau, die ich liebe, Marie, die einzige, die ich mit Bewunderung und Staunen betrachte. Du hast Fehler, die ich liebe, und Tugenden, die ich verehre.«

Ein anderer Bekannter jener Jahre ist Honoré de Balzac. Er gilt bereits damals als einer der talentiertesten Romanciers Frankreichs, obwohl sein gigantisches Werk *Die menschliche Komödie*, ein Romanzyklus von geplanten einhundertdreißig Bänden (von denen er freilich »nur« zweiundneunzig vollenden kann), erst in den Anfängen steckt. George Sand liest im August 1831 seinen Roman *Das Chagrinleder* und schreibt ihm daraufhin ein begeistertes Billett. Kurz zuvor ist sie ihm vorgestellt worden, »nicht wie eine Muse aus dem Département, sondern wie eine gute Kleinstädterin, die von Bewunderung für sein Talent erfüllt wäre«, so erinnert sich George Sand zwanzig Jahre später. Sie spielt hier auf Balzacs Roman *Die Muse des Départements* von 1843 an, worin Balzac seine Kollegin zum Vorbild für die Hauptfigur genommen haben soll. Doch das stammt aus einer Zeit, als die beiden noch enger zueinander stehen und Balzac sogar mehrmals zu Gast in Nohant gewesen ist. Er ist in der Art und Weise, sich durch Mitmenschen zu seinem Romanpersonal inspirieren zu lassen, nicht immer sehr diskret. Bereits die Zeitgenossen munkeln und witzeln über gewisse Schlüsselfiguren. Ein andermal, in seinem Roman *Béatrix,* hat er sich ebenfalls bedient, und zwar bei den Viten von George Sand und Franz Liszt. Sie nimmt ihm das nicht übel, bemerkt es eher halb beschämt, halb kokettierend. Im Umgang mit Balzac kann sie eine gewisse Distanz nicht ablegen. Sie schätzt und akzeptiert ihn als den talentierteren und größeren Schriftsteller, stört sich aber an seiner Egomanie, die besonders im Gespräch zum Ausdruck kommt: Er redet gern nur von sich und seinen

Büchern und Ideen, kennt offensichtlich ihre Werke nicht, interessiert sich nicht für ihre Leistungen, sondern mehr für ihren außergewöhnlichen Lebensweg, den er als literarischen Steinbruch glaubt plündern zu dürfen. Wenn sie wirklich einmal eines ihrer Bücher erwähnt, nimmt er das nur zum Anlass, sofort zu seinen eigenen Romanen überzuleiten. »Mit Balzac«, so erinnert sich George Sand, »sprach ich wenig von meinen literarischen Projekten; er glaubte nicht daran, oder es fiel ihm nicht ein, zu prüfen, ob ich fähig wäre, etwas zu leisten. Ich verlangte keine Lehren von ihm, er würde mir gesagt haben, dass er diese für sich selbst behielte, und darin wäre ebensoviel naive Bescheidenheit als naiver Egoismus gewesen.«

Es ist bei Lichte betrachtet etwas schade, dass zwei der bedeutendsten Romanciers sich zwar begegnet sind und miteinander Umgang hatten, dies aber – von ein paar belletristischen Schlüsselfiguren abgesehen – so wenig folgenreich für die Geistesgeschichte geblieben ist. Allerdings, so versichert George Sand in ihren Erinnerungen, habe sie von ihrem Kollegen gelernt, die anfängliche Idealisierung ihrer Figuren zugunsten einer realistischeren Darstellung zu differenzieren. Glücklicherweise entbehrt die Bekanntschaft der beiden auch nicht ein paar komischer Anekdoten: So erzählt George Sand, wie Balzac, damals schon ein sehr fülliger Mann, hochroten Kopfes und um Atem ringend die fünf Stockwerke zu ihrer Mansarde hinaufsteigt, was freilich – ist er oben angekommen – seinen Redeschwall nicht hindert. Ein andermal gehen sie nachts, durch viel Champagner angeheitert, zum Jardin du Luxembourg: Balzac in seinem berühmt-berüchtigten Schlafrock (den er später durch eine Mönchskutte ersetzen wird) und mit einer brennenden Kerze in der Hand. Vor Einführung der Gaslaternen waren die Städte nachts in nahezu undurchdringliche Dunkelheit getaucht, eine willkommene Atmosphäre für Diebe, Räuber und anderes Gesindel. George Sand gibt die

Gefahr auf dieser Promenade zu bedenken, aber Balzac, ähnlich wie seine bekannte Romanfigur Rastignac, der ausgezogen ist, Paris zu erobern, meint mit der Überlegenheit des spleenigen Monomanen: »Keineswegs, wenn mir Diebe begegnen, werden sie mich für verrückt halten und Angst vor mir haben; oder sie werden mich für einen Prinzen halten und mir Achtung erweisen.«

Die Schar der Verehrer und Verehrerinnen George Sands wächst. Und sie bietet auch reichlich Stoff dafür. Bereits wenige Monate nach ihrem Erstling erscheinen zwei weitere Romane, *Valentine* und *Lélia*. Vor allem letzteres Buch galt und gilt bis heute als eines ihrer faszinierendsten, aber auch widersprüchlichsten und meistdiskutierten. Bereits kurz nach Erscheinen spalten sich Kritik und Publikum in zwei Lager: Es gibt grenzenlose Bewunderung und abgrundtiefe Verachtung. Wegen *Lélia* duellieren sich sogar Gustave Planche und der Kritiker Capo de Feuillide, der das Buch als »nach Kot und Prostitution stinkend« verdammt hat. Und Sainte-Beuve schreibt in einem Brief an die Autorin bewundernd: »Man muss schon sagen, Madame, Sie sind ein wirklich seltenes und starkes Geschöpf.«

Wie schon *Indiana* ist auch *Lélia* ein Ideenroman, der sich mit den verschiedenen Formen und Möglichkeiten der Liebe befasst. Wieder verkörpern die Personen Typen der Leidenschaft und der Liebe. Da ist Stenio, der romantisch-pathetische Dichter, der rückhaltlos lieben möchte, in seiner übersteigerten Sehnsucht aber die Vernunft außer Acht lässt und so zur Katastrophe beiträgt: Er begehrt die schöne, aber zurückhaltende Lélia. In ihrer grundsätzlichen Skepsis an der Möglichkeit erfüllter Liebe zieht sich Lélia in ein Kloster zurück. Stenio begeht Selbstmord. Lélia stirbt nach Missverständnissen und Intrigen, denn sie entfacht im Mönch Magnus eine unterdrückte Leidenschaft, derentwegen er die schöne Frau hasst und verfolgt. Sie wird schließlich am Ufer eines Sees beerdigt, gegenüber dem Grab Stenios.

Im Unterschied zu ihrem früheren Roman thematisiert George Sand in *Lélia* zugleich eine romantische Welterfahrung und ihre Skepsis daran: Übersteigertes Empfinden führt in die Katastrophe; die Liebe als Ideal wird grundsätzlich in Frage gestellt. Zugleich aber – und das trug zum Skandalerfolg des Buches bei – werden aus unterschiedlicher Perspektive die verschiedenen Positionen der Liebeserfahrung betrachtet, auch und gerade die Frage nach der sinnlich-körperlichen Erfüllung. Auch dass breite Passagen aus der Sichtweise einer Frau geschrieben sind, machte den Roman zum Wagnis und zum Novum in einer prüden Zeit, die die Liebe nur zwischen den Polen der Entsagung und der idealisierten Erfüllung ansiedelte.

»Die Nachwelt wird unsre Namen im Munde führen«
George Sand und Alfred de Musset

Nach der Trennung von Sandeau und der Veröffentlichung von *Lélia* bleibt George Sand freilich nicht viel Zeit, über Grenzen und Unmöglichkeit der Liebe nachzudenken. Zum einen arbeitet sie bereits an einem neuen Roman, denn das Publikum ist in seinem Lesehunger unersättlich, zum anderen hat sie im Juni 1833 die Bekanntschaft eines Fleisch gewordenen Stenio gemacht: Alfred de Musset, sechs Jahre jünger als sie, genialischer Dichter und blendend aussehender Dandy, tritt in ihren Gesichtskreis. Bei einem Essen, das Buloz gibt, lernen sich die beiden kennen. Kurz zuvor noch hat George Sand an Sainte-Beuve, der ihr Musset vorstellen will, abwehrend geschrieben: »Ich habe darüber nachgedacht: Ich will nicht, dass Sie Alfred de Musset zu mir mitbringen. Er ist zu sehr Dandy, wir würden nicht zueinander passen [...].« Nun ist sie Mussets Reizen keineswegs abgeneigt und lässt ihre Bedenken hinsichtlich seiner Eitelkeit rasch fallen. Musset ist schön und weiß seine Schönheit blendend in Szene zu setzen. Ein Bild des Zwanzigjährigen zeigt ihn im Kostüm eines Pagen aus der Renaissance, in einem stark taillierten Wams, das seinen wohlgebauten Oberkörper betont, in kurzen Beinkleidern und Strumpfhosen, die seine muskulösen Beine recht freizügig zur Schau stellen. Später legt er sich einen Vollbart zu, der sein Gesicht männlich-markant erscheinen lässt, und kleidet sich mit Geschmack und Distinktion wie ein Grandseigneur. Er kennt seine Ausstrahlung und weiß, wie er auf Frauen wirkt, als Dichter wie als Mann. George Sand liest seine Gedichte und Dramen, die von romantischer, idealisierter Liebe sprechen, und schämt sich beinahe für ihre skeptische *Lélia.* Dennoch will sie wissen, ob dieser Stenio, dieser Romeo hält, was er in seinen Werken wortreich preist, und lädt ihn ein, »in meine Klausnerzelle einzutreten«. Musset kommt der Einladung nach, und bald, so wissen es die geschwätzigen Mäuler von Paris, sind die beiden ein Paar. Hinter dem Getratsche steckt natürlich eine Portion Neid. In George Sand und Alfred de Musset finden sich zwei junge Menschen, die – zumindest nach außen – all das ausstrahlen, was sich die Masse unter einem »Traumpaar« vorstellt: Jugend, Schönheit, Genialität, Ruhm, Erfolg. George Sand genießt zunächst die Zeit an Mussets Seite. Aus der historischen Distanz muss man eingestehen, dass ihr diese Liaison mehr geschadet als genutzt hat. Musset ging als romantischer Frauenheld ins Gedächtnis breiter Schichten ein, hinsichtlich George Sand verfestigte sich jedoch das Klischee von der männerfressenden, unersättlichen Femme fatale.

Wie alle Verliebten gebärden sich auch Musset und George Sand ziemlich verrückt. Das wissen die beiden so gut wie ihre Umwelt, und sie genießen es. Musset schreibt am 28. Juli 1833 an seine Geliebte: »Ich glaube, mein lieber George, heute morgen sind alle verrückt; Sie, eben erst um vier Uhr zu Bett gegangen, schreiben mir um acht; ich, um sieben zu Bett gegangen, war gerade mitten in meinem Bett aufgewacht, als Ihr Brief hier ankam. Meine Leute glaubten, Ihr Bote sei ein Wucherer und schickten ihn ohne Antwort wieder weg. Als ich gerade Ihren Brief las und dabei Ihren Stil bewunderte, kommt ein Freund vorbei (um acht Uhr), der sich gewöhnlich erst nachmittags um zwei erhebt.« Die Welt, so scheint es, steht Kopf, und so wundert es nicht, dass beide im Winter zum Honigmond nach Venedig, der Stadt der Liebenden, aufbrechen. Die Kinder bleiben unter der Obhut von Casimir Dudevant und Jules Boucoiran zurück. Die Route führt Musset und George Sand über Lyon auf einem Dampfer rhoneabwärts nach Avignon, in Marseille schiffen sie sich ein und fahren nach Genua, von dort geht es mit dem Umweg über Pisa, Florenz und Bologna nach Venedig, wo sie Anfang Januar eintreffen.

Zunächst sind beide von der Schönheit der Serenissima überwältigt. »Venedig ist das Schönste auf Erden«, schreibt George Sand begeistert. »All die Bauten im maurischen Stil aus weißem Marmor inmitten des hellen Wassers und unter einem prachtvollen Himmel, die Menschen so fröhlich, so unbekümmert, singend und geistsprühend, diese Gondeln, Kirchen, Gemäldesammlungen, die Frauen hübsch oder elegant, alle Männer schön und groß, das Meer, das gegen deine Ohren brandet, und ein Mondschein, wie es ihn sonst nirgends gibt [...].« Sie wohnen recht fürstlich im Grand Hôtel Royal Danieli, direkt am Canal Grande, nur wenige Hundert Meter vom Markusplatz entfernt. Die Preise erweisen sich als halb so hoch wie in Paris, und George Sand spielt mit dem Gedanken, für ein paar Jahre ganz nach Venedig überzusiedeln, um in der Schönheit der Stadt und dem mediterranen Ambiente an ihren Büchern zu schreiben.

Die Bücher! George Sand ist – Honigmond hin oder her – nicht von ihrem strengen Arbeitsrhythmus abzubringen, denn Buloz wartet auf die ihm vertraglich zugesicherten Romane. So schreibt sie – nicht nur aus Verpflichtung, sondern auch aus Lust – an ihren Manuskripten, täglich mindestens sieben Stunden, in guten Phasen auch dreizehn. Musset fühlt sich vernachlässigt, Neid auf diese unkomplizierte Produktivität spielt auch mit. »Ich habe den ganzen Tag gearbeitet«, stöhnt er einmal fassungslos. »Am Abend hatte ich zehn Verse gemacht und eine Flasche Schnaps getrunken; sie hatte einen Liter Milch getrunken und ein halbes Buch geschrieben.«

Es mag Mussets unstetem, dem Alkohol und dem Nachtleben hingegebenen Wandel zuzuschreiben sein, dass er Ende Januar schwer krank wird. Ein Nervenfieber befällt ihn – die damalige Diagnose ist noch höchst ungenau – und wirft ihn drei Wochen lang aufs Lager. Er deliriert und ringt – will man George Sand glauben – mit dem Tod. Sie pflegt ihn, sitzt auch nachts an seinem Bett. Verständlicherweise stockt deshalb ihre Romanfabrik, und bald trifft eine Mahnung von Buloz ein. Sie kontert: »Wie, glauben Sie, soll ich mich in diesem Augenblick mit Literatur beschäftigen oder mit sonst irgendetwas auf der Welt?«

Unerwarteten Trost findet sie in dieser schweren Zeit dennoch: Sie beginnt ein Verhältnis mit dem behandelnden Arzt, dem siebenundzwanzigjährigen Pietro Pagello. Ein Bildnis zeigt ihn mit Lockenkopf und Oberlippenbart, eine strizzihafte Erscheinung von eher oberflächlicher Schönheit. Er kann kein Wort Französisch, sie spricht Italienisch nur unzulänglich, doch hindert sie das natürlich nicht, ihre Leidenschaft zu leben. George Sand gerät – wie schon nach den Liebesnächten mit Sandeau – in wahre Begeisterungstaumel. An Pagello schreibt sie, während im Zimmer nebenan Musset fiebert: »Werde ich Deine Gefährtin oder Deine Sklavin sein? Begehrst Du mich oder liebst Du mich? Wenn Deine Leidenschaft befriedigt sein wird, wirst Du mir dann danken? [...] Bist Du nach den Freuden der Liebe ausgebrannt und stumpfsinnig oder versetzen sie Dich in eine himmlische Ekstase? Dauert die Liebe Deiner Seele länger als die Liebe Deines Körpers, wenn Du die Brust der Frau verlässt, die Du liebst?« Zu Pagellos Ehrenrettung mag gesagt sein, dass er sich nicht nur um George Sand hingebungsvoll kümmert, sondern offensichtlich auch den Kranken gut behandelt. Musset gesundet schließlich und erfährt von dem Verhältnis seiner Geliebten. Es kommt zu Szenen. Dann versöhnen sie sich, schwören einander Freundschaft, eine Art

Bund zu dritt. Hehre Absichten, die aber die menschliche Natur und ihre Leidenschaften außer Acht lassen.

Schließlich tut Musset das einzig Kluge: Er verlässt Ende März Venedig und reist nach Paris zurück. Doch ist damit der »Roman von Venedig«, wie ihn spätere Literarhistoriker betitelten, keineswegs zu Ende. Mussets Abreise ist allenfalls ein retardierendes Moment. Bereits von unterwegs, aus Genf, schreibt er einen zärtlichen Brief an George Sand – und lügt dabei alle an, auch sich selbst: »Ich liebe Dich noch zärtlich, mein George; [...] Ich liebe Dich, ich weiß Dich bei einem Mann, den Du liebst, und so bin ich beruhigt; die Tränen fließen in Strömen über meine Hände, während ich Dir schreibe, aber es sind die süßesten, kostbarsten Tränen, die ich je vergossen habe.« Musset, in seinem Schmerz, macht sich etwas vor. Im Grunde wünscht er Pagello die Pest an den Hals und schreibt dennoch in einem Anfall edlen Selbstbetrugs: »Sag ihm, wie sehr ich ihn liebe [...].« Und er wird sich hüten, den mit Tinte geschriebenen Brief durch »Ströme« von Tränen unleserlich zu machen. In einem anderen Punkt beweist Musset jedoch psychologischen Scharfsinn: »Du hattest Dich geirrt; Du glaubtest, meine Geliebte zu sein, und warst doch nur meine Mutter.«

An dieser Äußerung ist viel Wahres. Nach allem, was wir aus den erhaltenen Briefdokumenten wissen, war die Beziehung zwischen George Sand und Alfred de Musset tatsächlich von einem Mutter-Sohn-Komplex geprägt. George Sand selbst sah das nicht anders. In ihrem Antwortbrief an Musset heißt es beschwichtigend: »Ob ich nun für Dich wie eine Geliebte oder wie eine Mutter war, ist ziemlich gleichgültig [...]. Ich weiß, dass ich Dich liebe, das ist alles.«

Sie hat, auch das kann man aus den erhaltenen Dokumenten schließen, mehrmals in ihrem Leben Beziehungen geführt, in denen sie mehr die behütende (und bevormundende) Mutter als die ebenbürtige Geliebte spielte. Dass das für das Verhältnis zum Geliebten belastend war, liegt auf der Hand. Auch ihre Liaison mit Frédéric Chopin wenige Jahre später basierte auf diesem Verhaltensmuster.

Doch auch damit ist das Schauspiel der Liebe zwischen George Sand und Alfred de Musset noch nicht zu Ende. Zusehends wandelt sich die angebahnte Tragödie zu einer Farce. George Sand mahnt Musset brieflich, den Freundschaftspakt zwischen ihnen dreien einzuhalten, und reist im August gemeinsam mit Pagello zurück nach Paris. Dort sieht sie Musset wieder, es kommt zu Szenen der Versöhnung, der Leidenschaft und des erneuten Zwistes. Es ist müßig, die einzelnen, von Pathos durchtränkten Auseinandersetzungen nachzuzeichnen. Einmal schneidet sich George Sand zum Zeichen des Schmerzes ihr Haar ab und schickt es Musset. Dann lässt sie sich so von Eugène Delacroix malen, damit auch die Nachwelt wisse, wie sehr sie um Musset gelitten habe. Pagello jedenfalls wird bald nach Italien zurückgeschickt. Er hat seine Schuldigkeit, die Dichterin auf der Reise zu begleiten, getan. George Sand ihrerseits weiß, dass sie auch Musset den Laufpass geben muss, will sie nicht den Verstand verlieren und ihre Schaffenskraft einbüßen. »Wir müssen uns trennen, siehst Du, weil Du doch dahin kommst, Dir einzureden, dass Du von dieser Liebe zu mir, die Dir so viel Schmerz bereitet, nicht genesen kannst«, schreibt sie ihm bereits Anfang September.

Doch auch von anderer Seite wächst der Druck. Buloz ist mit ihren letzten Romanen *Jacques* und *André* nicht zufrieden und wirft ihr vor, sie habe ihre Arbeitsdisziplin an den weltlichen Genuss verraten. Sie selbst ist bereits mit einem ganz anderen Buch beschäftigt, den *Briefen eines Reisenden*. Schon in Italien hat sie damit begonnen. Es sind poetisierte Reiseeindrücke, etwa von einer langen Wanderung mit Pagello durch die Ausläufer der Alpen nördlich von Venedig, vermischt mit persönlichen Erlebnissen aus der Zeit in der Lagunenstadt. Als sie sich an die Ausarbeitung der *Briefe* macht, gibt sie sich Musset gegenüber zunächst noch großzügig: »Wenn Du Änderungen oder Auslassungen wünschst, so brauche ich Dir nicht zu sagen, dass Du das Recht über Leben und Tod aller meiner früheren, gegenwärtigen und zukünftigen Manuskripte hast.« Das sagt sich so dahin, doch wird sie ihr Versprechen später nicht einhalten. Musset aber erst recht nicht. Er schreibt ihr bereits 1834 von seinem Plan, über beider Verhältnis ein Buch zu verfassen. Damit ist er nicht nur indiskret, er überhöht die Beziehung auch ins Symbolische: »Nun, ich werde nicht sterben, bevor ich nicht mein Buch über mich und Dich (über Dich vor allem) fertig habe [...]. Die Nachwelt wird unsre Namen im Munde führen wie die jener unsterblichen Liebespaare, die man mit einem einzigen Namen benennt, wie Romeo und Julia, wie Héloise und Abaelard. Niemals wird man von dem einen sprechen, ohne auch den andern zu erwähnen.«

Musset sollte damit recht behalten. Aber auf dem gemeinsamen Denkmal, das er dieser Liebe in einem Akt der Sublimierung errichten wollte, sollten sich auch hässliche Schmierereien finden. Mit der Trennung des Paares jedenfalls hat die Tragikomödie noch immer kein Ende. Ein Satyrspiel bildet den Epilog: Im März 1835, nach einem Winter voller Liebesschwüre und Hassausbrüche, kappt George Sand den Faden ihrer Verbindung und flieht nach Nohant. Dort schließt sie sich mit ihrer Arbeit ein, dem besten Trost- und Heilmittel, und kommt bald wieder ins seelische Gleichgewicht. Musset unterdessen macht seinen Plan wahr: Er schreibt den angekündigten Roman über seine Liebe zu George Sand. Das Buch erscheint 1836 unter dem Titel *Das Bekenntnis eines Kindes seiner Zeit.* Darin beschreibt Musset das Leben des ausschweifenden und zynischen Octave, der seine Geliebte Brigitte abfällig und undankbar behandelt. Sie reagiert nicht mit Wut oder Verzweiflung, sondern mit dem

Gleichmut einer Mutter. »Ja, sobald Sie mir Leid zufügen«, so Brigitte in Mussets Roman, »sehe ich in Ihnen nicht mehr meinen Geliebten; Sie sind dann nur noch ein krankes Kind, das ich pflegen und heilen will, um den wiederzufinden, den ich liebe.« Worte, wie sie der tatsächlichen Mutter-Sohn-Beziehung von George Sand und Musset hätten entstammen können.

Das Buch stößt auf eine sensationsgierige Leserschaft, die auf solches Futter nur gewartet hat, und zieht eine Flut der Häme und des Schmutzes nach sich. George Sand ihrerseits ist immerhin so nobel, mit ihrer poetischen Sichtweise dieser Liebe bis nach Mussets frühem Tod zu warten – er stirbt 1857, zerrüttet durch Absinth. Dann erscheint im Jahre 1859 ihr Roman *Sie und er*. Es ist die Geschichte der beiden Maler Thérèse und Laurent – unschwer als George Sand und Musset zu erkennen – und deren unglücklicher Liebe. Pagello ist in der Person des vierzigjährigen amerikanischen Großkaufmanns Dick Palmer gezeichnet. Statt Venedig sind Genua und Florenz Schauplatz der tragischen Dreierkonstellation. George Sand hat sich also in ihrem Roman sichtlich auch keine Mühe gegeben, die Spuren der realen Vorbilder zu verwischen. Laurent alias Musset scheitert letztlich an seiner Unfähigkeit, eine Lebensstufe der Reife und der Verantwortung für die Geliebte zu erklimmen. Er verharrt im Stand des egozentrischen Fantasten und überspannten Genies.

Es kommt in der Folge zu wahren Lagerbildungen zwischen selbst ernannten »Mussetisten« und »Sandisten«: Paul de Musset, der Bruder des Dichters, verfasst eine sehr gefärbte und seinen Bruder »verteidigende« Biografie unter dem Titel *Er und sie* (1860), eine offene Kampfansage gegen George Sand. Das denkbar Intimste, die Liebe zweier Menschen, so lächerlich sie in manchen Phasen sich ausgenommen haben mag, wird ins kalte Licht der Öffentlichkeit gezerrt und vermarktet. Bereits einige Jahre vorher hat Louise Colet, eine ehemalige Geliebte Mussets, einen Roman über die Liebenden von Venedig geschrieben: *Er* (1851). Und schließlich erscheint im Jahre 1860 – langsam gehen die Titel aus – noch ein Drama in einem Akt mit dem Titel *Sie*, dessen Autor nicht einmal mehr den Mut hat, sich beim Namen zu nennen.

So endet mit einer Schlammschlacht die Geschichte einer Liebe, die ihre wundervollen Zeiten ebenso durchlaufen hat wie ihre menschlich-allzumenschlichen. George Sand hat vielleicht das treffendste Resümee gezogen, wenn sie im April 1834 in einem Brief an Alfred de Musset schreibt: »Ach nein! Es war nicht unser Fehler; wir folgten unserer Bestimmung, und wir sind beide schwierigere und leidenschaftlichere Charaktere als andere. Es war uns nicht gegeben, das Leben eines durchschnittlichen Liebespaares anzunehmen.«

»Wenn man die Liebe sublimierte«
Das Kreuz mit der Freundschaft

Wie immer in Phasen der Krise, der Trauer oder der Trennung ist Nohant für George Sand ein Ort des Rückzugs, der Rekonvaleszenz, der Umorientierung und des Neubeginns. Besonders nach den aufregenden Eskapaden mit Musset und Pagello bedarf sie dessen. Der Winter 1835 ist eine Zeit der Sammlung; weniger des besinnlichen Müßiggangs als vielmehr harter schriftstellerischer Arbeit. Sie schreibt an Romanen und an einer neuen Folge der *Briefe eines Reisenden*. Sie arbeitet zwölf und vierzehn Stunden am Tag, manchmal auch nachts, wenn im Haus alles still ist, weil sie sich dann besser ihrer Fantasie hingeben kann. Natürlich bürdet sie sich diese Last nicht nur aus purer schöpferischer Lust auf. Sie benötigt das Geld von Buloz mehr denn je, denn die Ausgaben für Haushalt und Familie sind hoch, höher als die Einnahmen aus dem Gut. »Ich musste ohne Ruhe und Rast produzieren und ohne die Hilfe irgendeiner Philosophie Herzensgeschichten aus mir selbst herausschreiben, um die Erziehung meiner Tochter bezahlen zu können und den Pflichten Genüge zu leisten, die ich gegen andere und gegen mich selbst hatte«, bekennt sie rückblickend.

Doch verschafft ihr die geistige Tätigkeit auch ein Gefühl tiefer Befriedigung und innerer Ausgeglichenheit. An Marie d'Agoult, die Lebensgefährtin Franz Liszts, schreibt sie in jenen Jahren: »Wenn ich fühle, dass die Traurigkeit mich überkommen will, was wirklich selten vorkommt, dann verordne ich mir Arbeit und vergesse dabei alles.«

Natürlich ist sie nicht nur an den Schreibtisch gekettet. Sie hat sich um die Erziehung von Solange zu kümmern (Maurice ist in einem Internat in Paris), Haus und Garten wollen versorgt sein, das Dienstpersonal ist zu beaufsichtigen, der Briefwechsel mit ihrem Verleger, mit Lieferanten und Pächtern, mit Lesern und Bewunderern frisst Zeit. Daneben gelingt es ihr aber immer wieder, Kraft aus der Natur zu schöpfen, Sammlung in der ländlichen Stille und im Wechsel der Tages- und Jahreszeiten zu finden. Über den Winter in Nohant schreibt sie im fünften der *Briefe eines Reisenden:*

»Der Winter breitet seine grauen Schleier über die traurige Erde aus, der Frostwind pfeift und klagt um unsere Dächer. Aber manchmal, um die Mittagsstunde, durchbricht ein purpurnes Strahlenbündel den Nebel, und in meinem düsteren Zimmer wird es lichter Tag. Dann rührt sich mein bengalischer Finke in seinem Käfig und seufzt, da er über die entlaubten Fliederbüsche des Gartens hinweg einen Schwarm stummer Sperlinge bemerkt, die, zu kleinen Kugeln aufgeplustert, in melancholischer Glückseligkeit zusammenhocken. In schwarzen Umrissen zeichnet sich das Laubwerk ab vor einem Himmel, der schwer ist von Schneegewölk. Der Ginster ist bedeckt mit braunen Schoten, aber an der Spitze treibt immer noch ein Bündel Ruten, die zu blühen versuchen. Sanft und feucht ist die Erde; sie knirscht nicht mehr unter den Füßen der Kinder. Alles ist Stille, Sehnsucht und Zärtlichkeit.«

Aber auch in ihr Herz kehrt nach der endgültigen Trennung von Musset wieder Frieden ein. Und wie immer nach einer aufregenden und aufreibenden Liebesgeschichte sucht und findet sie Ausgleich und Erfüllung in Freundschaften. Als im Frühjahr die Straßen und Wege nicht mehr von Schnee und Regen aufgeweicht sind, kommen aus Paris die zahlreichen

Freunde. George Sand gilt als herzliche und großzügige Gastgeberin (was sich fatal auf ihre Haushaltskasse auswirkt und sie zu nächtlichen Extra-Schreibstunden zwingt). Der Umgang auf Schloss Nohant ist geistreich und ungezwungen zugleich, so dass man in der schönen Jahreszeit gerne die stickige Großstadt flieht und stattdessen ins Berry fährt. Einer der engsten Freunde jener Jahre ist Franz Liszt. Der jünglingshaft schmale Klaviervirtuose mit den verträumten Gesichtszügen und dem wallenden Haar steht bereits damals im Ruf, über dämonische, unbezwingbare Kräfte zu verfügen – sowohl was sein Klavierspiel anbelangt als auch im Hinblick auf seinen Erfolg bei den Frauen. Er ist mit der Schriftstellerin Marie d'Agoult liiert, einer kühlen, fast unterkühlten blonden Schönheit, die ein wenig die Unnahbarkeit einer Elfe versprüht. Das Paar wird später drei Kinder haben: Blandine, Cosima (die spätere Frau Richard Wagners) und Daniel. Ein »Traumpaar«, würde man heute sagen. Und auch die damalige Zeit sieht es so, in einer Mischung aus Sensationsgier und Neid. Auch George Sand kann sich der Faszination durch Liszt nicht entziehen. Schnell entstehen Gerüchte über eine mögliche Liaison zwischen ihr und dem Pianisten. Sie weist diese Ondits, von denen natürlich auch Marie d'Agoult vernommen hat, entrüstet zurück. In einem Brief an die blonde Gräfin versichert George Sand, sie sei zu der Einsicht gelangt, dass die leidenschaftliche Liebe nicht die ideale Liebe sei. Welcher Natur das Gefühl zu Liszt ist, bekennt sie ihm in einem Brief vom April 1835, einem wahren Hohelied der Freundschaft: »Ich fange an, mir ein Glück zu bereiten, das mir niemand mehr nehmen kann, zu dem Ihr aber beitragen könnt. O Freundschaft! Wisset, was das wirklich ist! Man sollte dieses Wort nur auf Knien aussprechen. Sie ist es, die mich allzeit gerettet hat, sie nur hat mich der Verzweiflung entrissen.« Und im selben Brief, direkt auf Liszt gemünzt: »Seien Sie zu mir auch wie ein Bruder. Ihr Genius wird nun die

Leere der Vergangenheit ausfüllen [...]. Und überdies sind wir ›Cousins‹ von Geburt, wie Heine zu sagen pflegt. Das ist aber jetzt meinerseits *eingebildet.* Denn glauben Sie mir, noch ehe wir geboren wurden, muss ich mit Ihnen zusammen irgendwo schon etwas Ihrer Musik Vergleichbares gehört haben, sonst würde ich sie nicht so lebhaft mitempfinden können.«

Ein Name ist gefallen: Heinrich Heine. Bereits im November 1834 bittet George Sand ihren neuen Intimus Liszt, der in den Pariser Salons heimisch ist, ihr Hector Berlioz und Heinrich Heine vorzustellen. Heine, der steckbrieflich gesuchte Jungdeutsche, der romantische Liebesgedichte ebenso schreibt wie bissige republikanische Kampflieder, lebt seit 1831 im Pariser Exil. Bald nach der ersten Begegnung werden George Sand und er gute Freunde. Der deutsche Dichter hat damals noch jünglingshafte Züge, erst später wird ihn die Syphilis in die »Matratzengruft« werfen. Er trägt das Haar halblang, Wangen und Kinn sind rasiert. Alles in seinem Gesicht deutet auf ein schwärmerisches Wesen hin, dabei entspringen seinem Mund die bissigsten Bemerkungen und gefährlichsten Ansichten, die Paris seit langem vernommen hat. In den Salons ergötzt man sich über diesen zwiespältigen Menschen und ist froh, wenn sein vernichtender Spott nur den Nachbarn trifft. Heine verkehrt auch in George Sands blauer Mansarde, doch führt ihn sein Weg nie nach Nohant. Einmal fragt die liebeskranke Schriftstellerin den Zyniker, was denn Liebe sei? Er antwortet abgeklärt, man könne nur mit dem Kopf und den Sinnen lieben, das Herz hingegen bedeute in der Liebe nur wenig. In ihren Briefen reden sich die beiden bald vertraulich mit Cousin und Cousine an. Einmal, sie haben sich in Paris knapp verpasst, schreibt er ihr: »Ich hätte Sie zu sehen gewünscht! Die Strahlen Ihrer Augen hätten mir gut getan. Der Klang Ihrer Stimme hätte mir gut getan. Ich bin sehr traurig. Sie kennen nicht mein ganzes Unglück.« Sie kennt vielleicht nicht sein ganzes Unglück, kann sich aber sehr wohl in seine Zerrissenheit, in die Diskrepanz seines zugleich romantischen wie modernen Wesens hineinfühlen. In ihrem Tagebuch vermerkt sie: »Heines Herz ist ebenso gut, wie seine Zunge schlimm ist. Er ist zärtlich, hingebend, ergeben, in der Liebe romantisch, sogar schwach und imstande, die unbegrenzte Unterjochung durch eine Frau zu ertragen [...]. Er ist wie seine Dichtungen: ein Gemisch der erhabensten Sentimentalität und der komischsten Spottlust.«

Berühmt wird ein paar Jahre später Heines Aufsatz über George Sand in seiner Feuilletonsammlung *Lutetia*. In seinem biografischen Abriss macht das Spottmaul natürlich auch vor ihren Liebhabern und vor allem vor Casimir Dudevant nicht halt. Über sie selbst jedoch findet er nur lobende, ja ehrfürchtige Worte – obgleich man bei ihm nie genau zwischen Ernst und Ironie zu unterscheiden weiß: »Ja, George Sand ist schön wie die Venus von Milo; sie übertrifft diese sogar durch manche Eigenschaften: sie ist z. B. sehr viel jünger. [...] George Sand hat Wahrheit, Natur, Geschmack, Schönheit und Begeisterung, und alle diese Eigenschaften verbindet die strengste Harmonie. [...] Ihr Stil ist eine Offenbarung von Wohllaut und Reinheit der Form.« Freilich wäre er nicht Heine, würde er nicht doch noch eine offene Spitze unterbringen. Am Schluss seiner Betrachtung witzelt er: »Was aber den Stoff ihrer Darstellung betrifft, ihre Sujets, die nicht selten schlechte Sujets genannt werden dürften, so enthalte ich mich hier jeder Bemerkung, und ich überlasse dieses Thema ihren Feinden –«

Ein wahrhaft schlechtes Sujet liefert zu jener Zeit George Sands Eheleben. Ihrem Noch-Gatten Casimir, dem Heine in *Lutetia* attestiert, er besitze ein »Philistergesicht« und habe eine Art, die ein tieferes »Frauengemüt [...] bis zum Davonlaufen erfüllen« müsse, missfällt der Wandel seiner Frau und ihre Eigenständigkeit in beruflichen und privaten Angelegenheiten. Im Oktober 1835 kommt es zu einer erregten Szene, über deren

Verlauf George Sand in einem Brief an ihren Anwalt eine wohl gefärbte, in den Grundzügen jedoch sicherlich seriöse Darstellung liefert – immerhin wird dieses Schreiben später vor Gericht zitiert und verhandelt. Bei einer abendlichen Zusammenkunft in Nohant – außer dem Ehepaar und den Kindern sind noch ein paar Freunde anwesend – kommt es zur Verstimmung zwischen dem angetrunkenen Casimir und Maurice. George Sand, deren Bindung an den Sohn außerordentlich innig und solidarisch ist, versucht, einen offenen Streit zu verhindern, und schickt Maurice auf sein Zimmer, kann sich jedoch nicht enthalten zu sagen: »Ich komme gleich und arbeite mit dir; du siehst, dass du deinen Vater ungeduldig machst und er nicht weiß ...« Sie beißt sich auf die Zunge, beinahe hätte sie die Fassung verloren. Doch Casimir hat den Lapsus bemerkt, er stellt seine Frau zur Rede: Sie solle nur aussprechen, was sie gedacht habe: »Dein Vater weiß nicht mehr, was er sagt.« George Sand antwortet ehrlich, aber zugleich dialektisch überlegen: »Das ist möglich, aber das habe ich nicht gesagt.« Es kommt zu einem Wortwechsel, in dessen Verlauf Casimir immer unbeherrschter wird, während George Sand (glaubt man ihrer Darstellung) ihm kühl Paroli bietet. Er fordert sie auf, das Zimmer zu verlassen. Sie macht ihn nüchtern auf die wahren Besitzverhältnisse aufmerksam: »Das werde ich nicht tun. Sie vergessen, dass ich hier zumindest genauso gut zu Hause bin wie Sie.« Als er ihr eine Ohrfeige androht, antwortet sie nur: »Das werden Sie nicht wagen.« Casimir stürzt sich auf sie. Die Umstehenden werfen sich ihm entgegen, es kommt zum Gerangel. Casimir rennt schließlich in den Nebenraum, zu dem Schrank, worin der begeisterte Jäger (erst am Vormittag war er in den Wäldern um Nohant auf der Pirsch) seine Gewehre aufbewahrt. Er entnimmt eine Flinte und droht damit einem der Herren, die ihn am Betreten des Salons hindern wollen. Schließlich gelingt es, ihn zu beruhigen. Er kehrt ohne Waffe ins Wohnzimmer zurück, George Sand verlässt den Salon und geht in ihr Schlafgemach.

Wenige Tage darauf wendet sie sich an einen Rechtsanwalt, der ihr von einem Bekannten empfohlen wurde: Louis-Chrisostome Michel, nach seinem Wohnort von allen schlicht Michel de Bourges genannt. Das Gesicht des Achtunddreißigjährigen strahlt Entschlossenheit und Willensfestigkeit aus: Er hat eine hohe Stirn mit Geheimratsecken, einen Backenbart, ein markantes Kinn, eine gerade Nase und trägt eine kleine, ovale Brille, durch deren Gläser sehr nüchterne, fast kalte Augen blicken. Michel ist eine Koryphäe auf seinem Gebiet, mehr noch, er ist eine Legende. Wenige Monate zuvor hat er im sogenannten »Monsterprozess« zweitausendsechshundert angeklagte Republikaner verteidigt, die an einem Aufstand gegen die Monarchie teilgenommen hatten. George Sand ist von seinen republikanischen Ansichten zunächst hingerissen – und nicht nur hiervon. Bald flammt zwischen beiden eine heftige Leidenschaft auf, trotz des kurz zuvor gefassten Entschlusses der Schriftstellerin, hinfort nur noch der Freundschaft, nicht mehr der körperlichen Liebe zu leben. Von Michel jedenfalls ist George Sand begeistert, in seinen Armen, so verrät sie mehrfach, finde sie endlich vollkommene sexuelle Befriedigung. Wenn er in La Châtre weilt, besteigt sie oft mitten in der Nacht ein Pferd und reitet – in Männerkleidern, einen Bauernhut auf dem Kopf – die sechs Meilen in das benachbarte Städtchen, um dort ein paar glühende Liebesstunden mit ihrem Advokaten zu verbringen. In der Morgendämmerung schließlich prescht sie zurück nach Nohant und sitzt meist wieder am Schreibtisch, noch bevor das Dienstpersonal überhaupt aus den Federn ist. Sie ist gerade einmal neunundzwanzig, also jung und feurig genug für solch kräftezehrende Eskapaden.

Michel de Bourges vereint in seinem Wesen alle Eigenschaften eines Volkstribuns – im guten wie im schlechten Sinne. Er besitzt rhetorische Überzeugungskraft und die propagandistische Gewalt einer Führernatur. Sein Wesen kennt zugleich Idealismus und Fanatismus als Antrieb. Er befürwortet den gesellschaftlichen Umsturz und will dafür den Tod Unschuldiger gerne in Kauf nehmen. George Sand ist anfänglich von ihm hingerissen – nicht nur im Bett. Als sie jedoch später einmal erlebt, wie er nachts, auf einer Pariser Brücke stehend, lauthals die Zerstörung alles Bestehenden fordert und sich in Gewaltfantasien ergeht, worin Paris dem Erdboden gleichgemacht und das Wasser der Seine vom Blut der Getöteten rot gefärbt werden soll, erwacht sie – und wendet sich innerlich von diesem Fanatiker erschauernd ab.

Doch als Anwalt tut er sein Bestes. Die Schwierigkeit für George Sand besteht darin, dass im damaligen französischen Recht eine Ehescheidung im heutigen Sinne nicht vorgesehen ist. Allenfalls eine gerichtlich anerkannte Trennung kann ausgesprochen werden. Dennoch ruft sie das Gericht an und fordert in ihrer Anklageschrift: »Ich habe verstanden, dass es nötig ist, das Gericht um den Schutz zu bitten, den es den Unterdrückten zubilligt, wenn durch besondere Umstände die Unverletzlichkeit und Sicherheit in der Ehe verletzt worden ist. [...] Ich verlange eine Trennung von Tisch und Bett, die vor Gericht vollzogen wird und die mein Dasein schützt vor Drohungen, Beleidigungen, Schlägen und noch schlimmerer Gefahr [...].« Der Prozess wird zunächst in La Châtre geführt. George Sand wohnt in jener Zeit nicht in Nohant (wo Casimir weilt), sondern in La Châtre bei der befreundeten Familie Bourgoing, deren unkomplizierte Gastlichkeit sie schätzt: »Ich wohne in einem Haus am Stadtrand, das auf einer Terrasse über den Felsen liegt. Zu meinen Füßen erstreckt sich ein liebliches und hübsches Tal. Ein Garten voller Rosen von acht Metern im Quadrat und eine Terrasse, die sich mit zehn Schritten durchmessen lässt, dienen mir als Salon, Arbeitskabinett und

Galerie.« Sie genießt nicht nur ihr provisorisches Domizil, sondern auch die nächtlichen Besuche bei ihrem Anwalt. Der Prozess zieht sich hin und zehrt an den Nerven. Casimir will nicht klein beigeben und zumindest finanziell das Beste aus Nohant herausschlagen. Nach einem ersten Urteil geht er vor einem höheren Gericht in Bourges in Berufung. Doch schließlich gelingt es dem beredten und gerissenen Michel, die Dinge so zu Casimirs Ungunsten darzustellen, dass der als Trunkenbold und Dienstmagdschwängerer demaskierte Mann – der »Feind«, wie ihn George Sand hasserfüllt betitelt – einknickt und sich geschlagen gibt: Das Gericht anerkennt die Trennung der Eheleute von Tisch und Bett. George Sand erhält überdies das Recht, ganz nach Nohant zurückzukehren und die Einkünfte aus dem Gut zu verwalten. Damit ist sie wieder Herrin über ihr Erbe. Casimir zieht sich nach Guillery in das Haus seiner Eltern zurück und erhält zum Ausgleich von seiner Frau die Einnahmen eines großen Mietshauses in Paris, das in ihrem Besitz ist, außerdem eine jährliche Rente. Sicherlich keine Kleinigkeit für George Sand, zumal die Ausgaben für die Haushaltsführung immens sind. Andererseits weiß sie, dass sie auch weiterhin ihre Schriftstellerei nicht nur unter dem Blickwinkel der Kunst betreiben wird, sondern auch als wichtige Einnahmequelle. Sie stimmt also zu, da die wiedergewonnene persönliche Freiheit für sie das höchste Gut darstellt. Außerdem ist endlich die strittige Frage der Kindererziehung geregelt: Solange soll bei der Mutter leben, während Maurice – jederzeit für die Mutter erreichbar – in Paris im Internat bleibt, wofür Casimir aufkommen muss. Erleichtert und triumphierend schreibt George Sand am 30. Juli 1836 an ihre Mutter: »[...] alles ist beendet und endlich habe ich Frieden und bin frei für immer.« Sie bezieht in diesen Jahren ihre Mutter immer mehr in ihre Gefühle, Wünsche und Sehnsüchte ein. Sophie-Victoire, die sich einst so entrüstet über George Sands Aufbegehren gegen die Konvention zeigte, scheint nun, im Alter, milder und weiser gestimmt zu sein und der Tochter größeres Verständnis entgegenzubringen. »Madame Maurice Dupin«, wie die Witwe offiziell nur genannt wird, stirbt ein Jahr später, im August 1837.

Lange hält es George Sand in Nohant nicht. Zu sehr haben die Querelen mit Casimir sie beansprucht. So nimmt sie im September eine Gelegenheit gerne wahr, Liszt, Marie d'Agoult, den Schriftsteller Adolphe Pictet und einen Schüler Liszts, den jungen Hermann Cohen, genannt »Puzzi«, in der Schweiz zu besuchen. Sie reist gemeinsam mit ihren Kindern nach Genf, wo sie die Freunde jedoch verpasst. Erst in Chamonix treffen sie zusammen. George Sand hat dies im zehnten der *Briefe eines Reisenden* humorvoll beschrieben. Sie betritt ein Hotel und fragt den Wirt, ob Franz Liszt hier abgestiegen sei. Den Pianisten beschreibt sie folgendermaßen: »zu enges Hemd, langes und ungekämmtes Haar, eingedrückter Strohhut, eine Krawatte, die wie ein Strick zusammengetreidelt ist, zur Zeit hinkend, und gewöhnlich das *Dies irae* mit angenehmem Wesen pfeifend.« Der Wirt weiß sogleich, wer gemeint ist. Er schickt George, die er für einen Mann hält, auf Zimmer 13 und merkt an: »Die Dame ist sehr müde, aber das junge Mädchen ist gut gelaunt.« George Sand ist verunsichert: Die Dame, das könnte Marie d'Agoult sein, aber ein junges Mädchen? Sie glaubt, die falsche Reisegesellschaft vorzufinden, und steigt dennoch die Treppe zu Zimmer 13 hinauf. Weiter berichtet sie:

»Das Erste, was mir unter die Füße kommt, ist das, was der Wirt das ›junge Mädchen‹ nennt. Es ist Puzzi, rittlings auf einem Nachtsack, so verändert, so gewachsen, den Kopf bedeckt mit so langen braunen Haaren, den Oberkörper in eine so frauenhafte Bluse gehüllt, dass ich weiß Gott an mir selbst zweifle; und da ich den kleinen Hermann nicht wiedererkenne, ziehe ich vor ihm den Hut und sage: ›Schöner Page, verratet mir, wo ist Lara?‹ Aus der Tiefe eines englischen Kapuzenmantels kommt bei diesem Wort der blonde Kopf Arabellas [Marie d'Agoults] zum Vorschein; als ich auf sie zueile, fällt mir Franz [Liszt] um den Hals, Puzzi tut einen erstaunten Schrei; wir bilden eine Gruppe, die in Umarmungen verworren ist, während das Stubenmädchen, entsetzt ist, solch einen verwahrlosten Jungen zu sehen, den sie bisher für einen Jockey gehalten hat, wie er eine so schöne Dame wie Arabella umarmt. Das Stubenmädchen lässt daraufhin das Licht fallen und verbreitet im ganzen Haus die Nachricht, dass im Zimmer 13 eine Rotte seltsamer und unbeschreiblicher Leute eingefallen sei, die behaart wie die Wilden seien, und bei denen man nicht Männlein von Weiblein, Diener von Herrschaft auseinander halten könne. ›Komödianten!‹, sagt der Küchenchef ernst und mit Verachtung, und so sind wir also stigmatisiert, man zeigt mit dem Finger auf uns, wir sind verabscheuungswürdig. Die englischen Damen, denen wir auf den Gängen begegnen, lassen ihre Schleier über ihre schamhaften Gesichter fallen, und ihre ehrwürdigen Gatten verständigen sich, während des Abendessens eine kleine Darbietung unseres Könnens zu erbitten, und sammeln hierfür anständig Geld.«

Sie sind ausgelassen wie die Kinder, treiben ihren Schabernack miteinander und mit den ehrenwerten Gästen des Ferienortes. Abends spielt Franz Liszt am Klavier, improvisiert über eigene Themen, paraphrasiert aus den damals beliebten italienischen Opern. Bislang ist er in der Welt in erster Linie als Pianist bekannt, der es sich zum Ziel gesetzt hat, am Klavier das zu sein, was der dämonische Paganini für die Geige bedeutet: der technisch perfekteste und brillanteste Virtuose aller Zeiten. Doch in jenen Monaten in der Schweiz komponiert Liszt an einer Sammlung von Stücken, die zu den Höhepunkten der romantischen Klavierliteratur zählen werden. Er nennt die Sammlung zunächst *Album eines Reisenden*, einige Jahre später arbeitet er die Stücke um und gibt ihnen den endgültigen

Titel, unter dem sie auch berühmt werden: *Années de Pèlerinage, Pilgerjahre,* deren erster Teil Landschaften und Örtlichkeiten der Schweiz gewidmet ist, während der zweite Teil von Reisen nach Italien inspiriert wurde. George Sand, die immer empfänglich ist für das Neue und bisher Ungesagte in der musikalischen Sprache, wird damit, wie auch wenige Jahre später während der Entstehung von Chopins *Vierundzwanzig Préludes op. 28*, zum Ohrenzeugen bei der Geburt großer Musik.

Angerührt zeigt sich George Sand in diesen Wochen nicht nur von Liszts musikalischem Können (einmal spielt er ihr in einer Kirche auf der Orgel das *Dies irae* aus Mozarts *Requiem* vor), sondern auch vom Wesen ihrer beiden Kinder. Als sie einmal zu einem Gletscher wandern, sagt die achtjährige Solange zu ihr: »Sei ganz ruhig, mein George; wenn ich erst Königin bin, schenke ich dir den ganzen Mont Blanc.« Und Maurice meint daraufhin zur Mutter: »*Sie* wird dich stolz machen, *ich* aber werde dich glücklich machen.«

Ende Oktober kehrt George Sand nach Paris zurück. Sie genießt in ihrer neu gewonnenen Freiheit das Geistesleben der Hauptstadt. Durch Liszt lernt sie Hector Berlioz und Frédéric Chopin kennen. Sie besucht auch Konzerte Chopins und ist von seinem Spiel und seiner – im Gegensatz zu Liszt – sehr verinnerlichten Haltung geheimnisvoll angezogen. Freilich ist das Leben kein andauerndes Fest, und so sieht sie sich wieder gezwungen, nicht nur die Romanfabrik in Gang zu halten, sondern auch mit ihrem Verleger Buloz in ärgerliche Verhandlungen zu treten. Er hat soeben mit der Edition einer ersten Werkausgabe in siebenundzwanzig Bänden begonnen (wobei der kleine Satzspiegel einen Roman auf mehrere Bände anschwellen lässt), aber sie ist mit den Konditionen nicht zufrieden. Inzwischen ist sie sich ihres Namens und literarischen Wertes bewusst und scheut nicht vor groben Worten der Wahrheit zurück. »Der Teufel soll Sie holen«, schilt sie ihn in einem Brief,

»Sie haben mir in einigen Tagen sechstausend Francs versprochen, und ich bitte Sie um fünfhundert für morgen. [...] Sechs Briefe habe ich Ihnen geschrieben, doch mir scheint, Sie sind taub auf den Augen, eine seltsame Krankheit, die bis zum heutigen Tag noch nie beschrieben worden ist.«

Sorge bereitet ihr auch Maurices persönliche Entwicklung in einem Pariser Internat. In Kreisen des »anständigen« Bürgertums herrschen andere, unduldsamere Gesetze als in der Künstlerwelt. Maurice wird wegen seiner Mutter, ihrer Romane und ihres unkonventionellen Lebenswandels von den Mitschülern gehänselt. »[...] wenn ich bloß daran denke, wie sie Dich nennen, ich könnte das Wort nicht sagen, so hässlich ist es«, schreibt er ihr bereits im Mai 1836. Das ficht George Sand nicht an, sie ist bereits durch alle Feuer von Anfeindung und Beleidigung geschritten. Aber Maurice, ein äußerst feinfühliger Knabe, wird ernsthaft krank. Schließlich fasst sich die Mutter ein Herz und nimmt ihren Sohn von der Schule, ohne das Einverständnis Casimirs, der für das Internat aufkommt, einzuholen. Erst nachträglich einigen sich die Eheleute gütlich, und Maurice kann von da an gemeinsam mit Mutter und Schwester in Nohant leben.

Es wird ein guter Sommer auf dem Land, durchzogen von neuen Eindrücken und reicher Abwechslung, in der Schwebe zwischen produktiver Sammlung und künstlerischer Zerstreuung. Viele Freunde kommen zu Besuch. Die Zimmer des Schlosses füllen sich, ohne dass man das Gefühl haben müsste, einander zu beengen. Die zwei Stockwerke des Hauses sind verhältnismäßig zweckmäßig aufgeteilt und eingerichtet: Im Erdgeschoss befinden sich ein Vestibül, die Küche, in der Mitte, mit der Tür zum Garten, das Esszimmer, der Salon und das ehemalige Zimmer von George Sands Großmutter, das nun, ebenso wie ein angrenzendes Boudoir, für Gäste bereit steht. Außerdem gibt es, zur Stirnseite des Hauses hin, ein großes

Billardzimmer, das Ende der Vierzigerjahre jedoch durch eine Wand in zwei Räume geteilt wird, in denen Maurice und George Sand zwei kleine Theaterräume samt Bühne einrichten, für das Schauspiel und für ein Marionettenspiel. Im oberen Stockwerk befinden sich die Schlafzimmer von George Sand und ihren Kindern, außerdem, zur Gartenseite hin, ihr Arbeitskabinett und die Bibliothek sowie ein paar kleinere Kammern zum Anziehen und für das Personal. Sind mehrere Gäste gleichzeitig im Schloss, so wird mitunter auch das Arbeitskabinett als Schlafzimmer hergerichtet.

Nohant gleicht bisweilen einem Taubenschlag. George Sand gilt als großzügige und aufmerksame Gastgeberin. Der Maler Auguste Charpentier berichtet aus Nohant entzückt an eine Tante: »Man führt hier das glücklichste und freiestmögliche Leben. Jeder steht auf, wann es ihm gefällt, da man sich zum Frühstück nicht versammelt [...]. Nach dem Frühstück arbeitet man oder besucht sich gegenseitig oder spielt eine Partie Billard zur Zerstreuung. Untertags bleibt Madame Sand für sich und arbeitet, sie empfängt niemanden. Um fünf Uhr läutet die Glocke, man kleidet sich an, und alle versammeln sich zum Abendessen; von da an lebt man in der Familie, man geht in den Salon hinüber, und wer mag, der raucht Zigaretten. [...] Um elf Uhr zieht man sich zurück, und jeder findet auf seinem Zimmer ein angenehmes Feuer vor, das Bett ist aufgeschlagen, Gläser mit Zuckerwasser stehen bereit, kurz, es herrscht der ganze Luxus eines richtigen Schlosses [...].«

Franz Liszt und Marie d'Agoult sind mehrfach hier. Liszt spielt der Gastgeberin spätabends seine neuesten Klavierstücke oder auch seine Transkriptionen Schubertscher Lieder, etwa des *Erlkönigs* vor. Währenddessen, Liszts Musik perlt durch die offene Terrassentür in die Nacht hinaus, spaziert die schöne »Prinzessin Arabella«, wie die Freunde Marie d'Agoult nennen, weißgewandet wie eine Elfe im mondbeschienenen Garten unter hohen Bäumen umher. Die kleine Gesellschaft ist hingerissen von den eigenen romantischen Gefühlen und dem Geheimnis der Nacht. »Versunken wie die ganze Natur in eine düstere Glückseligkeit«, so erinnert sich George Sand, »konnten wir den Blick nicht wenden von dem magnetischen Kreis, den die stumme Sibylle im weißen Schleier vor uns zog [...].« Wie so häufig ist auch hier die junge Generation weniger sentimental und gewitzter: Es existiert aus jenem Sommer eine Karikatur aus der Hand von Maurice, die Liszt darstellt, wie er mit langen, spinnengleichen Armen und Beinen am Klavier sitzt und seine virtuosen Klangwunder hervorzaubert; hinter ihm, die Zigarette im Mund, George Sand, die ihm, halb bewundernd, halb fassungslos, über die Schulter blickt.

Ein anderer Besucher in Nohant ist Honoré de Balzac. George Sand und er kennen sich schon von Paris her sehr gut, nun aber will er die »Löwin des Berry« in ihrer ländlichen Höhle besuchen. Er bleibt im Februar 1838 acht Tage lang zu Gast und ist von George Sands Gebaren und der Atmosphäre des Hauses angezogen und auch ein wenig amüsiert. Er findet die Hausherrin im Schlafrock vor, was ihm, der am liebsten eine Mönchskutte trägt, nicht so fremd ist. Sie sitzt am Kamin, raucht eine Zigarre, trägt zu dem Schlafrock rote Hosen und gelbe Pantoffeln mit Fransen. Eine lächerliche Figur? Keineswegs. Balzac rühmt die Ausstrahlung ihres Wesens und ihres Äußeren, ohne beschönigend zu sein. »Was das Körperliche anbelangt«, schreibt er unbestechlich, »so hat sie ein Doppelkinn wie eine Äbtissin, sie hat trotz ihres schrecklichen Pechs nicht ein einziges weißes Haar, ihr bräunlicher Teint hat sich nicht verändert, ihre schönen Augen leuchten noch genauso.« Und er fügt hinzu: »Wir haben mit einem Ernst, einer Ehrlichkeit, Offenheit und Gewissenhaftigkeit, wie es den großen Hirten der Menschenherde zukommt, über die großen Fragen der Ehe und der freien Liebe disputiert.«

Sie hocken viel beisammen, tauschen auch Tratsch und Klatsch über die Künstler- und Intellektuellenszene aus. Balzac bedient sich ausgiebig an dem, was er erfährt und sieht. Er behauptet später, George Sand selbst habe ihm die Idee zu einem Schlüsselroman über die Beziehung von Franz Liszt und Marie d'Agoult geliefert, und sogar einen Titel – *Galeerensklaven der Liebe* – ins Gespräch gebracht. Wir wissen nicht, was an jenen langen Februarabenden wirklich getuschelt worden ist. Jedenfalls schreibt Balzac einen Roman, nennt ihn jedoch *Béatrix*. In den Hauptfiguren sind unschwer George Sand, Liszt und – als Béatrix de Rochefide – die Gräfin d'Agoult wiederzuerkennen. Die »schöne Arabella« kommt in dem Buch charakterlich schlecht weg: Als eitle, willenlose und kokette Natur wird sie von Balzac gezeichnet, als »eine Frau ohne Herz und ohne Verstand, die nur auf bösen Wegen wagemutig sein kann«. Kein Wunder, dass nach Erscheinen des Romans im Jahre 1839 das Verhältnis Marie d'Agoults zur Herrin von Nohant merklich abkühlt. George Sand selbst sieht ihr Porträt als Félicité in Balzacs Roman sehr gelassen. Sie hat auch keinen Anlass, pikiert zu sein. Balzac über seine Figur der Félicité: »Sie hat den bei Tage olivfarbenen und bei Kerzenschein weißen Teint, der die schönen Italienerinnen auszeichnet: beseeltes Elfenbein, würden Sie sagen. Das Tageslicht gleitet über diese Haut wie über einen polierten Körper und leuchtet auf ihr; es bedarf einer heftigen Erregung, dass sich auf die Wangen eine schwache Röte ergießt, die aber bald schwindet. Diese Eigenheit verleiht ihrem Gesicht die Ungerührtheit des Wilden. Das eher lange als ovale Gesicht gleicht dem einer schönen Isis auf den äginetischen Basreliefs. Die Reinheit der Sphinxköpfe, würden Sie sagen, geschliffen im Brand der Wüste, liebkost von der Flamme der ägyptischen Sonne. So harmoniert die Farbe des Teints mit der Makellosigkeit dieses Kopfes. Die üppigen schwarzen Haare fallen in Flechten den Hals hinab wie die gestreiften Hauben mit Doppelbinde bei den Statuen von Memphis [...]. Auf der hohen, breiten, über den Schläfen gewölbten Stirn sammelt sich das Licht, sie ist geschnitten wie die der Diana: eine mächtige und eigenwillige, schweigsame und ruhige Stirn.«

In diesem hohen, überhöhten Ton, diesem Hymnus auf eine schöne und geheimnisvolle Frauengestalt, geht es noch mehrere Seiten weiter. So sieht sich George Sand selbst gern, und so wird sie meist von der Nachwelt gesehen. Verantwortlich dafür ist jedoch weniger Balzacs Schlüsselroman als vielmehr ein Gemälde, das der Maler Auguste Charpentier von ihr gefertigt hat, und das bis heute unser aller Vorstellung prägt. Charpentier verkehrt damals häufig in Nohant und bemalt zusammen mit George und Maurice Sand auch einen Fächer, worauf er – karikierend in mythologischer Gestalt – die häusliche Gesellschaft von Nohant darstellt: Die Hausherrin als Schäferin, Chopin als heiligen Vogel, Liszt und Eugène Delacroix als Hirten, den Kupferstecher Luigi Calamatta als Schlange, um nur einige zu nennen. Doch künstlerisch weit bedeutsamer ist das große Ölporträt, das Charpentier 1838 von George Sand gefertigt hat: Auf ihm ist die Schriftstellerin, beinahe wie in der Beschreibung durch Balzac, als etwas südländisch-schwerblütige Schönheit dargestellt, eine Mischung aus Nonne und Femme fatale, Heilige und Hure, mit schwülem, melancholischem Blick, vollen Lippen, angedeutetem Doppelkinn, dichtem, schwarzem Haar, in das ein paar Blüten gesteckt sind. Auf dem Dekolletee, das von einem schwarzen Kleid mit Rüschenbesatz freigelassen wird, baumelt ein silbernes Kruzifix.

Nicht nur mit Musikern, Dichtern und Malern verkehrt George Sand. Zu ihren neuen Bekannten gehören auch Philosophen, Theologen und Sozialreformer. Dies spiegelt ihr zunehmendes spirituelles, aber auch gesellschaftsutopisches Interesse wider, das sie nach der Überwindung ihrer frühen romantischen Phase mehr und mehr hegt und verfolgt, und dessen Ertrag auch in ihren Romanen und Aufsätzen der folgenden Jahre sichtbar wird. Einer dieser Gesellschaftstheoretiker ist der 1782 geborene Abbé Hugues Félicité de Lamennais. George Sand hat auch ihn über Franz Liszt kennengelernt. Der Abbé mit dem hageren, asketischen Gesicht ist vielfach schriftstellerisch und publizistisch tätig und verficht in seinen Aufsätzen die These von der gesellschaftlichen Gleichstellung der Stände und Schichten, basierend auf den Lehren des Evangeliums. Zudem fordert er die Volkssouveränität, die Presse- und Versammlungsfreiheit und die Trennung von Kirche und Staat (die später in Frankreich auch strikt durchgesetzt wird). Somit wird er zu einem der wichtigsten Vorkämpfer der Republik im Frankreich der Restauration. Zur damaligen Zeit jedoch wirken seine Lehren auf den Ständestaat unter König Louis-Philippe bedrohlich. Auch die damals reaktionäre katholische Kirche sieht das von den frühen sozialistischen Philosophen beeinflusste Denken Lamennais' mit Argwohn. Die Langmut des Vatikans ist bald erschöpft: Lamennais wird 1834 mit dem Kirchenbann belegt, was den streitbaren Abbé jedoch nicht daran hindert, weiterhin publizistisch seine Ideen zu verfechten. Auch als Herausgeber liberaler Zeitschriften ist er bekannt und gefürchtet. So ist es nicht verwunderlich, dass George Sand sich bald nicht nur für Lamennais' Lehren interessiert, sondern seine Zeitung *Le Monde* als Publikationsforum für ihre eigenen unkonventionellen Ansichten sieht. Lamennais, obgleich latent frauenfeindlich eingestellt, zumindest gegenüber Frauen im geistigen Leben, sagt zu, eine Reihe von George Sands Aufsätzen zu publizieren. Ab Frühjahr 1837 erscheinen ihre *Briefe an Marcie*, eine frühe frauenemanzipatorische Streitschrift. In diesen fiktiven Briefen demaskiert sie die Hypokrisie einer von Männern dominierten Gesellschaft, die bezüglich Liebe und Sexualität den Frauen absolute Unterwerfung und Verzicht auferlegt, während den Männern eine gewisse sexuelle Libertinage sogar als Naturrecht und Möglichkeit zur Selbstverwirklichung zugesprochen wird. »Die Männer«, so klagt sie an, »haben die heiligsten Einrichtungen zu ihrem Vorteil ausgebeutet, sie haben ihr Spiel getrieben mit den unschuldigsten Gefühlen. Es ist ihnen gelungen, die Frau in eine Knechtschaft und Verdummung hineinzuzwingen, die sie heute als eine göttliche Fügung von ewiger Dauer hinstellen [...]. Der einzige moralische Beistand, den man der Frau beließ, war die Religion, und der Mann, der sich seiner religiösen und sittlichen Pflichten entledigte, fand es billig, dass die Frau sich weiterhin an das christliche Gebot hielt, schweigend zu leiden.« Dem Abbé wird diese unverkrampfte Art weiblicher Selbstbehauptung und -betrachtung bald unheimlich. Er bricht den Abdruck der Artikelfolge ab. Das hält George Sand einige Jahre später nicht davon ab, ihn in Anbetracht seiner offenkundigen Verdienste und Leistungen anerkennend als einen der »größten Geister unseres Jahrhunderts« zu rühmen. Weiter führt sie aus: »Lamennais hat mir in einigen kurzen, aber inhaltsreichen Gesprächen eine neue Methode der religiösen Philosophie eröffnet, die einen großen Eindruck auf mich machte und mir sehr wohl tat, während seine bewunderungswürdigen Schriften der fast erlöschenden Flamme meiner Hoffnung neues Leben gaben.«

In einem Atemzug mit Lamennais nennt George Sand einen weiteren Sozialutopisten, den sie um jene Zeit kennenlernt und dessen Lehren, wenn auch nicht systematisch, so doch eklektizistisch und atmosphärisch auf ihr Werk rückspiegeln: Pierre Leroux. Er ist ein Vertreter und Fortentwickler des Saint-Simonismus, einer frühen, vormarxistischen Form des Sozialismus. Auf Leroux ist auch der Begriff »Sozialismus« zurückzuführen. Leroux und sein Zeitgenosse Louis Blanc – auch ihn wird George Sand wenige Jahre später während der Revolution von

1848 noch näher kennenlernen – entwickeln eine Theorie, wonach ein Staatssozialismus mit Hilfe nationaler Werkstätten die kapitalistische Privatökonomie bald überflügeln würde, mit dem Ziel, die Ungerechtigkeit privater Besitzanhäufung zu vermeiden und dadurch die Standesschranken zu stürzen. Und noch ein weiterer Name darf in dieser Reihe nicht fehlen: Pierre-Joseph Proudhon. Er verkündet in seiner 1840 erschienenen Abhandlung *Qu'est-ce que c'est que la propriété*: »Eigentum ist Diebstahl«, und meint damit das Privateigentum, das sich der gesellschaftlichen Kontrolle und der sozialen Verpflichtung entzieht. So gewagt es heute scheinen mag: George Sand hat die Lehren dieser Sozialreformer interessiert verfolgt und engagiert in ihren Romanen der Vierzigerjahre diskutiert. Außerdem hat sie versucht, in ihrer Rolle als Gutsbesitzerin vom althergebrachten Bild des Kapitalisten und Dienstherren loszukommen und für erträgliche und vergleichsweise gerechte und soziale Verhältnisse zu sorgen. Sie ist keine Sozialistin im engen Sinn und wird später von einigen der sozialistischen Eiferer sogar verleumdet und beschimpft (Proudhon nennt sie einmal ein »Symbol der Unmoral und des Niedergangs«), doch ist sie neuen Gesellschaftstheorien gegenüber offen und neugierig, sofern sie das Ziel verfolgen, den alten Ständestaat abzulösen, die Souveränität des Volkes einzuführen und für mehr soziale Gerechtigkeit einzutreten. Freilich ist sie das nur im Rahmen ihrer christlichen Grundanschauungen, ohne dass sie Bedenken trägt, kirchliche Dogmen zu verletzen. Sie ist andererseits aber auch keine der unsäglichen sozialromantischen Naturen, sondern sieht sich gerade als Herrin über einen Besitzstand vor die Frage gestellt, wie dieser nicht nur ihr selbst, sondern der Allgemeinheit nützlich sein kann. Jedenfalls wird das Fundament dieses Gedankengebäudes in jenen Jahren gelegt, als sie – endlich die alleinige Herrin von Nohant – sich auch eigenverantwortlich um die Verwaltung ihres Besitzes zu kümmern hat. Aus der romantischen Abenteurerin – so scheint es – ist endgültig eine reife und überlegte Unternehmerin und Schriftstellerin geworden.

Wäre da nicht die Liebe. Sie ist vierunddreißig Jahre alt und kann natürlich – entgegen ihrem Bekenntnis vor Marie d'Agoult – nicht auf sinnliche Leidenschaft verzichten. George Sand hat in Begleitung Franz Liszts in einem Pariser Salon Frédéric Chopin kennengelernt. Der polnische Pianist und Komponist lebt seit 1831 im französischen Exil. 1830 wurde in Warschau ein Aufstand gegen die russischen Besatzer blutig niedergeschlagen. Chopin hat daraufhin seine berühmte *Revolutionsetüde* geschrieben, ein Stück, das ohnmächtige Wut und Empörung hinausschreit. Der verschlossene, zurückgezogene Patriot mit dem hageren Gesicht, dem hochmütigen Blick und dem weichen, etwas fraulichen Mund hängt seiner Heimat wehmütig nach. Vieles in seiner Kunst ist der Sprache der polnischen Volksmusik verpflichtet, seien es nun bestimmte Tanzformen wie Mazurka oder Krakowiak oder dem Volksgut nachempfundene oder aus ihm zitierte Melodien und Harmoniefolgen. Für die Pariser Salons, die immer nach Neuem dürsten, ist der zierliche Pole ein Geheimnis, seine Musik wirkt exotisch und narkotisch zugleich. Die Melancholie, die Chopin umgibt, und die Geschichte seines Exilantenschicksals wirken auf George Sand sogleich verzaubernd. Ein Bemutterungsinstinkt wird in ihr wach, der durchsetzt ist mit den durchaus sinnlichen Wünschen einer jungen Frau – und mit Eifersucht. Denn, so hat George Sand bald erfahren, der junge Pianist (er ist sechs Jahre jünger als sie) ist mit einem polnischen Fräulein, einer Maria Wodzinska verlobt. Schnell hat sich die Schriftstellerin die Bekanntschaft mit Chopins Vertrautem, dem Grafen Albert Grzymala, verschafft und löchert ihn Ende Mai 1838 mit Fragen: »Ist diese Person, die er lieben will oder soll oder glaubt lieben zu müssen, geeignet, ihn glücklich zu machen oder wird sie seine Leiden und seine Traurigkeit nur noch vermehren?« Seine Leiden? Der Bemutterungskomplex greift früh. Weiter schreibt sie an Grzymala (obwohl sie wissen muss, dass er seinem Freund Chopin alles hinterbringen wird), sie »möchte keinesfalls die Rolle des bösen Engels spielen«, und betitelt Chopin in einem fort nur als »das Kind« und »unser Kleiner«.

Was ist vorgefallen? Eine Petitesse, kaum der Erinnerung wert, die von George Sand allerdings als waghalsiges erotisches Spiel gehandelt wird. Nach einer Soiree bei der Frau des spanischen Konsuls Marliani, wo Chopin Klavier gespielt hat, lassen die Freundinnen Marie Dorval und George Sand dem Polen das folgende Billett zukommen: »Man betet Sie an. George. / Ich auch! Ich auch! Ich auch! Marie Dorval.« Chopin hat auf das Brieflein zweier Verehrerinnen nicht geantwortet, es aber in ein Album geklebt, wohl wissend, dass es sich bei den beiden Schwärmerinnen um bekannte Persönlichkeiten handelt. An seine Eltern jedenfalls schreibt er: »Ich habe eine große Berühmtheit kennengelernt: Madame Dudevant, bekannt unter dem Namen George Sand. Ihr Gesicht ist mir nicht sympathisch, und sie hat mir überhaupt nicht gefallen. Es ist an ihr sogar etwas, was mich abstößt.«

Keine günstigen Voraussetzungen also. Will man viel späteren Erinnerungen Franz Liszts glauben (sie stammen von 1880, und die Jahre und die Legende mögen da manches schon etwas überhöht haben), so sei Chopin schließlich doch durch George Sands Einfühlsamkeit in seine Musik überwältigt worden, durch die »schönen Tränen, die so schöne Augen benetzten«, wie es in Liszts spätromantischer Sprache heißt. Dem ist grundsätzlich nicht zu widersprechen: George Sand besaß ein Gespür für das Qualitätsvolle und Neue in der Musik. Jedenfalls scheint es bald danach zu einer geistigen wie intimen Annäherung gekommen zu sein, die aber Chopin wie George Sand eher verstört haben muss: Was ihm gleich zu viel ist, ist ihr zu wenig.

An Albert Grzymala schreibt sie verunsichert: »[...] ich zweifle nicht daran, dass man besser wäre, wenn man die Liebe sublimierte; man hätte ein reines Gewissen und könnte Gott näherkommen, der Quelle und Heimstatt dieser Liebe.« Plagt sie ein schlechtes Gewissen, sie, die noch kurz zuvor in den *Briefen an Marcie* die Freiheit der weiblichen Leidenschaft gefordert und gepriesen hat? Chopin liegt mehr an einer platonischen Beziehung, er fühlt sich von den sinnlichen Begierden dieser zweifelsohne erfahreneren Frau überfordert, und er hat die Unritterlichkeit besessen, ihr das zu sagen. George Sand nämlich jammert gegenüber Grzymala nicht eben diskret: »Und da ich Ihnen schon alles sage, möchte ich Ihnen gestehen, dass mir eine einzige Sache an ihm missfallen hat, der Umstand nämlich, dass er keine guten Gründe hatte für seine Enthaltsamkeit. [...] Er schien die groben menschlichen Begierden nach Art der Frömmler zu verachten und über seine Versuchungen, die er hatte, zu erröten, und er schien zu befürchten, dass unsere Liebe durch eine leidenschaftlichere Erregung befleckt würde. Es hat mich immer abgestoßen, die letzte Liebesvereinigung zweier Menschen in dieser Weise zu sehen. Wenn der Liebesakt nicht eine ebenso heilige und reine Sache ist und nicht genauso geweiht ist wie alles andere, dann ist es auch keine Tugend, sich dessen zu enthalten.«

So gebrochen und verworren bahnt sich eine Beziehung an, die von der Nachwelt als »die« romantische Liebe dargestellt worden ist, vergleichbar allenfalls mit der Verbindung von Robert Schumann und Clara Wieck. Die Beziehung zwischen der französischen Schriftstellerin und dem polnischen Komponisten beginnt auch tatsächlich, sie hält beinahe ein Jahrzehnt lang. Aber unter welchen Vorzeichen? Chopin ist und bleibt für George Sand »das Kind«, und er wird mit zunehmendem Leiden auch »unser Kranker«; so drückt sie sich gerne aus – auch in aller Öffentlichkeit. Man muss nicht viel psychologisieren, um zu erkennen, dass das Verhältnis der beiden von Komplexen, von Sublimierung und auch von Zweckdenken durchzogen war. Wertschätzung für die Kunst des anderen (zumindest von George Sand gegenüber Chopins Kunst; umgekehrt gilt dies nicht) und Sympathie sind *eine* Seite. Utilitarismus ist die *andere.* Chopin hatte lange Jahre eine treue und hingebungsvolle Freundin, die ihm manche Last des Alltags abnahm. Umgekehrt besaß sie jemanden, den sie, die Erfahrenere und Lebenstüchtigere, beschützen konnte – und mit dessen Nimbus sie sich auch gern schmückte. Leidenschaft, zumindest im sinnlichen Bereich, spielte all die Jahre keine Rolle.

Bald ergibt sich eine Möglichkeit, den »Kleinen«, den »Kranken« zu bemuttern. Der Arzt stellt im Herbst 1838 bei Chopin eine Schwachstelle auf der Lunge fest. Es ist die damals weit verbreitete Lungentuberkulose, obgleich George Sand in ihren Erinnerungen selbst nach dem Schwindsuchtstod des Freundes noch behauptet, es sei nicht diese Krankheit gewesen. Also beschließt sie, den Winter zusammen mit Chopin und den Kindern im milden mediterranen Klima zu verbringen: »Als Ziel der Reise hatte ich Mallorca erwählt, wozu ich durch den Rat einiger Leute bewogen worden war, welche das Klima und die Einrichtungen des Landes vollständig zu kennen vorgegeben hatten. Es fand sich aber, dass sie nicht das Geringste davon gewusst hatten.« Was als Erholungsurlaub gedacht war, sollte zum Fiasko werden – immerhin für beide zu einem künstlerisch höchst produktiven.

»Oh, die Erbärmlichen!«
Mallorquinisches Intermezzo

Mitte Oktober bricht George Sand mit ihren beiden Kindern auf. Vier Tage benötigt die Postkutsche bis Perpignan im Roussillon, nahe der spanischen Grenze. Erst dort treffen sie mit Chopin zusammen. Sie haben es vorgezogen, getrennt zu reisen, denn in Paris branden schon wieder die Wogen des Klatsches: Félicien Mallefille, der Hauslehrer von Maurice und zeitweise auch der Liebhaber der Mutter seines Schülers, kann es George Sand nicht verzeihen, dass sie ihn mit diesem polnischen Salonlöwen »betrügt«. Es kam zu peinlichen Szenen: Mallefille legte sich nächtlich vor die Tür der Marlianis und wartete Chopins und George Sands Rückkunft ab. Dann überzog er die Schriftstellerin mit Vorwürfen und drohte dem Nebenbuhler mit Mord, bis die resolute Madame Marliani die Wohnungstür öffnete und die Streithähne auseinandertrieb. Marie d'Agoult, die »schöne Arabella«, greift in ihren Klatschbriefen die Geschichte gerne auf und verbreitet die Neuigkeiten in halb Europa. Sie hat es George Sand nicht verziehen, dass sie Balzac mit Material zu seinem Schlüsselroman *Béatrix* versorgte und er sie, Marie d'Agoult, darin als »trocken wie ihre Knochen« charakterisierte.

Aber all das liegt nun hinter George Sand und Chopin: Sie stehen unter südlichem Himmel, der Spätherbst zeigt sich hier von einer milden, süßlichen Seite und versöhnt rasch die

Gemüter. Entzückt meldet George Sand der Freundin Charlotte Marliani nach Paris: »Ich schreibe Ihnen vom Ufer des blauesten, klarsten und glattesten Meers; man denkt an die Küsten Griechenlands oder an einen Schweizer See bei herrlichstem Wetter.«

Vom Hafenort Port-Vendres geht es nach Palma auf Mallorca. Zunächst lässt sich alles gut an. Sie finden als Übergang ein Zimmer in einer Pension. Beide, George Sand und Chopin, freuen sich bereits auf ihre Arbeit. George Sand möchte ihren großen, mehrbändigen Roman *Spiridion* beenden, der sich mit metaphysischen Fragen beschäftigt, und dessen Vorabdruck wie üblich in der *Revue des Deux Mondes* läuft. Sie ist in der Niederschrift dem Vorabdruck nur um wenige Bogen voraus, aber das ist sie – für die der Begriff »Schaffenskrise« ein Fremdwort ist – seit langem gewohnt und beunruhigt sie nicht weiter. Chopin will an einer Sammlung *Préudes* weiterarbeiten, mit der er bereits in Paris begonnen hat. Entzückt schreibt er aus Palma an einen Freund: »Den ganzen Tag Sonne. [...] Nachts hört man stundenlang Lieder und Gitarrenklänge. Riesige Balkons, mit Reben belaubt. Wälle aus der Maurenzeit. Die Stadt und alles hier gemahnt an Afrika. Kurz, ein wunderbares Leben!«

Doch der erste Rausch verfliegt rasch und macht der Nüchternheit des Alltags Platz. Die Insel ist noch überhaupt nicht auf Reisende eingestellt. Es gibt kaum Zimmer zu mieten, jedenfalls nichts, was den Ansprüchen einer gutbürgerlichen französischen Familie genügt. Schließlich findet sich doch ein möbliertes Häuschen, das ›Son Vent‹, ›Haus des Windes‹ heißt und seinem Namen alle Ehre macht. Inzwischen hat sich nämlich der laue Spätherbst auch auf Mallorca verabschiedet und einem windigen Regenwetter Platz gemacht. Das Haus kann nicht geheizt werden, es ist zugig und feucht. Chopins Gesundheit verschlechtert sich. Die Kunde von dem schwindsüchtigen Fremden verbreitet sich rasch in der ganzen Stadt. Die Einwohner sind verängstigt. George Sand mokiert sich über die Dummheit der Einheimischen, die glauben, eine »Halsentzündung«, so ihre Diagnose, sei ansteckend! Es nützt nichts. Der Hausherr setzt die Familie vor die Tür und erzwingt von ihnen unter Drohungen, die Zimmer auf eigene Kosten frisch kalken zu lassen, um jeden Krankheitserreger abzutöten.

Wohin gehen? Heimkehren? Chopin fängt an, Blut zu spucken, und scheint für eine Rückreise auf der inzwischen rauen See zu schwach zu sein. Zudem verkehrt nur einmal wöchentlich ein Schiff zwischen Palma und Barcelona, ein Frachter, der den bedeutendsten Exportartikel der Insel befördert: Schweine. George Sand schrickt davor zurück, ihrem »kranken Kind« diese Strapaze aufzubürden. Und immer noch hat sie sich nicht von ihrem Traum verabschiedet, einen Winter unter Palmen zu verbringen. Zwei Jahre später hat sie die Eindrücke dieses Aufenthalts in ihrem Buch *Ein Winter auf Mallorca* wiedergegeben. Es ist bis heute ihr wohl bekanntestes Werk, der Titel ist beinahe zu einem stehenden Begriff geworden. Doch anders als viele Bücher der Dichterin ist gerade dieses von scheuer Zurückhaltung bezüglich privater Darstellungen – eine Diskretion, die man sonst von George Sand nicht immer kennt. So versammelt das Buch hauptsächlich Eindrücke von der mallorquinischen Natur, den Menschen, den Sitten und Gebräuchen. George Sand hat dafür ausführlich recherchiert. Sie zitiert in ihrem Buch aus geschichtlichen Darstellungen und aus dem Reisebericht eines Landsmannes, Joseph-Bonaventure Laurens, der ein Jahr später die Insel besucht und in zahlreichen, recht gelungenen Stichen porträtiert hat. Auch gibt George Sand Einblick in die Landwirtschaft, sie zitiert aus frühen Statistiken, vergleicht mit den damaligen ländlichen Lebensumständen in Frankreich (die ihr vom Berry her vertraut sind) und durchsetzt das Ganze mit romantischen Szenen von ihren langen Wanderungen durchs Gebirge in Nacht und Sturm. Sicherlich ist *Ein*

Winter auf Mallorca keine objektive Kulturgeschichte der Insel, aber es vermittelt doch in unterhaltsamer Weise einen Eindruck vom Leben in einer von moderner Technik und Zivilisation noch weitgehend unberührten bäuerlichen Gesellschaft.

Objektiv ist das Buch wahrlich nicht. Über viele Seiten hinweg ereifert sich die Autorin über die Dummheit, Hartherzigkeit und Gemeinheit der Bevölkerung, was nicht unbedingt dazu angetan war, die Insel anderthalb Jahrhunderte später zu »dem« europäischen Urlaubsziel schlechthin zu machen: »Der Mallorquiner versteht sich also nicht auf die Rindermast, auf die Wollverarbeitung und auf das Melken von Kühen [...]; er ist nicht fähig, genügend Weizen zu erzeugen, um sich davon zu ernähren; [...] die einst blühende Kunst der Tischlerei ist ihm abhandengekommen und völlig in Vergessenheit geraten; [...] Schließlich aber kam das Schwein als Retter. Der Export des Borstenviehs wurde gestattet, und eine neue Ära, die Zeit des Wohlstands brach an. In Mallorca wird die Nachwelt unser Jahrhundert das Zeitalter des Schweins nennen [...].«

Natürlich hat George Sand ihre ganz persönlichen Gründe für diese gnadenlose Abrechnung. Kurz nach dem Rauswurf aus ihrem Häuschen gelingt es ihnen, sich in einem verlassenen Kartäuserkloster in Valldemosa am Westrand der Insel einzumieten. Kein schlechter Ort für zwei Romantiker, möchte man meinen. Doch auch hier – in ihrer Einsiedelei – haben sie nicht mit den verstockten Bauern des nahen Dorfes gerechnet. Was ist George Sands und Chopins Vergehen? »Wir hätten«, so die Schriftstellerin, »mit den braven Leuten in gutem Einvernehmen leben können, wenn wir in die Kirche gegangen wären. Das hätte sie zwar nicht daran gehindert, uns bei jeder Gelegenheit übers Ohr zu hauen, aber wir hätten zumindest nicht riskiert, im Vorbeigehen aus einem Gebüsch einen Stein an den Kopf zu bekommen.« Die »Strafe« folgt auf dem Fuß: Die Einheimischen verkaufen ihnen Lebensmittel nur zu völlig überhöhten Preisen – so stellt es zumindest George Sand dar. Willigen sie nicht ein oder versuchen sie gar zu handeln, schultern die Bauern lieber ihren Korb und ziehen schnurstracks davon. Das Gemüse, das sie zu Wucherpreisen erstehen müssen, um nicht zu verhungern, ist hart, das Brot alt und schimmelig, das Fleisch halb verdorben. Einmal kaufen sie ein gebratenes Huhn und müssen mit Grausen ansehen, wie auf dem Rücken des Geflügels die Flöhe umherspazieren. Die Kinder betrachten all das als Abenteuer und Jux; vor lauter Lachen angesichts des lebendigen Mittagsmahles fallen sie unter den Tisch. Maurice, der von seiner Internatszeit her mit Rheuma geplagt ist, gesundet bei viel Bewegung in der freien Natur. Den anderen aber geht es von Tag zu Tag, von Woche zu Woche schlechter, körperlich und seelisch. George Sand ist vollauf damit beschäftigt, Lebensmittel zu besorgen, mit den Bauern und der Magd herumzustreiten, den Kindern zumindest den nötigsten Unterricht in Französisch und Geschichte zu erteilen und die Kartause aus zusammengeborgten Teilen halbwegs wohnlich zu gestalten: »Schließlich hatte der Sakristan sich bereitfinden lassen, uns einen großen, geschnitzten, gotischen Eichenstuhl abzugeben, an dem in der Alten Kapelle Ratten und Würmer genagt hatten. Sein Kasten diente uns als Bibliothek, während abends bei Lampenlicht sein feines Maßwerk und die schlanken Fialen ihren Schatten als schwarzes Spitzenmuster und als Turmzier vergrößert an die Wand warfen und dadurch der Zelle ihren altertümlichen und klösterlichen Charakter zurückgaben.«

Eigentlich könnte alles sogar romantisch sein, wäre da nicht der kranke und missgelaunte Chopin. Er wartet seit Wochen auf sein Klavier, das ihm der Verleger und Klavierfabrikant Camille Pleyel zu schicken versprochen hat. Schließlich liegt es im Hafen von Palma, aber die mallorquinischen Zöllner, die solch ein Ungetüm noch nie gesehen haben, bereiten Schwierigkeiten. Endlich ist es doch ausgelöst und ins Gebirge nach Valldemosa geschafft. Chopin könnte nun an seinen *Préludes* arbeiten; er tut es auch, aber unter welchen Bedingungen! Der Hustende, Fiebernde sieht sich nachts in dem unheimlichen Gemäuer von Geistern und Dämonen umstellt. Todesahnungen quälen ihn – zumindest, wenn man der Darstellung George Sands Glauben schenkt. Einmal ist sie mit den Kindern in Palma und gerät auf dem Rückweg in ein schweres Unwetter. Der Wagen bleibt stecken, sie ziehen zu Fuß weiter, durchqueren tosende Sturzbäche, die am Vormittag noch ärmliche Rinnsale waren, und langen spät in der Nacht, durchnässt und erschöpft, in der Kartause an. Sie finden Chopin am Klavier vor, er hat an diesem Abend das *Prélude in Des-Dur*, das sogenannte *Regentropfenprélude,* komponiert. Sichtlich verstört blickt er die Eintretenden an und sagt: »Ach! Ich wusste wohl, dass ihr gestorben seid!«

Man darf solche Äußerungen nicht unbedingt wörtlich nehmen. Sie sind keine historisch fassbaren Belege. Aber sie geben doch in hervorragender Weise ein romantisches Lebensgefühl wieder, das damals in Künstlerkreisen »normal« war und keineswegs als schwülstig-aufgesetzt empfunden wurde. George Sands Musikverständnis ist nicht nur emotional, sondern oftmals visuell: Sie besitzt sicherlich einen Instinkt für musikalisch Wertvolles, aber sie bringt es sofort mit Bildern und Geschichten in Verbindung. Ein absolutes Hören von Musik ist ihr fremd, was – wie man ihren Erinnerungen entnehmen kann – immer wieder zu Verstimmungen zwischen Chopin und ihr geführt hat. Über die hauptsächlich auf Mallorca entstandenen *Préludes* schreibt sie: »Es sind Meisterwerke: einige von ihnen erinnern an die Visionen toter Mönche und an die Totengesänge, die ihn verfolgten. Andere sind von einer lieblichen Schwermut, und diese entstanden in Stunden des Sonnenscheins und der Gesundheit; beim Lachen der Kinder, welche unter dem Fenster spielten; beim Klange der Gitarre, die aus der Ferne herübertönte; beim Gesang der Vögel in taubenetzter Laube oder beim Anblick der kleinen bleichen Rosen, die unter dem Schnee hervorschauten.« Und zur Entstehung des *Regentropfenpréludes* weiß sie Folgendes: »Er sah sich in einem See versunken, und eiskalte Tropfen fielen ihm langsam auf die Brust, aber als ich ihn darauf aufmerksam machte, wie die Regentropfen gleichmäßig vom Dache niederfielen, leugnete er, dies gehört zu haben. Er empörte sich sogar gegen das, was ich durch den Ausdruck imitative Harmonie zu bezeichnen suchte.«

Die Verhältnisse sind so bedrückend und unzulänglich, dass es immer häufiger zu Spannungen und Misshelligkeiten kommt. George Sand ist nach ein paar Monaten von den Widrigkeiten der Haushaltsführung so erschöpft, dass sie sogar mit dem Schreiben Probleme hat: Die Arbeit an einem neuen Roman stockt, und sie liegt mit ihrem Verleger Buloz, dem sie *Spiridion* zu spät geliefert hat und der zwei Nummern seiner Zeitschrift nicht mit einer neuen Folge bestücken konnte, im Streit. Zudem muss sie sich um die Kinder kümmern, sie unterrichten, mit ihnen spielen oder gemeinsam mit ihnen auf Wanderungen die Umgebung erkunden. Schließlich verschlechtert sich Chopins Zustand rapide: Er hustet erneut Blut, ist zu schwach zum Aufstehen. Die Dorfbevölkerung ist inzwischen längst alarmiert und behandelt die Fremden wie Aussätzige.

Endlich, im Februar 1839, verlassen George Sand, Chopin und die Kinder entnervt ihr Quartier. Auf einem elenden Karren – die Dörfler weigern sich, ihnen eine Kutsche zu vermieten – gelangen sie nach Palma. Dort erleidet Chopin einen Blutsturz. Auf dem Dampfschiff, das Schweine nach Barcelona transportiert, treten sie die Reise zum Festland an. Unterwegs gerät das Schiff in einen Sturm. Die Schweine drohen an der Seekrankheit zu verenden. Damit sie nicht zu sehr schlingern, sondern in Bewegung bleiben, schlägt die Besatzung die ganze Nacht über mit Peitschen und Knüppeln auf die Tiere ein. Das Schreien und Quieken der armen Kreaturen erfüllt das ganze Schiff. Chopin, bei dem nach Aussage von George Sand schon »der Fall eines Rosenblattes, der Schatten einer Fliege« genügt, um ihm Schmerzen zu verursachen, speit eine »Waschschüssel voll Blut« und liegt todkrank dar nieder. Endlich kommen sie in Barcelona an. So schnell wie möglich wollen sie nach Hause. »Spanien ist eine hassenswerte Nation!«, wettert George Sand in einem Brief nach La Châtre und resümiert voller Abscheu über die Spanier: »Sie sind fromm, das heißt fanatisch und bigott wie zu den Zeiten der Inquisition. Es gibt weder Freundschaft, noch Treue, noch Ehre, noch Ergebenheit, noch Gemeinschaftssinn. Oh, die Erbärmlichen! Wie ich sie hasse und verachte!« Selten hat ein an sich toleranter und durchaus selbständig denkender Mensch so harsch geurteilt. Es ist ein Urteil, das der Verbitterung entstammt.

Es gelingt ihnen, auf einem französischen Kriegsschiff nach Marseille mitgenommen zu werden. Dort bleiben sie bis Ende Mai. Zu schwach ist Chopin, um sich auf den Weg nach Paris oder Nohant machen zu können. Immerhin erholt er sich wieder unter der Pflege George Sands und eines tüchtigen Arztes. Er ist sogar bald kräftig genug, um bei der Totenmesse für einen befreundeten Sänger, der sich das Leben genommen hat, auf der Orgel zu spielen. Die Kirche ist dicht besetzt, weniger wegen des Verstorbenen als vielmehr, weil sich Chopins legendärer Ruf als Tastenzauberer bis nach Marseille verbreitet hat. George Sand ist von der Menge jedoch angewidert: »Sie waren enttäuscht, weil sie erwartet hatten, Chopin würde einen Heidenlärm machen und alles auf den Kopf stellen, so dass mindestens zwei oder drei Orgelpfeifen dabei zu Bruch gingen. Sie erwarteten auch, mich in großer Toilette inmitten des Chores zu sehen, vielleicht auf dem Katafalk sitzend, was weiß ich?«

Am 1. Juni 1839 kehren sie nach Nohant zurück. Der »Erholungsurlaub« auf Mallorca ist gerade noch einmal überstanden. So schwach Chopin in Valldemosa auch war, so kann er doch auf etliche und wichtige Kompositionen zurückblicken: Neben den *Préludes* sind die *Ballade in F-Dur*, mehrere Polonaisen, Mazurkas, Nocturnes und Scherzi entstanden oder in Arbeit, und er hat mit der *Sonate in b-moll* begonnen. George Sand und Frédéric Chopin beschließen, den Sommer über im Berry zu bleiben, um zu arbeiten, und erst im Winter, wenn die »Saison« in den Konzertsälen und Salons begonnen hat, nach Paris zurückzukehren.

»Trennen wir uns also. Was macht das schon?« Bröckelnde Fassaden

Bis 1847 wohnen George Sand und Frédéric Chopin in unmittelbarer Nähe, ohne zusammenzuleben. In Paris mieten sie in der Rue Pigalle zwei Pavillons in einem großen Garten, hinter einem Wohnhaus. In dieser Idylle inmitten der Großstadt führen sie ein Leben der Bohème. Balzac besucht die beiden mehrmals und beschreibt George Sands Wohnung: »Ihr kleiner Salon ist kaffeebraun, in ihrem Empfangszimmer sind viele herrliche chinesische Vasen, voll mit Blumen, ebenso ein grüner Pflanzenständer, ferner Bilder von Delacroix, ihr Porträt von Calamatta und eine Anrichte, auf der viele merkwürdige Dinge stehen.« Delacroix ist seit geraumer Zeit mit den beiden befreundet und auch häufig zu Gast in Nohant. George Sand schickt ab 1840 sogar ihren Sohn Maurice zu ihm in die Lehre, da er beachtliches zeichnerisches Talent besitzt und sie ihn – der einen Hang zu Dandytum und Müßiggang hegt – zu mehr Fleiß anhalten möchte. Mit der Disziplin, so haben Außenstehende den Eindruck, hapert es in jener Zeit selbst bei George Sand. Balzac berichtet: »Sie steht immer um vier Uhr [nachmittags] auf, um diese Zeit ist nämlich Chopin mit dem Stundengeben fertig.« Der Schein trügt. Obwohl sie ihren Tag spät beginnt, lässt George Sand in ihrer Produktivität nicht nach: Wie eh und je nutzt sie die Nacht und liefert Buloz zuverlässig die vereinbarten Seiten.

Zweieinhalb Jahre später zieht das Paar nochmals um, an den Square d'Orléans. Dort wohnen die befreundeten Marlianis auf Nr. 7. Chopin und George Sand beziehen Wohnungen rechts und links davon: nah beieinander und doch getrennt. Jederzeit können sie sich über den weitläufigen Garten, der von keinem Zaun durchzogen wird, besuchen.

Meist treffen sie sich jedoch bei dem befreundeten Ehepaar, wo sie gewöhnlich auch das Mittagessen gemeinsam einnehmen.

In Paris sucht George Sand wieder Kontakt zu den Philosophen und Gesellschaftstheoretikern, mit denen sie schon vor ihrer Reise nach Mallorca in Verbindung stand. Bereits in ihrem Roman *Spiridion*, den sie in Valldemosa abschloss, behandelte sie metaphysische Fragen. Darin wurde sie von Pierre Leroux, dem das Buch gewidmet ist, und von dem streitbaren Abbé Lamennais beeinflusst. Auch mit den Lehren der Saint-Simonisten beschäftigt sie sich wieder. Ihr Denken und Schreiben erfährt eine Politisierung und Radikalisierung. Das schlägt sich in einer Reihe von Romanen und Dramen nieder, die in den Vierzigerjahren entstehen. Sie tut dies nicht systematisch, dazu wäre die Form des Romans nicht geeignet, und sie besitzt auch nicht das nötige analytische Denken. Vielmehr setzt sie vieles von dem, was sie sich angelesen hat, in emotionaler Weise um. Die Romane dieser Zeit handeln von Bauern und Arbeitern, von Studenten und Grisetten, und sie formulieren eine Tendenz, die viele im französischen Volk ähnlich empfinden: eine tiefe Unzufriedenheit mit der Monarchie und dem Ständestaat und die Forderung nach einer Republik mit den Grundpfeilern von Freiheit, Gleichheit und Brüderlichkeit. Hinter der Fassade des scheinbar liberalen Bürgerkönigtums bröckelt das System. Vetternwirtschaft, Korruption, Knebelung der Presse, Zensuswahlrecht, Versorgungsengpässe und Spitzeltum machen die Bevölkerung unzufrieden und zugleich anfällig für den Ruf nach einer »starken Hand«. Auch der Mythos von der großen Epoche unter Napoléon gewinnt an Macht, selbst bei kritischen Geistern wie Balzac, der ein glühender Verehrer des Kaisers ist – uneingedenk der Tatsache, dass es sich bei dem Korsen um einen Gewaltherrscher und Völkermörder handelte. Jedenfalls macht sich der Neffe Bonapartes, Louis-Napoléon, diese Tendenz zunutze und unternimmt 1836 und 1840 Umsturzversuche, die jedoch niedergeschlagen werden.

Es ist etwas faul im Staate Frankreich, und George Sand und ihre Weg- und Zeitgenossen wissen das. Sie diskutieren in Briefen und Streitschriften über eine bessere Gesellschaftsform und vergaloppieren sich bisweilen in hochtrabenden Theoremen, die eines außer Acht lassen: die Unzulänglichkeit des Menschen, seine triebhafte Begrenztheit und sein egozentrisches Streben nach Besitz, Ansehen und Macht. Aber das idealistische 19. Jahrhundert glaubt noch an die Vernunftfähigkeit des Menschen und kennt zugleich den Überschwang der Begeisterung – das ist seine Stärke und Schwäche zugleich. Auch in Deutschland werden die Rufe nach einer Republik lauter. Die Jungdeutschen verbinden freiheitliche Anschauungen mit nationalem Enthusiasmus. Zu ihren wichtigsten Exponenten Heinrich Heine, Heinrich Laube und Karl Gutzkow unterhält George Sand in jenen Jahren briefliche und persönliche Kontakte. Auch mit den republikanisch engagierten Schriftstellern Georg Herwegh, Franz Dingelstedt und Bettine von Arnim steht sie in Korrespondenz. Die Witwe des romantischen Dichters Achim von Arnim publiziert im Jahre 1843 eine Schrift mit dem provokanten Titel *Dies Buch gehört dem König*, worin sie auf die gesellschaftlichen und materiellen Missstände in Preußen hinweist. George Sand kennt das Buch. Die beiden Frauen schätzen einander. Briefe gehen zwischen Berlin und Paris hin und her, wobei beide bald erkennen müssen, dass der preußische Geheimdienst mitliest. Aus dem Londoner Exil schreibt der italienische Revolutionär Giuseppe Mazzini nach Nohant und bittet George Sand, ein Buch über den republikanischen Geheimbund der »Carbonari« zu schreiben. Sie fühlt sich geschmeichelt, lehnt aber mit dem Hinweis auf ihr mangelndes fachliches Wissen dankend ab.

Auch lernt sie in Paris den russischen Philosophen Michail Bakunin kennen. Er ist ein begeisterter Leser ihrer Romane und zeigt sich von ihrem Charisma beeindruckt. Seine Ideen einer anarchistischen Gesellschaft, in der es keine Obrigkeit, kein System von Gewaltausübung und Unterwürfigkeit gibt, faszinieren sie. Darin sieht sie ihre eigene Utopie einer klassenlosen, egalitären Gesellschaft bestätigt.

Mit einem weiteren Gesellschaftstheoretiker kommt sie in Berührung: Karl Marx entwickelt seine kommunistischen Theorien. Er schickt ein Exemplar seiner Schrift *Das Elend der Philosophie* an die französische Dichterin. Sie blättert darin und entdeckt als Schlusssatz ein Zitat aus einem ihrer eigenen Romane: »Kampf oder Tod; blutiger Krieg oder das Nichts. So ist die Frage unerbittlich gestellt.« Damals, noch vor Veröffentlichung des *Kommunistischen Manifestes*, glaubt Marx in ihr eine Kampfgenossin zu finden und sie in seinem Sinne vereinnahmen zu können. Doch täuscht er sich: George Sand, obgleich sie sich selbst – noch einige Jahre *vor* Marx – als Schöpferin des Begriffs »Kommunismus« sieht (in Wahrheit hat Lamennais den Terminus zuerst geprägt), kann mit der ökonomisch und materialistisch geprägten Lehre von Karl Marx nur wenig anfangen. Zu sehr widerspricht dies ihren religiös fundierten Heilsvorstellungen.

Sie betrachtet das Christentum als eine Form des Ur-Kommunismus. Entsprechend geht sie mit den Auswüchsen der Amtskirche hart ins Gericht. Als sie sich 1840 entschließt, ihre Tochter, die zu Trotz und Verweigerung neigt, in ein Internat zu geben, umreißt sie in einem Brief an Chopin – er ist dagegen und liegt deswegen mit George Sand im Zwist – ihre Erziehungsvorstellungen. Die Religion, so George Sand, solle bei Solange nicht zu kurz kommen: »[...] ich erwarte, dass sie eine religiöse Erziehung erhält, die weder in die Routine noch ins Abgeschmackte geht. Das Bild Gottes ist vom Kultus mit so vielen hinterlistigen Machenschaften und mit so viel fremdem Beiwerk umgeben worden, dass ich wünsche, dass ihre Gedanken davon so wenig wie möglich aufnehmen. [...] Der Mystizismus, mit dem die Religion, wie man sie uns präsentiert, die erhabene Gestalt Christi verhüllt hat, entstellt völlig die große Sendung, die er auf Erden zu erfüllen hatte, eine Sendung, deren Inhalt man falsch wiedergegeben und für andere Interessen und Leidenschaften aller Art missbraucht hat.« Chopin, in Polen mit einer konservativen Form des Katholizismus aufgewachsen, steht dieser Kritik verständnislos gegenüber.

Ihre Auslegung des Christentums setzt George Sand auch anderen Freunden auseinander. Dem Abbé Lamennais, der als staatsgefährdend gilt und wegen seiner republikanischen Schriften eine einjährige Gefängnisstrafe verbüßt, erklärt die Freundin ihre feministischen Forderungen an die christliche Lehre, wie sie sie versteht: »Diese schöne Vorstellung vom Christentum beispielsweise, die uns [den Frauen] in der Person der Maria einen so wichtigen Platz zuweist [...] – wie verträgt sie sich mit der harten Vorschrift des heiligen Paulus, wie sie in die Trauungsliturgie eingegangen ist: Die Frauen seien untertan ihren Männern als dem Herrn. [...] Schließlich meine ich, dass die christliche Gesellschaft – wenn Sie schon nicht wollen, dass ich sage: das christliche Dogma – diese Gleichheit, die Sie uns vor Gott zubilligen, nicht genügend würdigt.« Dennoch sieht sie sich nicht als religiöse Freidenkerin. Nie verleugnet sie ihre katholische Herkunft und Prägung – zumindest damals noch nicht. Einem befreundeten Priester, der eine tiefe Glaubenskrise durchlebt und sich mit dem Gedanken trägt, in die Vereinigten Staaten zu gehen, da er sich dort religiöse Offenheit erhofft, antwortet sie, sie habe sich schon verschiedentlich mit der amerikanischen Gesellschaft beschäftigt und sei zu anderen Schlüssen gekommen: »Jeder religiöse Neuerer kann [in Amerika] eine Zuhörerschaft um sich versammeln, die ihn toleriert und ihm entgegenkommt. Aber durch diese schrankenlose Freiheit entsteht eine Vielzahl von Lehren, und durch diese schrankenlose Vielfalt wiederum eine völlige und äußerst ärgerliche Gleichgültigkeit. Es gibt keine Einheit mehr, das ist eine wahre Heimsuchung für eine Gesellschaft [...]. Man schläft, man isst, man unterhält sich, man diskutiert in Amerika mit einer Ruhe ohnegleichen, aber man denkt nicht nach, man glaubt an nichts und man liebt nicht in diesem Land.«

Nicht allen behagt diese Verbindung von Spiritualität und Freigeistigkeit, von Metaphysik und Sozialismus. Etliche stoßen sich an der Radikalität ihrer Utopien, am Eklektizismus ihrer Gedanken, an ihrem Emanzipationswillen und nicht zuletzt an Äußerlichkeiten, etwa ihrer Männerkleidung oder ihren dicken Zigarren. Der deutsche Kritiker Wolfgang Menzel, mit dem auch Heine verfehdet ist, und der seinen Einfluss geltend gemacht hat, um die Schriften des ›Jungen Deutschland‹ verbieten zu lassen, beschimpft George Sand persönlich diffamierend und bezeichnet ihre Bücher als »tiefste, verachtungswürdigste Gemeinheit«. Der russische Pianist Wilhelm von Lenz, der Chopin in Paris besucht und dort auch George Sand kennenlernt, lädt sie aus Höflichkeit nach St. Petersburg ein. Sie verabscheut die Leibeigenschaft im Zarenreich und antwortet ihm entschlossen: »Ich werde mich niemals zu einem Sklavenland herablassen!« Der beleidigte Lenz mokiert sich in seinem Bericht über ihre Kleidung und ihre Zigarre und schließt mit der anbiedernden Bemerkung: »Armer Frédéric! Wie sehr tat er mir leid, der große Künstler!«

Doch solche Angriffe prallen an ihr ab. Sie kennt ihren Weg und weiß gewöhnlich Freund von Feind zu unterscheiden. Es schmerzt allerdings, wenn ein Weggenosse, dem sie jahrelang vertraut hat, unter dem Druck der politischen Verhältnisse sich nun als Feigling erweist. So ist es mit Buloz, ihrem Verleger, der seit fast einem Jahrzehnt ihre Werke veröffentlicht (als Vorabdruck in der *Revue des Deux Mondes* und auch in Buchform) und damit großen Gewinn erzielt hat. George Sand arbeitet 1841 an ihrem Roman *Horace*, der die Ereignisse der Revolution von 1830 zum Hintergrund hat. Wie üblich gibt Buloz die bereits geschriebenen Kapitel zum Vorabdruck, noch während die Autorin am Manuskript arbeitet. Erst nach ein paar Kapiteln wird dem Verleger klar, welches Kuckuckskind er großzieht: George Sand hegt in ihrem Manuskript eine entschiedene Sympathie für die Forderungen der Revolutionäre nach einer Republik. Buloz versucht, sich gütlich mit ihr zu einigen, in zwei Briefen schlägt er ihr Änderungen, vor allem Entschärfungen des Stoffes vor. Sie reagiert empört. Ihre Antwort vom 15. September 1841 ist ein Musterbeispiel ihrer geradlinigen Haltung und ein Fanal gegen jede Form von Knebelung der Geistesfreiheit, wobei sie – der Bruch mit Buloz ist innerlich schon vollzogen – auch nicht vor persönlichen Anwürfen zurückschreckt:

»[…] ich werde mich niemals mit Ihnen in ein Streitgespräch über Prinzipien einlassen, zumal Sie und Ihresgleichen von Berufs wegen gar keine haben. Auf die wundervolle Verleumdung, die Sie sich meinen Freunden, den ›Umstürzlern‹ gegenüber erlauben, kann ich nur eine einzige Antwort geben, nämlich die, dass gegen Ihre Freunde, die ›Übertüncher‹, eine derartige Verachtung und ein solcher Widerwillen in mir aufsteigen, dass es mir unmöglich wäre, mich auf ihre Kosten lustig zu machen.« Buloz wünsche Änderungen? Sie entgegnet verächtlich: »Sie wollen, dass ich vom Bürgertum spreche, darf es aber nicht ignorant und ungerecht nennen. Ich soll von der Gesellschaft sprechen, darf aber nicht sagen, dass ich sie für vernunftwidrig und erbarmungslos halte. [...] Sie glauben, dass ich auf dem absteigenden Ast bin, meiner Treu, mein armer Buloz, ich bin versucht, über Sie der gleichen Meinung zu sein. [...] Sie werden kein Buch von mir finden, in dem ich die Ungleichheit und die Privilegien (und das Geld ist das wichtigste aller Privilegien) nicht anprangere.« Und auf Buloz' Einwand, sie möge doch an die Abonnenten denken, erwidert sie voller Stolz: »Ich habe niemals dafür gearbeitet, ihnen zu gefallen. [...] Wenn Ihre Abonnenten Gefallen an mir fanden, so schert mich das wenig. Ich hätte genauso gut einer anderen Leserschaft gefallen können [...].« Rücksicht auf die veränderten, restaurativen Verhältnisse nehmen? Niemals! George Sand: »Sie haben mir immer gesagt, geschworen und wiederholt versichert, dass die *Revue* immer unabhängig war und es auch bleiben wird. [...] Wenn ich gezwungen werde, mich in Acht zu nehmen, damit ich der Regierung nicht missfalle, dann muss ich Ihnen sagen, dass hiervon bei der Unterzeichnung unseres Kontrakts nicht die Rede war. Entweder ist unser Vertrag nichtig, oder ich verlange, dass er genauestens erfüllt wird. [...] ich möchte, dass sie ihn [den Roman] drucken, ohne ein Jota davon abzuweichen, alles andere wäre hinterhältig.« Schließlich holt sie zum Vernichtungsschlag aus: »Und wenn ich mein Buch anderswo mit dem gleichen Vorteil verkaufen könnte, hätte ich nicht das Recht dazu? Das gäbe einen schönen Prozess! Wir würden die Richter ein bisschen zum Lachen bringen, aber nicht auf meine Kosten.« Ihr Entschluss ist unumkehrbar, auch wenn Buloz sie warnt, sie würde sich mit ihrer Halsstarrigkeit ruinieren. George Sand: »Wir können nicht mehr zusammenarbeiten. Trennen wir uns also. Was macht das schon? [...] Ich kann schließlich nicht um meine Freiheit mit mir feilschen lassen; ich will sie ohne Einschränkung oder ich gehe. [...] Lassen Sie mich in mein Unglück rennen und belästigen Sie mich nicht mit dem Ihrigen.« Obgleich Buloz noch einen Brief hinterherschickt, worin er seine Autorin zu Mäßigung aufruft, ist das Band doch zerschnitten. Aber das lässt George Sands Romanfabrik nicht ins Stocken geraten: Sie gründet gemeinsam mit Pierre Leroux und dem Journalisten Louis-Claude Viardot eine eigene Zeitschrift mit dem Titel *La Revue indépendante, Die unabhängige Revue,* und veröffentlicht darin ihre neuen Bücher im Vorabdruck.

Ihr nächstes, umfangreiches Projekt ist der Roman *Consuelo*. Darin greift sie – im historischen Gewand – erneut die Frage der weiblichen Emanzipation auf. Heldin des im 18. Jahrhundert in Böhmen spielenden Buches ist die Wandermusikantin Consuelo (in der George Sand ihre Freundin, die Sängerin Pauline Viardot nachgezeichnet hat). Consuelo begegnet im Roman nicht nur Joseph Haydn, sie kommt auch an den Berliner Hof und wird dort auf Geheiß Friedrichs II. eingekerkert. Für die Darstellung der Berliner und Potsdamer Verhältnisse stützt sich George Sand auf Auskünfte Heinrich Heines, der nicht von ungefähr wegen seiner Hasstiraden gegen die Hohenzollern vom preußischen Geheimdienst bespitzelt wird. Consuelo jedoch wird aus den Klauen der Preußen befreit: Eine freimaurerische Geheimgesellschaft kommt ihr zu Hilfe. Das Unvorstellbare geschieht: Consuelo wird – obgleich sie eine Frau ist – deren Mitglied! Sie erhält zugleich die Weisung, missionierend in die Welt hinauszuziehen und unter den Frauen ähnlicher Gesinnung geheime Gesellschaften zu gründen, die sich das Ziel setzen, Toleranz, Gleichheit und Brüderlichkeit zwischen den Menschen zu fördern. Ausdrücklich wird das Heilsversprechen des Geheimbundes auch auf das einfache Volk ausgeweitet. Nicht die Herkunft entscheidet über den Wert eines Menschen, sondern seine Gesinnung.

Damit ist George Sand wieder beim sozialreformerischen Gedankengut ihres Freundes Pierre Leroux angelangt. Sie selbst

– im Berry längst eine Institution – hat auf ihren vielen Ausritten und Spazierfahrten in den Dörfern ihrer Heimat immer das Gespräch mit Landleuten gesucht und besitzt daher durchaus eine Vorstellung von den schlechten Lebensbedingungen des Volkes. Sie kennt die Nöte und Sorgen der Bauern und kleinen Handwerker ebenso wie die des aufkommenden Arbeiterproletariats in einer Zeit beginnender Industrialisierung. Für sie sind diese Menschen, anders als vierzig Jahre später für ihren Schriftstellerkollegen Émile Zola, nicht gewaltbereite Wesen mit einem Hang zu Selbstzerstörung und Vertierung, vielmehr sucht sie auch in den sogenannten einfachen Leuten immer die Seele, den auch ihnen innewohnenden Hang zum Schönen und Guten. So wundert es nicht, dass sie zu einzelnen Arbeitern, die sich selbst künstlerisch und literarisch betätigen, einen regen Kontakt pflegt und sie finanziell und ideell in ihren geistigen Neigungen unterstützt. Vier von ihnen sind der Tischler Agricol Perdiguier aus Avignon, der Weber Charles Magu, der Schmied Jérôme-Pierre Gilland und der Maurer Charles Poncy aus Toulon, sie alle schriftstellernde Autodidakten. Poncy veröffentlichte mit zwanzig Jahren sein erstes Buch, und George Sand zeigt sich von seinem Talent angetan. Natürlich treibt nicht nur künstlerische Überzeugung sie zu dieser mäzenatischen Haltung (denn in Wahrheit ist das Talent dieser Arbeiterdichter eher bescheiden). Auch karitatives Bewusstsein ist in ihr verankert. An den Sohn Maurice schreibt sie einmal, sie schenke lieber den armen Leuten etwas, als dass sie reiche Leute, die es gar nicht nötig haben, bewirte. In der *Revue indépendante* veröffentlicht sie 1842 den Artikel *Über die Poesie der Proletarier*, worin sie sich polemisch mit den Ängsten der Bürger befasst, die vor den Arbeiterdichtern warnen, diese sollten lieber ihrem Handwerk nachgehen, als ihre Zeit mit der Kunst zu vergeuden. George Sand kontert, vom Umstand, dass ein paar Arbeiter am Feierabend wissensdurstig die Bücher aufschlagen und auch eigene poetische Versuche zu Papier bringen, gehe die Welt nicht unter. Und sie klagt die soziale Ordnung an, die den einfachen Leuten das Dasein erschwere und sie an ihrer Entfaltung hindere. An Poncy schreibt sie im gleichen Jahr: »Die leidende Menschheit, das sind nicht wir Schriftsteller; das bin nicht ich, die ich (unglücklicherweise für mich vielleicht) weder Hunger noch Elend kenne; [...] es ist das Volk, das unwissende, im Stich gelassene Volk, das erfüllt ist von feurigen Leidenschaften, die man in einem schlechten Sinne erweckt oder aber zurückgedrängt hat, ohne Achtung vor jener Kraft, die Gott ihm indessen nicht umsonst gegeben hat.«

Von der Not der Arbeiter und Bauern (es ist freilich noch nicht das breite, verelendete Proletariat, wie es später Zola und Hauptmann beschreiben) erzählen auch George Sands Romane der Vierzigerjahre, so etwa *Jeanne, Der Müller von Angibault, François le Champi*. Sie behandeln das Schicksal einfacher, gesellschaftlich benachteiligter Menschen, die jedoch durch Ehrlichkeit, Aufrichtigkeit und Güte ihr Leben meistern, wobei diesen Figuren selbstsüchtige und lasterhafte Mächtige und Reiche komplementär entgegengestellt werden. Reichtum wird dabei ausdrücklich als Sünde dargestellt. Selbst vor ausgesprochen kommunistischen Inhalten scheut sich George Sand nicht. In *Die Sünde des Monsieur Antoine* vermacht ein etwas skurriler Marquis seinen gesamten Grundbesitz dem Helden Émile, unter der Bedingung, dieser müsse dort gemäß den jüngsten Erkenntnissen der Sozialreformer eine Kommune gründen, mit dem Ziel, eine gerechtere und freiere Gesellschaft aufzubauen.

Die Weltsicht dieser Dorf- und Arbeiterromane ist von George Sand weder naiv-vereinfachend noch radikal-tendenziös gemeint. Für sie sind Romanfiguren Träger einer Idee und damit Instrumente in der Hand des Autors, um hinter der Geschichte eines Buches Ideale und Utopien zu verkünden, die sie, George Sand, als wegweisend und richtig zu erkennen glaubt. Dabei sind diese Bücher alles andere als literarhistorische Randerscheinung und persönlicher Spleen. Vielmehr spiegeln sie den sozialen Sprengstoff wider, der schließlich zum Ausbruch der Februarrevolution von 1848 führt. Zum anderen haben diese Romane – die vor allem im Vorabdruck in diversen Blättern weite Verbreitung fanden – auch den geistigen Nährboden zur sozialen Bewusstseinsbildung bereitet, mehr als die philosophischen Abhandlungen von Pierre Leroux, Pierre-Joseph Proudhon oder Karl Marx, die damals allenfalls in intellektuellen Kreisen wahrgenommen wurden.

George Sands Engagement zeigt sich in jenen Jahren nicht nur in ihrer Literatur, sie mischt sich auch konkret in öffentliche Belange ein. Beispielhaft hierfür ist ihr Einsatz zur Aufklärung eines Falles besonderer sozialer Grausamkeit. Im benachbarten Städtchen La Châtre lebt in einem Hospiz das geistig zurückgebliebene Mädchen Fanchette. Als das Mädchen dem Hospiz zur Last fällt, wird es kurzerhand nachts auf freiem Feld ausgesetzt. Erst Wochen später wird das völlig verwahrloste Mädchen wieder aufgefunden. George Sand will diese Schandtat an die Öffentlichkeit bringen. Vergebens sucht sie im gesamten Département jemanden, der den Mut hätte, hierzu eine Broschüre zu drucken, zumal sich der königliche Staatsanwalt Blaise Bonnin bereits eingeschaltet hat und George Sands Vorwürfe an die Behörden als Hirngespinst und »Roman« abtut. Die offiziellen Stellen versuchen, die Angelegenheit unter den Teppich zu kehren. Schließlich druckt die *Revue indépendante* eine Sonderbeilage, in der sich George Sand für das Mädchen einsetzt, sie sich Bonnins unqualifizierte Äußerungen scharf verbittet und vielmehr auf ihr Recht, ja ihre Pflicht zur Einmischung und Zivilcourage pocht.

Sie mutet sich in jenen Jahren viel zu. Mit dem Gleichmut einer Maschine schreibt sie Buch um Buch. Einmal stellt sie innerhalb von drei Wochen drei Romane fertig. Hinzu kommen Artikel für verschiedene Feuilletons und die umfangreiche Privat- und Geschäftskorrespondenz, in manchen Nächten – neben der eigentlichen schriftstellerischen Arbeit – bis zu zwanzig Briefe. Nur mit Hilfe von starken Zigaretten, die sie Kette raucht, kann sie sich wach halten. Doch bisweilen überspannt sie den Bogen: Einmal entzünden sich ihre Augen, und sie muss wochenlang eine blaue Brille tragen und die Vorhänge geschlossen halten.

Sorgen bereitet ihr auch wieder Chopin, ihr »Kleiner«, »Chopinet«, »Chip Chip«, wie sie ihn nennt. »Chip Chip« fühlt sich durch ihre Bemutterung zunehmend beengt, ihm behagt die ländliche und beschauliche Welt von Nohant nicht mehr. Später als George Sand verlässt er im Frühjahr Paris, um ins Berry zu fahren, und früher als sie kehrt er im Herbst in die Hauptstadt zurück. Die schillernde Welt der Salons, des Adels und der Dandys behagt ihm mehr als Ausflüge mit George Sand und den Kindern zu den Bauerndörfern um Nohant. Die sozialistischen Anwandlungen und karitativen Bemühungen seiner Freundin sind ihm suspekt, insgeheim verachtet er das einfache Volk. Als einmal ein Landarzt ins Schloss kommt, um den Kranken zu untersuchen, weigert sich Chopin, sich auch nur den Puls fühlen zu lassen, da ihm der Dörfler nicht ganz reinlich erscheint.

Nicht nur die Animositäten des stolzen Polen belasten die Verbindung. George Sand ist nicht unschuldig an einer Verschlechterung der Beziehung. Sie veröffentlicht 1846 im Vorabdruck den Künstlerroman *Lucrezia Floriani*, in dessen Hauptfiguren Lucrezia und Prinz Carol die Leserschaft sofort das Paar von Nohant wittert. George Sand streitet dies heftig ab, behauptet, dass sie Chopin das Manuskript während der Entstehung zu lesen gab und dass er nichts dagegen eingewandt habe. Doch sind gewisse Parallelen zwischen Fiktion und Realität nicht zu leugnen. Chopin mag diese Indiskretion mit Unbehagen empfunden haben. Im Oktober 1846 – es ist für ihn der letzte Aufenthalt im Berry – schreibt er resigniert an seine Verwandten in Warschau: »Den ganzen Sommer hat man hier Spazierfahrten und Ausflüge in noch unbekannte Teile der Vallée Noire gemacht. Ich war nicht mit dabei, denn diese Sachen ermüden mich mehr, als sie wert sind. Und wenn ich müde bin, kann ich nicht heiter sein, und das beeinflusst dann die gute Laune der anderen [...].« Auch das angespannte Verhältnis zu Maurice belastet ihn. Der junge Mann fühlt sich bereits als künftiger Herr von Nohant und lässt das – vielleicht auch aus Eifersucht – Chopin spüren. Weit besser kommt Chopin mit Solange aus, mit der hingegen George Sand oft im Streit liegt, was natürlich die Beziehung zwischen dem Komponisten und der Schriftstellerin nicht einfacher gestaltet.

Zum Bruch kommt es schließlich in der Frage von Solanges Heirat. Auguste Clésinger, ein dreiunddreißigjähriger Bildhauer, erhält im Frühjahr 1847 den Auftrag, Büsten von George Sand und Solange zu fertigen. Als Künstler ist Clésinger nur von mäßiger Begabung, obgleich er damals eine Zeit lang hoch gehandelt wird. Als Mensch vereinigt er Willenskraft mit Opportunismus, Schläue mit Verschlagenheit, Zielstrebigkeit mit Brutalität. Alles in allem also eine höchst zwiespältige Figur. Nun erscheint Clésinger im April 1847 in Nohant. Er hat die Bekanntschaft mit George Sand mit Kalkül eingefädelt: Da sie berühmt ist, vermutet er bei ihr Reichtümer. Er hegt einen Plan, den er erst später offenbart: Da er hoch verschuldet ist, hofft er auf eine »Finanzspritze« aus Nohant. Instrument dazu soll ihm Solange, die heiratsfähige Tochter des Hauses, sein. Die Angelegenheit wird ihm freilich dadurch erleichtert, dass die junge Frau eine ausgesprochene Schönheit ist, allerdings in anderer Weise als die Mutter. Solange ähnelt ihr äußerlich nur wenig, sie besitzt nicht deren volle Lippen und Wangen. Ihr

Gesicht ist schmal und von beinahe überfeinerter Anmut. Dass sie freilich einen Hang zur Verschwendung hat und überdies einen schwierigen und überheblichen Charakter besitzt, weiß Clésinger nicht – vielleicht ist es ihm angesichts der erhofften Mitgift auch gleichgültig.

Von seinem ersten Auftritt in Nohant sind alle überwältigt und überfahren zugleich. Er bittet sogleich – Zeit ist Geld – um Solanges Hand. George Sand schreibt an ihren Sohn nach Paris: »Clésinger ist hier angekommen wie Cäsar, mit einer Entschiedenheit, einem Willen und einer Hartnäckigkeit, die weder Unentschlossenheit noch Zögern duldeten. Wir mussten uns innerhalb von vierundzwanzig Stunden zwischen Ja und Nein entscheiden. Das war sehr plötzlich, aber jeder Mann, der darum bittet, angenommen oder abgelehnt zu werden, hat das Recht auf eine Antwort. Solange hat ihm auf Anhieb ihr Jawort gegeben [...].« Eigentlich imponiert der rastlos tätigen George Sand dieser Mann, der über ungeahnte Energien zu verfügen scheint: »Alles wird sich in dieser Weise abspielen, weil dieser Mann es so will und weil er alles verwirklicht, was er will, und zwar augenblicklich, noch zur selben Stunde, ohne zwischendurch essen oder schlafen zu müssen. Während der drei Tage, die er nun hier ist, hat er noch keine zwei Stunden geschlafen, und es geht ihm gut. Diese Willenskraft, ohne Müdigkeit und ohne Schwäche, macht mich staunen und gefällt mir.« George Sand bleibt nichts anderes übrig, als der Heirat zuzustimmen. In einem Brief an Maurice schreibt sie nämlich etwas dunkel vom Rubikon, der überschritten sei. Vielleicht meint sie damit, dass Clésinger Solange bereits entjungfert habe, und sie nun – um Tratsch zu vermeiden – wohl oder übel mitspielen müssten.

Chopin, der von Clésingers Brautwerbung erfährt, ist entsetzt. Er hat den Bildhauer bereits kennengelernt, und sein feiner Instinkt sagt ihm, dass Clésinger nicht zu trauen ist. Doch seine Warnungen verhallen ungehört. Schlimmer noch: Es kommt zu ernsthaften Spannungen zwischen Chopin und George Sand, die ihm vorwirft, er mische sich in ihre Familienangelegenheiten ein. Maurice, der Chopin nicht leiden kann, schürt im Hintergrund. Er stellt seine Mutter vor die Entscheidung, zwischen ihm und dem Komponisten zu wählen. Noch zögert sie, aber das Verhältnis zwischen den beiden hochsensiblen und mitunter schwierigen Künstlern ist inzwischen so abgekühlt, dass die Sachlage eigentlich klar ist. Aber noch wird die schöne Form gewahrt, noch wechseln Briefe zwischen Nohant und Paris hin und her. Als das Aufgebot zur Hochzeit bestellt ist und Chopin davon erfährt, erleidet er einen schweren Blutsturz. Freunde sehen einen Zusammenhang und wollen beobachtet haben, dass sich Chopin seit geraumer Zeit mehr und mehr Solange zugewandt habe, ein Gefühl, das vielleicht mehr als freundschaftliche Zuneigung beinhaltete. Chopin reagiert im Juli 1847 mit einem kurzen Brief an George Sand, worin er – etwas doppeldeutig – betont, dass ihm Solanges Glück und Wohlergehen nicht gleichgültig sei. Der Brief ist höflich und korrekt, fast unterkühlt, die distanzierte Anrede »Sie« bis zum Ende beibehalten.

George Sand antwortet ebenso kühl: »[...] handeln Sie so, wie Ihr Herz Ihnen nun befiehlt und halten Sie ruhig den Instinkt Ihres Herzens für die Sprache Ihres Gewissens. Ich verstehe vollkommen.« Der Bruch ist perfekt: »Adieu, mein Freund, [...] ich werde Gott danken für dieses seltsame Ende nach neun Jahren ausschließlicher Freundschaft. Geben Sie mir zuweilen Nachricht über sich. Es ist unnötig, jemals auf das Übrige zurückzukommen.«

Damit endet eine der bedeutsamsten und sicherlich auch schwierigsten Künstlerfreundschaften des 19. Jahrhunderts. Doch anders, als George Sand es in diesem Brief an Chopin zeigen will, ist sie in ihrem Innern keineswegs stoisch und gelassen. An den mit Chopin befreundeten Albert Grzymala schreibt sie einen Brief voller Schmerz, aber auch voller melodramatischer Vorwürfe gegen den Komponisten: »Das Leiden, das dieses arme Wesen geistig und körperlich zerfrisst, bringt mich schon seit langem um. [...] Seit sieben Jahren lebe ich mit ihm und den anderen wie eine Jungfrau. Ich bin vorzeitig gealtert, ohne dass ich etwas dazutat oder ein Opfer brachte; so müde bin ich aller Leidenschaften, so ernüchtert und ohne Aussicht auf Besserung. – Wenn irgendeine Frau auf Erden ihm hätte unbedingtes Vertrauen einflößen konnen, so war ich es, aber er hat dies niemals begriffen! Ich weiß sehr wohl, dass die Leute mir die Schuld geben werden: Die einen werden sagen, dass ich ihn durch meine sinnliche Heftigkeit erschöpfte, die anderen, dass ich ihn durch meine Launenhaftigkeit zur Verzweiflung brachte. [...] Sieh, das ist die Lage, in die mich diese traurige Freundschaft gebracht hat! [...] Ich bin beim Martyrium angelangt! – Aber der Himmel ist mir gegenüber unerbittlich, so, als ob ich schwere Verbrechen zu sühnen hätte.«

Was folgt, ist recht banal: Solange Dudevant und Auguste Clésinger haben bereits im Mai 1847 geheiratet. Die Hochzeit stürzt George Sand in riesige Unkosten. Allein für Schmuck, Geschenke und den Schneider muss sie über dreizehntausend Francs ausgeben. Clésinger überrascht seine Schwiegermutter wenige Wochen später mit der Offenbarung seiner Schulden und mit der Forderung nach Geld. Sie solle, sagt er, als sie ihm ihre wahren Finanzverhältnisse aufdeckt, eben eine Hypothek auf das Schloss aufnehmen. Es kommt zu heftigen Auseinandersetzungen zwischen George und Maurice Sand einerseits und dem Ehepaar Clésinger andererseits, ja sogar zu Handgreiflichkeiten. George Sand erteilt Tochter und Schwiegersohn ein Hausverbot. Das Ehepaar übersiedelt nach Paris und unterhält dort weiterhin Verbindung zu Chopin. Wenige Jahre später geht die Ehe von Solange und Auguste Clésinger in die Brüche, die Trennung wird gerichtlich vollzogen.

Zwischen George Sand und Frédéric Chopin kommt es zu einer letzten Begegnung, wie sie trauriger nicht sein könnte: Im Treppenhaus der befreundeten Madame Marliani stehen sie sich am 5. März 1848 unerwartet und verlegen gegenüber. George Sand: »Ich drückte seine kalte, zitternde Hand. Ich wollte mit ihm reden, aber er entzog sich mir.« Chopin teilt ihr mit, dass Solange wenige Tage zuvor ein Mädchen zur Welt gebracht habe (das Kind stirbt bereits tags darauf). Dann wendet er sich ab und geht, ohne sich nochmals umzublicken, die Treppe hinab.

Chopins Gesundheitszustand verschlechtert sich rapide. George Sand erkundigt sich nach ihm noch Anfang September 1849 bei seiner Schwester. Er stirbt am 17. Oktober 1849 in Paris im Kreise der engsten Freunde. Madame Marliani, die im Vorzimmer wartet und einen Gruß von George Sand überbringen soll, wird nicht hereingelassen. George Sand behauptet später in ihren Erinnerungen, Chopin habe in seinen letzten Stunden nach ihr verlangt. Dies ist wohl nur eine Legende, die sie vor der Nachwelt ausstreuen wollte, um die inzwischen selbst Legende gewordene Geschichte ihrer beider Verbindung versöhnlich schließen zu lassen.

»Ich bin so beschäftigt wie ein Staatsmann«
Revolutionäre Visionen

Als sich George Sand und Frédéric Chopin Anfang März 1848 ein letztes Mal begegnen, ist sie nicht zufällig in Paris. Eigentlich wollte sie das Frühjahr in der ländlichen Abgeschiedenheit des Berry verbringen, hat aber Nohant am 1. März überstürzt verlassen, um in die Hauptstadt zu fahren. Es ist Revolution, und sie will die politischen Ereignisse vor Ort miterleben, um sich selbst ein Bild machen zu können.

Die gesellschaftlichen Spannungen haben sich in den vorausgegangenen Jahren verschärft. Trotz der guten Konjunktur steigt die Zahl der Arbeitslosen. Sozialer Unfriede macht sich breit, besonders in den östlichen Arrondissements von Paris und in Städten wie Lyon und Marseille. Neben ganz konkreter wirtschaftlicher und materieller Benachteiligung der Arbeiterschaft herrscht auch im politischen Leben ein großes Ungleichgewicht: Von den damals etwa fünfunddreißig Millionen Einwohnern Frankreichs besitzen gerade einmal 250 000, also nicht einmal ein Prozent, die Wahlberechtigung. Diese ist an Grund und Besitz gekoppelt, so dass die neuen, von unten nachdrängenden besitzlosen Klassen von vornherein politisch mundtot gehalten werden. Auf Forderungen, das Zensuswahlrecht zu ändern und zu lockern, antwortet der damalige Ministerpräsident François Guizot lapidar: »Schaut doch, dass ihr reicher werdet!« Und er fügt hinzu: »Werdet wohlhabend durch Arbeit und Sparen.«

Solche Äußerungen wirken zynisch, und sie vergiften nachhaltig die Atmosphäre im Staat. Da bedarf es nur noch eines kleinen Anlasses, um die Stimmung überkochen zu lassen. Der ergibt sich im Februar 1848: Da öffentliche Demonstrationen verboten sind, greift die Opposition zu einem Trick. Über den Umweg geschlossener Gesellschaften versucht sie, die bürgerliche Protestbewegung zu formieren. Natürlich bleibt das der Geheimpolizei nicht verborgen. Sie verbietet Mitte Februar eines dieser »Bankette« im 12. Arrondissement von Paris. Dennoch versammeln sich am 22. Februar Teilnehmer des Banketts und deren Anhänger. Protestierend ziehen sie vom Panthéon zur Kirche La Madeleine. Die Stimmung heizt sich auf. Die Regierung schickt die Nationalgarde. Es kommt zu ersten Zusammenstößen. Tags darauf formieren sich weitere Protestzüge. Barrikaden werden gebaut. Die Nationalgarde ist nicht mehr Herr der Lage. König Louis-Philippe entlässt noch am 23. Februar seinen Ministerpräsident Guizot, um die Situation zu entschärfen. Ein Bauernopfer, das die Volksmenge nicht mehr beruhigen kann. Schließlich gerät am Abend desselben Tages die Lage außer Kontrolle: Die Nationalgarde feuert vor dem Außenministerium in die Menge. Über fünfzig Tote sind zu beklagen. Doch das heizt den Volkszorn erst recht an. Die Opfer der Füsillade werden auf Pferdekarren gelegt und in einem nächtlichen Fackelzug durch die Straßen von Paris gefahren. Das lässt den Funken der Empörung endgültig überspringen: Barrikaden werden errichtet, die Bewohner ganzer Stadtviertel gehen auf die Straße, die Sturmglocken werden geläutet. Tags darauf versucht der König noch, die Stimmung mit Reformversprechen umzulenken – vergebens. Ganz Paris befindet sich im Aufstand. Louis-Philippe dankt noch am selben Tag ab und geht nach England ins Exil. Am Abend des 24. Februar 1848 wird die Republik ausgerufen.

George Sand ist in jenen Tagen in Nohant. Aus Zeitungen erfährt sie von den Tumulten in der Hauptstadt. Anfänglich kann sie deren Tragweite nicht richtig einschätzen. Das sei sicherlich nur eine Intrige zwischen Ministern, schreibt sie ihrem Sohn nach Paris. Als sie nach ein paar Tagen das wahre Ausmaß des Aufstandes ahnt, fordert sie Maurice auf, sich sofort in Sicherheit zu begeben und nach Nohant zurückzukehren – die berechtigte Sorge einer Mutter um ihren Sohn. Dann aber, wenige Tage später, erwacht in ihr der alte Tatendrang, und sie begibt sich nach Paris, um die neue Epoche zu begrüßen und – wenn möglich – sogar mitzuprägen.

Am 1. März 1848 kommt sie an und nimmt Quartier in der Wohnung des Sohnes. Drei Tage darauf, als sie ihrem Bekannten Alphonse de Lamartine im Außenministerium einen Besuch abstattet – der Dichter ist Mitglied der Provisorischen Regierung –, wird sie Augenzeugin des Begräbniszuges der Opfer vom 23. Februar. An ihre Ziehtochter Augustine Brault – sie ist eine entfernte, verarmte Verwandte mütterlicherseits und wurde von George Sand an Kindes Statt aufgenommen – schreibt sie: »Heute morgen habe ich von den Fenstern Guizots aus den Trauerzug gesehen und mich dabei mit Lamartine unterhalten. Er war einfach, schön und bewegend (der Trauerzug), 400 000 Menschen drängten sich zwischen der Madeleine und der Gedenksäule der Opfer der Julirevolution; kein Polizist, niemand von den städtischen Ordnungskräften, und dennoch herrschte eine Ordnung, ein Anstand, eine Andacht und eine stumme Rücksichtnahme, dass es keine Verletzten gab, keinen einzigen zerbeulten Hut. Es war bewundernswert. Das Volk von Paris ist das erste Volk der Welt.«

George Sand ist anfangs von der Zweiten Republik und der Provisorischen Regierung freudig angetan. Unter den Mitgliedern der Regierung befinden sich mehrere ihrer Freunde und Bekannten: neben Lamartine der republikanische Politiker

Alexandre-Auguste Ledru-Rollin, der Gesellschaftsphilosoph Louis Blanc und ihr neuer Verleger Pierre-Jules Hetzel. Sie und die anderen Regierungsmitglieder beschließen eine Reihe wahrhaft revolutionärer Erlasse, die George Sand aus tiefster sozialer und karitativer Seele sprechen: Das Recht auf Arbeit wird garantiert. Um die Arbeitslosen von der Straße zu bekommen, werden mit staatlichen Mitteln Nationalwerkstätten eingerichtet (in denen gleichwohl meist recht sinnlose Erdarbeiten ausgeführt werden). Die tägliche Arbeitszeit wird in Paris auf höchstens zehn Stunden beschränkt, in der Provinz auf elf. Die Todesstrafe wird aufgehoben, die Sklaverei abgeschafft. Es wird die uneingeschränkte Presse- und Versammlungsfreiheit gewährt. Das Wahlrecht wird auf alle männlichen Einwohner über einundzwanzig Jahre ausgeweitet, ungeachtet des Standes oder des Besitzes. Damit erhöht sich die Zahl der Wahlberechtigten auf 9,5 Millionen.

George Sand ist von diesen Maßnahmen und der bunten Mischung von Bürgerlichen und Sozialisten in der Provisorischen Regierung begeistert. Sie ergreift die Gunst der Stunde und nutzt ihren Einfluss, um ihren Sohn zum Bürgermeister der Gemeinde Nohant-Vic und ihren Freund Frédéric Girerd zum Kommissar des Départements Nièvre ernennen zu lassen. In den Anfängen dieser Zweiten Republik geschieht vieles noch völlig undemokratisch, aber Ziel und Zweck der Provisorischen Regierung ist es, möglichst schnell die in der Provinz noch verbliebenen monarchistischen und autokratischen Strukturen aufzubrechen und die allgemeinen Wahlen zur Nationalversammlung vorzubereiten. Vieles kann in diesen ersten Wochen nur über Dekrete funktionieren. Dennoch scheint manches zugunsten der bislang Benachteiligten und Entrechteten zu geschehen. George Sand jedenfalls schreibt in einem offenen Brief: »Das Volk ist geneigt, dem Bürgertum völlig zu vertrauen. Das Bürgertum wird dieses Vertrauen nicht missbrauchen. Es wird sich keinesfalls durch perfide Ratschläge, unbegründete Alarme, falsche Gerüchte und Verleumdungen gegen das Volk irreführen lassen. Das Volk wird gerecht, ruhig, vernünftig und gut sein, solange die Mittelklasse ihm hierzu das Beispiel geben wird.« In jenen ersten Wochen des revolutionären Rausches verwechselt sie Politik mit Abenteuer. Sie nimmt bisweilen Worte in den Mund, ohne sich recht darüber bewusst zu sein, in welchem Maße sie zündend wirken können – auch in zerstörerischem Sinn. »In einer Situation wie der unsrigen«, schreibt sie am 6. März an Girerd, »bedarf es nicht nur der Aufopferung und der Redlichkeit, sondern notfalls des Fanatismus.« Eine gefährliche Äußerung, die leicht missbraucht werden kann. Doch in ihrer Begeisterung kennt sie anfangs keine Grenzen. Sie eilt von Versammlung zu Versammlung, von Salon zu Salon, von einer Kundgebung zur nächsten, von einer Redaktionssitzung zur anderen, um nur auf dem Laufenden zu sein und die Stimmung im Volk und in der Regierung wie ein Seismograph abzuhorchen. Sie greift die Themen auf, die sie seit Jahren unter dem Deckmantel der Fiktion in ihren Romanen behandelt hat und deren Zeit nun gekommen scheint. Jetzt aber posaunt sie ihre Forderungen und Sentenzen, die sie von Louis Blanc, dem Abbé Lamennais und Pierre Leroux eklektizistisch übernommen hat, unverhohlen in die Welt hinaus. In einem offenen Brief mit dem Titel *An die Reichen* verteidigt sie die Idee des Kommunismus – unabhängig von Karl Marx und doch beinahe zeitgleich mit ihm: »Die große Angst oder der große Vorwand der Aristokratie zur Stunde ist die *kommunistische* Idee. [...] Unter dem Begriff *Kommunismus* versteht man das Volk, seine Bedürfnisse, seine Ansprüche [...]. Dieses Gespenst, dem Ihr nicht ins Gesicht zu sehen wagt, nennt Ihr nach Gutdünken *Kommunismus*.« Sie räumt ein, dass das Volk heute noch keineswegs kommunistisch gesinnt sei, wagt aber einen Ausblick in die Zukunft: »Das Volk ist nicht kommunistisch; und doch *ist Frankreich aufgerufen, es vor Ablauf eines Jahrhunderts zu sein* [...]. Beruhigt Euch also! Der Kommunismus bedroht Euch keineswegs. Durch seine Billigung der jungen Republik hat er uns soeben den Beweis geliefert für seine legale Unterwerfung unter die bestehende Ordnung [...]. Denn der Kommunismus ist das wahre Christentum, und eine Religion der Brüderlichkeit bedroht weder den Geldbeutel noch das Leben von irgendjemandem.«

Von einer friedlichen und einträchtigen Unterordnung aller Bevölkerungsschichten unter die Idee der Republik kann jedoch keine Rede sein. Interessen wiegen schwerer als Ideen. Bereits vier Tage nach diesem offenen Brief kommt es zu Demonstrationen und Gegenkundgebungen von konservativen Nationalgardisten und sozialistisch gesinnten Arbeitern. Über hunderttausend Menschen gehen auf die Straße. Die Stimmung ist gefährlich aufgeheizt. Die Wahlen zur Verfassungsgebenden Versammlung werden verschoben. Aber das tut George Sands blauäugigem Idealismus keinen Abbruch. Sie ist voll engagiert, in doppeltem Sinn: Die Provisorische Regierung hat der Schriftstellerin Mitte März die Redaktion ihrer *Bulletins* überantwortet. Nun verkündet sie, was von höchster Instanz unters Volk soll, und vor allem, *wie* es unters Volk soll. Sie ist zu sehr Schriftstellerin, als dass sie sich nicht der Macht des Wortes bewusst wäre und diese nicht auch nutzte. Zunächst nimmt sie ihre neue und verantwortungsvolle Aufgabe noch von der heiteren Seite. An ihren Sohn Maurice, den frisch gebackenen Bürgermeister, schreibt sie: »Mein Bouli, ich bin so beschäftigt wie ein Staatsmann. Heute habe ich schon zwei Regierungsrundschreiben verfasst [...]. Was mich dabei amüsiert, ist, dass all diese Schreiben sich an die Bürgermeister wenden und dass Du also auf dem Dienstweg Anweisungen Deiner *Mutter* erhalten wirst, mein Herr Bürgermeister! Du wirst also die Vorschriften befolgen und jeden Sonntag die *Bulletins der*

Republik vor Deiner versammelten Nationalgarde verlesen.« Stolz spricht aus diesen Worten, auch Eitelkeit. Sie kommt sich wichtig vor und ist es in gewisser Weise sogar. »Ich weiß nicht, was ich zuerst machen soll«, verkündet sie ihrem »Bouli«, »man ruft von allen Seiten nach mir. Ich könnte mir nichts Besseres wünschen.« Als würde ihr die Arbeit für das Bulletin noch nicht genügen, halst sie sich noch mehr auf, so begeistert ist sie von der revolutionären Sache, so überzeugt von der Wichtigkeit ihres Engagements. Sie veröffentlicht – nun unter ihrem Namen – zwei *Briefe an das Volk* und gründet im April eine Zeitschrift mit dem programmatischen Titel *Die Sache des Volkes*, die allerdings bereits nach der dritten Nummer wieder eingestellt wird. Auch in der sozialistisch geprägten Arbeiterschaft verlangt der Drucker sein Geld, und das kann George Sand nicht aufbringen. Bezeichnend sind die in der Zeitschrift formulierten Ansichten über Freiheit und Gleichheit, die beweisen, wie weit sich George Sand damals bereits von der bloßen Übernahme von Ideen eines Leroux, Proudhon oder Marx entfernt hat: »Ihr bemüht Euch vergeblich, die Bedeutung des Wortes Gleichheit mit der des Begriffs Identität zu vertauschen. Nein, die Menschen sind nicht identisch. Die Verschiedenheit ihrer Kräfte, ihrer Instinkte, ihrer Fähigkeiten, ihrer Ansichten und ihrer Einflüsse ist unendlich.« Dennoch begründe diese Verschiedenheit auf keinen Fall eine unterschiedliche Wertigkeit der Menschen. Sie nimmt Rosa Luxemburgs Sentenz »Freiheit ist immer die Freiheit des Andersdenkenden« vorweg, wenn sie weiter schreibt: »[...] es gibt keinen einzigen Menschen, der aufgrund seiner natürlichen Überlegenheit dazu geschaffen wäre, die Freiheit eines anderen zu zerstören und das Band der Brüderlichkeit, das ihn noch mit dem Schwächsten verbindet, zu verleugnen.« Und sie prägt eine Formel dafür, was Sozialismus sein sollte: »Der Sozialismus ist das Ziel, die Republik das Mittel; [...] Es geht darum, auf das Regime einer Kaste die

Herrschaft der Gleichen folgen zu lassen und die Assoziation an die Stelle der Konkurrenz und des Monopols zu setzen.«

Ihre Hoffnungen auf ein friedliches Miteinander der verschiedenen Parteien und Stände unter einem sozialistischen Banner werden enttäuscht. Wie immer brechen bald die verschiedenen Interessensphären durch, geprägt von Vorurteilen und Misstrauen. Ein menschlich-allzumenschliches Verhalten; tragisch nur, dass George Sand wider Willen zur Vergiftung des öffentlichen Lebens beiträgt. Am 15. April nämlich erscheint das *Bulletin Nr. 16,* das diesmal ganz aus ihrer Feder stammt, wenngleich ihr Autorname nicht genannt wird. Darin findet George Sand im Hinblick auf die anstehenden Wahlen zur Verfassungsgebenden Versammlung eine Formulierung, die emphatisch gemeint ist und doch nur fanatisch missverstanden werden kann: »Wenn die Wahlen der sozialen Wahrheit nicht zum Siege verhelfen, wenn sie ein der vertrauensvollen Loyalität des Volkes entrissener Ausdruck der Interessen einer Klasse sind, dann werden die Wahlen, die das Heil der Republik sein sollten, zweifellos deren Untergang herbeiführen. Dann würde es für das Volk, das Barrikaden errichtet hat, nur eine Rettungsmöglichkeit geben: Es müsste ein zweites Mal seinem Willen Ausdruck verleihen und die Entscheidungen einer falschen Nationalvertretung aussetzen. Wird Frankreich Paris zwingen, zu diesem äußersten und beklagenswerten Mittel seine Zuflucht zu nehmen? Das verhüte Gott.«

Der Aufruf zum Widerstand gegen die von den Bürgerlichen dominierte Provisorische Regierung ist deutlich genug. Und er trifft genau die schlechte Erinnerung der Arbeiterschaft an die verratene Revolution von 1830. Der folgende Tag, ein Sonntag, wird zum Desaster für die sozialistische Bewegung und zugleich zum Anfang vom Ende der Republik. Die linken Lager unter Louis-Auguste Blanqui, Alexandre-Auguste Ledru-Rollin, Louis Blanc und einigen anderen – sie alle selbst untereinander zerstritten – wagen einen Staatsstreich. Er wird bereits in den Anfängen von der regierungstreuen Nationalgarde und dem Bürgertum vereitelt. Auf den Straßen von Paris rufen die konservativen Bürgerlichen: »Es lebe die Republik! Nieder mit den Kommunisten!«

George Sand ist erschüttert. Zum einen sieht sie die Sache der Sozialisten beim Volk ungerechterweise angeschwärzt, zum anderen wird sie sich der Tragweite ihrer etwas unbedachten Äußerungen vom vorhergehenden Tag bewusst. An Maurice schreibt sie: »Mein Bouli, es will mir nicht aus dem Kopf, dass heute die Republik prinzipiell und für die Zukunft ermordet worden ist. [...] Diese Verschwörung hatte ihre Gründe [...]. Sie hätte die Republik retten, sofort die Herabsetzung der Steuern für die Armen verkünden und Maßnahmen treffen können, die, ohne die ehrlich erworbenen Vermögen zu ruinieren, Frankreich aus der Finanzkrise gebracht hätten; sie hätte die Form des Wahlgesetzes ändern können, das schlecht ist [...], sie hätte schließlich all das Gute, das in diesem Augenblick möglich ist, vollbringen und das Volk für die Republik gewinnen können, die das Bürgertum ihm schon in allen Provinzen verleidet hat [...].« Abends, es ist wieder Ruhe in der Stadt eingekehrt, wagt sie sich auf die Straße: »Am Abend bin ich um neun Uhr hinausgegangen, um zu sehen, was sich abspielt. Alle Arbeiter waren verschwunden, die Straße gehörte den Bürgerlichen, den Studenten, den Händlern, den Müßiggängern aller Art, die betrunken ›Nieder mit den Kommunisten‹ [...] schrien.«

Das konservative Lager unter Lamartine triumphiert – vorerst zumindest. Um die eigene Macht zu demonstrieren und die Arbeiter einzuschüchtern, wird vier Tage später eine Truppenparade veranstaltet, bei der unter den Blicken der Schaulustigen die Armee vierzehn Stunden lang von der Bastille im Osten bis zum Triumphbogen im Westen zieht. George Sand zeigt sich von diesem Großaufgebot an Macht beeindruckt. Es firmiert unter dem Namen ›Fest der Brüderlichkeit‹ und will die verfeindeten Lager mit Hilfe verschiedener Symbole zusammenschweißen, Symbole, wie sie konträrer nicht sein könnten: die Bastille als Gebäude, wo die Revolution von 1789 ihren Ausgang nahm, und der Triumphbogen, Zeichen für Napoléons Siege und gleichermaßen Mahnmal für die Beseitigung der Ersten Republik durch den Autokraten. George Sand mag sich auch weiterhin von der Sache der Republik überzeugt zeigen – ihr Ruf ist jedenfalls nach der Affäre um das *Bulletin Nr. 16* in Mitleidenschaft gezogen. Sie nimmt Zuflucht zu sophistischen Haarspaltereien und verteidigt sich gegenüber Frédéric Girerd, sie trage zwar sehr wohl die moralische, nicht aber die politische Verantwortung. Außerdem versteigt sie sich zu der nicht haltbaren Behauptung, bei dem Putschversuch vom 16. April hätten nicht einzelne sozialistische Gruppen revoltiert, sondern *das* Volk schlechthin. Ihre Gegner und ehemaligen Weggenossen sehen das anders. Für sie ist es ein gefundenes Fressen, der Schreibtisch-Sozialistin Übles anzuhängen. Marie d'Agoult etwa, die unter dem Pseudonym Daniel Stern veröffentlicht, behauptet später in ihrer *Geschichte der Revolution von 1848*, George Sand sei einer der eifrigsten Verschwörer gewesen und habe in ihrer Wohnung allabendlich Arbeiterführer um sich geschart. Tatsächlich ist George Sand so unbeteiligt nicht. Aus ihren erst posthum veröffentlichten Tagebuchblättern *Erinnerungen an März und April 1848* wird ersichtlich, dass sie nicht nur Autorin des besagten Bulletins war, sondern auch in den Tagen vor dem Putschversuch mit den führenden Sozialisten den Staatsstreich besprach – ohne dass es freilich zu einem konkreten Beschluss gekommen wäre.

Am 23. April sind die Franzosen (nicht die Französinnen) zur Wahl der Verfassungsgebenden Versammlung aufgerufen. Die Beteiligung ist mit vierundachtzig Prozent sehr hoch und zeigt, wie sehr den Menschen die Bedeutung einer Verfassung bewusst ist. Zugleich spiegeln die Wahlergebnisse die Angst der Franzosen vor einschneidenden gesellschaftlichen Umbrüchen und Experimenten wider. Von den neunhundert Sitzen gewinnen die bürgerlichen Republikaner etwa fünfhundert, die Rechten (darunter Monarchisten und katholische Konservative) etwa dreihundert. Die verschiedenen Gruppierungen der Sozialisten erhalten dagegen gerade einmal rund hundert Sitze. George Sand ist über den Ausgang enttäuscht. Zum zweiten Mal in ihrem Leben sieht sie ihre politischen Illusionen verloren. Unterdessen reißen die kritischen Stimmen gegen ihr sozialistisches Engagement nicht ab, so dass sie sich mehr und mehr in einer Rechtfertigungsposition sieht. Am 7. Mai veröffentlicht sie einen Artikel in *La Vraie République*, worin sie nochmals ihre Auffassung vom Kommunismus umreißt und verteidigt: »Wenn man unter Kommunismus eine Verschwörung versteht, die darauf abzielt, einen Staatsstreich zu unternehmen, um eine Diktatur aufzurichten, wie es am 16. April hieß, dann sind wir in keinem Falle Kommunisten [...]. Versteht man aber unter Kommunismus das Verlangen und den Willen, dass mit Hilfe aller gesetzlichen Mittel die empörende Ungleichheit außergewöhnlichen Reichtums und außergewöhnlicher Armut sofort verschwinden soll, um einem Beginn wahrhafter Gleichheit Platz zu machen – ja, dann sind wir Kommunisten und wagen dies Euch, die Ihr uns ehrlich fragt, zu gestehen [...].«

Mit der Wahl zur Verfassungsgebenden Versammlung reißen jedoch die Unruhen und Ränkespiele nicht ab. Am 4. Mai tritt die Versammlung zusammen. Die Provisorische Regierung tritt zurück. Es wird unter der Führung von Lamartine ein Exekutivausschuss gebildet, der – dem Wählerwillen entsprechend – von konservativen Kräften beherrscht wird. Doch die neue Regierung hat nicht mit der Zähigkeit des sozialistischen Lagers gerechnet. Armand Barbès, François Raspail, Louis-Auguste Blanqui und Louis Blanc initiieren am 15. Mai erneut einen

Putschversuch. Sie dringen mit etlichen Getreuen in das Palais Bourbon ein, den Sitz des neuen Parlaments, erklären die Versammlung für aufgelöst und rufen eine sozialistische Republik aus. Doch der Staatsstreich wird mit Hilfe der Nationalgarde rasch niedergeschlagen, die Anführer – bis auf Louis Blanc – werden verhaftet.

Endgültig scheinen die sozialistischen Führer gedemütigt und entmachtet zu sein. Einige gehen nach England ins Exil, andere ziehen sich resigniert aufs Land zurück. Gerüchte kursieren, auch George Sand solle festgenommen werden. Sie packt die Koffer, um nach Nohant zu fahren, wartet dann aber doch zwei Tage, denn sie will sich nicht die Blöße geben, als flüchtig und feige zu gelten. Märtyrertum ist ihr freilich fremd, und so verbrennt sie in aller Eile kompromittierendes Material. Als nach zwei Tagen jedoch immer noch niemand erschienen ist, um sie zu verhaften, besteigt sie die Kutsche Richtung Nohant. In ihren Augen ist der Kampf verloren. Sie fühlt sich müde, desillusioniert und ausgebrannt, obgleich sie gerade einmal vierundvierzig Jahre alt ist, und sehnt sich zurück nach ihrem Schloss, ihren Büchern, ihrem Schreibtisch, ihrem Sohn, nach der beruhigenden Landschaft des Berry. Im Rückzug will sie Kraft schöpfen und sich wieder der Literatur widmen.

»In welch grauenvollen Zeiten leben wir!« Verlorene Illusionen

Doch so schnell, wie sie hofft, lassen die Ereignisse der in ihren Augen gescheiterten Revolution sie nicht los. Die Bauern und Kleinbürger in der Provinz sind weit konservativer, als sie es sich ausgemalt hat. So edel und gut wie die Protagonisten ihrer Dorfromane sind die Menschen jedenfalls nicht. Sie erweisen sich als ängstlich, chauvinistisch und auf den eigenen kleinen Vorteil bedacht. Natürlich hat sich in der Provinz herumgesprochen, welche Rolle die Herrin von Nohant bei der Revolution in Paris gespielt hat. Vieles wird dazuerfunden, viel in bösartiger Manier übertrieben, wie das Geschwätz eben so ist. Dennoch ist George Sand verletzt, als sie das Ausmaß der Borniertheit erkennen muss, hat sie doch bislang immer geglaubt, ihre Person sei im Berry eine Instanz, der Respekt gezollt wird. Halb belustigt, halb enttäuscht schreibt sie in einem offenen Brief, der in *La Vraie République* publiziert wird: »Hier, in diesem so romantischen, so sanften, so guten und so ruhigen Berry, in diesem Lande, das ich so sehr liebe und wo ich den armen und einfachen Menschen bewiesen habe, dass ich meine Pflichten ihnen gegenüber kannte, werde vor allem ich als Feind der Menschheit angesehen, und wenn die Republik ihre Versprechen nicht gehalten hat, so bin offensichtlich ich daran schuld.« Sie mokiert sich über die Bürger von La Châtre, die allen Ernstes und bar jeder Ironie behaupten, die Kommunisten, zu denen sie auch die Herrin von Nohant zählen, hätten Greise und Kinder umgebracht, und sie, George Sand, habe das Ziel verfolgt, durch die neue Regierung in Paris alle Weinberge, Äcker und Wiesen des Départements übertragen zu bekommen. So also ist die Vorstellung des braven Ackerbürgers von Kommunismus! Stammtischreden vielleicht, aber kein ganz ungefährliches Geschwätz. Stimmen werden laut, die fordern, man solle der Herrin von Nohant das Dach überm Kopf anzünden. Einige dieser Maulhelden treiben sich einmal – wohl in böser Absicht – in der Nähe ihres Anwesens herum. Sie tritt ihnen unerschrocken entgegen, da ziehen sie vor ihr den Hut. Als sie ein paar Schritte von der bürgerfressenden Revolutionärin entfernt sind, wächst gleich wieder das Mütchen, und sie rufen: »Nieder mit den Kommunisten!«

Als sei das noch nicht der Enttäuschung genug, kommt es Ende Juni in Paris erneut zu Ausschreitungen, die die ganze Misere einer Republik offenbaren, die an ihren eigenen Zielen und Idealen Verrat übt. Erst wenige Wochen zuvor sind auf Beschluss der Provisorischen Regierung sogenannte Nationalwerkstätten eingerichtet worden, eine Art Arbeitsdienst, um das Heer der Erwerbslosen in Paris zu beschäftigen. Doch als – angelockt durch diese Verdienstmöglichkeit – auch aus der Provinz zahlreiche Arbeitslose in die Stadt strömen, schwillt das Heer der Arbeiter in den Pariser Nationalwerkstätten auf 120 000 Menschen an. Nach dem gescheiterten Staatsstreich der Sozialisten wächst in der bürgerlichen Regierung die Angst vor einem erneuten Putschversuch. Die Nationalwerkstätten, ursprünglich als soziale Maßnahme gedacht, sind nun als Hort möglicher Unruhestifter suspekt. Sie werden aufgelöst. Die ganz jungen Männer werden zum Militärdienst verpflichtet (seit der Eroberung von Teilen der algerischen Küste im Jahre 1830 wächst der Bedarf an Soldaten), die über Fünfundzwanzigjährigen sollen zum Bau von Eisenbahntrassen in die Provinz verlegt werden. Wer sich widersetzt, dem wird als Arbeitsunwilligem jegliche staatliche Unterstützung verweigert. Und um die Statistik zu schönen, verfallen die Verantwortlichen auf ein probates Mittel: Arbeitslose aus der Provinz werden kurzerhand von den Listen gestrichen.

Doch die Arbeitslosen sind nicht gewillt, alles gleichmütig hinzunehmen. Es kommt am 22. und 23. Juni 1848 in Paris zu gewaltigen und gewaltsamen Aufständen: Mehr als anderthalbtausend Barrikaden werden von den Demonstranten errichtet, ganze Stadtviertel, vor allem im ärmeren Osten, sind in der Gewalt der Aufständischen. Die republikanische Regierung reagiert mit panischer Härte, wie sie bestenfalls ins Bild einer Autokratie passen würde. Sie verhängt über Paris den Belagerungszustand und ernennt den Kriegsminister General Eugène Cavaignac zum Chef der Exekutive mit Sondervollmachten. Lamartine will ein Blutvergießen noch verhindern, doch der Belagerungszustand entmachtet den Regierungschef weitgehend. Am 24. und 25. Juni schlägt der Staat mit aller Brutalität zurück. Die Truppen erstürmen in langwierigen Kämpfen – denn die Aufständischen verteidigen ihre Stellungen mit der Verbissenheit der Verzweiflung – jede einzelne der Barrikaden. General Bréa und der Erzbischof von Paris, die beide zwischen den Gegnern vermitteln wollen, geraten zwischen die Fronten und werden getötet. Am Ende siegt die Staatsgewalt. Man zählt etwa fünftausend Tote, meist Aufständische, darunter eintausendfünfhundert standrechtlich Erschossene. Ungefähr 25 000 Bürger werden festgenommen, viele – vor allem Intellektuelle – können der Verhaftung nur durch den Gang ins Exil entgehen. Nach der Niederschlagung des Juniaufstandes hat die Zweite Republik den Rest ihrer Aufrichtigkeit und Vertrauenswürdigkeit verloren. Aus der Republik der Bürger und Arbeiter ist eine Oligarchie der bürgerlichen Kaste geworden. Cavaignac, der sich als grausamer Barrikadenstürmer bewiesen hat, wird am 28. Juni zum Ministerpräsidenten ernannt. Die Regierung macht viele der sozialen Reformen rückgängig: Die revolutionären Klubs – basisdemokratische, außerparlamentarische Organisationen – werden geschlossen, ebenso die Nationalwerkstätten. Viertausend verhaftete Bürger werden nach Algerien und nach Übersee deportiert, die Pressefreiheit wird beschnitten, viele Zeitungen werden verboten, die tägliche Arbeitszeit wird auf zwölf Stunden heraufgesetzt. Es herrscht wieder Ruhe im Land, aber es ist die Ruhe eines Friedhofes.

George Sand verfolgt aus Nohant die Juni-Ereignisse mit Abscheu. An ihre Ziehtochter Augustine schreibt sie: »In welch grauenvollen Zeiten leben wir! Mir fehlen die Worte, und das Herz blutet mir. Ich will Dir gegenüber davon nicht sprechen, Du weißt ja, wie ich darüber denke und wie ich wegen dieser Auflösung unseres schönen Traumes von einer Republik der Brüderlichkeit leide.« Doch sie kann sich nicht einfach in ein Schneckenhaus zurückziehen. Sie setzt die Romanfabrik wieder in Gang, denn sie muss dringend Geld verdienen. Außerdem lässt sie in Nohant eine zentrale Dampfheizung einbauen, um den Aufenthalt im Winter erträglicher zu machen. Ihre Tochter Solange, die jahrelang kaum ein Wort mit ihr gewechselt hat, steht vor dem Ruin. Clésinger hat die ganze Mitgift durchgebracht, das Haus in Paris wird zwangsversteigert, und nun wendet sich die Tochter hilfesuchend an die Mutter. In der Umgebung von Nohant bricht mehrmals die Cholera aus, und die Schlossherrin, jüngst noch als Kommunistin geschmäht, ist sich nicht zu schade, von Haus zu Haus zu gehen und Hilfe für die Ärmsten zu organisieren. Auch ihre Freunde vergisst George Sand nicht. Einige ihrer Mitstreiter schmachten im Gefängnis oder sind deportiert worden. Sie schickt ihnen Geld und wendet sich in Bittbriefen an Politiker, um die Haftbedingungen zu erleichtern oder eine Amnestie zu erwirken. Manchmal werden ihr die Anliegen und Wünsche der ihr Nahestehenden zu viel. Sie hat in diesen Jahren auch Probleme mit dem Klimakterium, leidet unter Hitzewallungen und Müdigkeit. Auch bemerkt sie ein Nachlassen der seelischen Spannkräfte. Klagen über Melancholie und Lethargie durchziehen manche Briefe. An einen Freund schreibt sie: »So habe ich inmitten des Lärms und der Fröhlichkeit, die ich nicht fliehe und zu der ich genauso wie die anderen meinen Teil beitrage, in meinem Inneren Anwandlungen von Lebensüberdruss und frage mich, wann ich mir eine Kugel in den Kopf jagen werde.«

Dennoch versucht sie, da anzuknüpfen, wo sie vor der Revolution aufgehört hat: An der Reihe ihrer Dorfromane, ihrer *Églogue humaine*, wie sie sie in Anlehnung an Balzacs *Comédie humaine* nennt. Bereits im August 1849 erscheint *Die kleine Fadette*, die Geschichte eines Waisenkindes, das zum Opfer und Ankläger gesellschaftlicher Vorurteile wird. Kritiker mokieren sich über George Sands thematische Rückkehr ins Ländliche. Aber sie verkennen zum einen die soziale Sprengkraft der Dorfromane, zum anderen sind diese Bücher nicht Ausdruck selbstgenügsamer Bescheidenheit der Autorin, sondern Reaktion auf die Enttäuschung von 1848. Es gibt natürlich auch begeisterte Stimmen. Kein Geringerer als der russische Romancier Iwan Turgenjew rühmt in einem Brief an die Sängerin Pauline Viardot – sie ist mit der Schriftstellerin befreundet – die Bildhaftigkeit und das Feingefühl von George Sands Sprache und die Klarheit ihres Ausdrucks in den Dorfromanen.

George Sands Popularität beim Publikum hat in den Jahren unmittelbar vor der Revolution gelitten. Schuld daran ist der teils metaphysische, teils politisch-sozialistische Anspruch ihrer jüngeren Bücher. Die breite Leserschaft ist recht einfach veranlagt und sieht sich von »ihrer« George Sand, der Verfasserin emanzipatorischer Liebesromane, enttäuscht. Es scheint in diesen Jahren mitunter so, als habe Buloz, ihr alter Verleger, von dem sie in Unfrieden geschieden ist, recht behalten. Nach der gescheiterten Revolution von 1848 gestaltet sich die Lage auf dem Buchmarkt noch schwieriger, zumal ihr neuer Verleger Pierre-Jules Hetzel aus politischen Gründen ins belgische Exil flüchten musste. So schlägt sich George Sand weitgehend alleine mit Fragen der Vermarktung, der Lizenzen und der Buchhaltung herum. Für Zeitungen und Zeitschriften zu publizieren hat sie die Lust verloren. Die noch erscheinenden Blätter sind ihr zu brav, zu regierungstreu. Um aber dennoch den Verkauf ihrer Bücher wieder in Schwung zu bringen, entschließen Hetzel und sie sich 1851 zu einer wohlfeilen Gesamtedition ihrer bisherigen Werke. Die neunbändige Volksausgabe, für den breiten Geschmack illustriert von Tony Johannot und nach dessen Tod von Maurice Sand, soll zu einem Preis von vier Sous pro Lieferung an die Leserschaft gebracht werden. George Sand selbst sieht diese Maßnahme nicht nur unter dem finanziellen Gesichtspunkt. Sie betrachtet eine Volksausgabe auch als Möglichkeit, die breite Masse an der Zeitungszensur vorbei mit ihren Ideen bekannt zu machen – Volksaufklärung im besten Sinne also. An Émile Aucante schreibt sie: »Ich habe das Bürgertum, das meine Bücher las, vor den Kopf gestoßen, doch das Volk, das mich nicht lesen konnte, habe ich nichts gelehrt. Um den geringen *Nutzen*, den ich in meine Schriften hineinzulegen versuchte, endlich *nutzbar* zu machen, habe ich mich entschlossen, auf meine Kosten meine gesammelten Werke zu vier Sous pro Lieferung zu veröffentlichen. Ich werde dabei mein kleines literarisches Vermögen verlieren oder vermehren – egal.« Bezüglich ihrer Auslagen übertreibt sie natürlich. In puncto Finanzen ist sie eine kühl kalkulierende Frau, die sehr wohl weiß, dass gerade eine Volksausgabe durch die hohe Auflage die Herstellungskosten leicht wettmacht und sogar einen satten Gewinn verspricht.

Sie ist enttäuscht von der Politik, und doch lässt diese sie nicht ruhen. Neue Wolken ziehen auf und veranlassen sie zur

Einmischung. Eine Briefbekanntschaft aus vergangener Zeit taucht in jenem Jahr 1848 wieder auf und versucht, die Macht an sich zu reißen: Louis-Napoléon. Er, ein Neffe Napoléon Bonapartes und Sohn des einstigen niederländischen Königspaares Louis Bonaparte und Hortense de Beauharnais, hat bereits zweimal versucht, in einem Staatsstreich die Macht an sich zu reißen, 1836 in Straßburg und 1840 in Boulogne. Beide Putschversuche wurden vereitelt, und Louis-Napoléon wurde beim zweiten Mal in der Festung Ham an der Somme inhaftiert, bevor ihm die Flucht glückte und er nach England entkommen konnte. Als »Gefangener von Ham« errang er einen gewissen Bekanntheitsgrad, besonders in konservativen und bonapartistischen Kreisen. Louis-Napoléon ist eine der seltsamsten Gestalten des 19. Jahrhunderts. Merkwürdig macht ihn nicht nur sein beispielloser Aufstieg zum Kaiser der Franzosen, sondern auch die geradezu romanhafte Gespaltenheit seines Wesens. Er ist eine höchst ambivalente Person, ohne je eine Persönlichkeit zu sein. Zu seinen Eigenschaften gehören nicht nur ein bedingungsloser Wille zur Macht und ein beinahe schizophrenes Sendungsbewusstsein, das sich allein aus dem zufälligen Umstand nährt, der Neffe eines weltgeschichtlich bedeutsamen Herrschers zu sein. Nein, er vertritt, zumindest in seinen politischen Anfängen, auch durchaus fortschrittliche und liberale Ansichten zu sozialen und wirtschaftlichen Fragen. Dies mag auch der Grund dafür gewesen sein, dass George Sand zur Zeit seiner Gefangenschaft in Ham mit ihm in Briefwechsel trat und gesellschaftliche Fragen mit ihm diskutierte. Aus dem Kontakt (sie lernten sich erst später persönlich kennen) trägt sie den Eindruck davon, es handle sich um einen durchaus vernünftig denkenden Menschen mit sozialem Gewissen. An ihre Schriftstellerkollegin Hortense Allart de Méritens schreibt sie noch im Juni 1848: »Louis Bonaparte ist ein liebenswürdiger Prinz, und ich hege für ihn persönliche

Sympathien [...].« Andererseits ist ihr sein Machtkalkül, das auf seiner bonapartistischen Herkunft fußt, zutiefst suspekt und widerwärtig. Aus der Ambivalenz ihres Gefühls gegenüber Louis-Napoléon macht sie nie ein Hehl. Nun, im Herbst 1848, lässt sich Louis-Napoléon, zurückgekehrt aus dem englischen Exil, als Kandidat für die Präsidentenwahl aufstellen. Um seinem Namen Glanz zu verleihen, veröffentlicht er verschiedene der Briefe George Sands an ihn – ohne ihr Wissen und Einverständnis. Sie setzt sich zur Wehr, denn bei aller Sympathie für ihn als Menschen hält sie ihn doch für einen Gegner der Republik. Zudem ist sie enttäuscht darüber, dass er ihre Privatbriefe zu Propagandazwecken missbraucht. So veröffentlicht sie Anfang Dezember, wenige Tage vor der Präsidentschaftswahl, in verschiedenen reformorientierten Blättern einen offenen Brief, worin sie von Louis-Napoléon und dessen politischem Kalkül abrückt:

»Etliche Republikaner verkehrten mit M. Louis Bonaparte völlig unbefangen und hatten gute, fast freundschaftliche Beziehungen zu ihm. Ich gehörte zu diesen Menschen, obgleich ich M. Louis Bonaparte persönlich nie begegnet war und wir lediglich brieflich miteinander verkehrten. [...] Damals war Louis Bonaparte das Opfer seiner eigenen Fehler, das gebe ich zu, und das gibt er selbst auch zu. Und doch konnte er echte Anteilnahme erregen, denn er zeigte sich als Demokrat und war von den Leiden des Volkes wirklich berührt. Er flößte den Republikanern Vertrauen ein und sie hegten eine brüderliche Sympathie für ihn.« Doch dann schränkt die Briefschreiberin ein und scheut sich auch nicht vor harschen Worten: »Unter einer Republik aber hat M. Louis Bonaparte nicht das Recht, sich als Kandidat für die Präsidentschaftswahlen aufstellen zu lassen, *da er prinzipiell ein überzeugter Feind der republikanischen Staatsform ist.* Sollte er sich aber dennoch die Freiheit nehmen, sich zu seiner Kandidatur zu bekennen, dann muss

Frankreich zusehen, ob es die Monarchie zugunsten der Familie Bonaparte wieder einführen will. Dann soll er sich aber keiner republikanischen Einrichtung bedienen, um am Sturz der Republik zu arbeiten.«

George Sand gehört zu den wenigen Weitsichtigen. Am 10. Dezember 1848 finden die Wahlen für das Amt des Staatspräsidenten statt. Außer Louis-Napoléon kandidieren Cavaignac, Lamartine, Ledru-Rollin und Raspail. Das Votum ist eindeutig, ja überwältigend zugunsten Louis-Napoléons: Er erhält über zweiundsiebzig Prozent der abgegebenen Stimmen, seine Mitbewerber sind weit abgeschlagen, Lamartine vereinigt gerade einmal 0,25 Prozent auf sich. George Sand ist gleichermaßen enttäuscht und entsetzt. Sie sieht mit Louis-Napoléon das Ende der Republik gekommen und ahnt, dass er auf dem Umweg der vom Volk legitimierten Präsidentschaft nach autokratischer Macht strebt. Louis-Napoléon hingegen gibt sich zunächst als ein Wolf im Schafspelz. Er leistet am 20. Dezember 1848 den Eid auf die Verfassung. Doch in dem nun folgenden Jahr bis zur Wahl der Gesetzgebenden Versammlung nutzt Louis-Napoléon das Machtvakuum in der Legislative mit Kalkül zum eigenen Vorteil. Er besetzt kurzerhand etliche der Ministerposten mit willfährigen Leuten aus dem eigenen Lager. Und wie viele Potentaten, die von Schwierigkeiten im Innern ablenken wollen, nutzt auch Louis-Napoléon einen außenpolitischen Konflikt zum eigenen Vorteil: In Italien machen sich unter dem Banner des aufkeimenden Nationalbewusstseins ebenfalls republikanische Strömungen breit. Am 9. Februar 1849 ruft der Freiheitskämpfer Giuseppe Garibaldi in Rom die Republik aus. Mit Billigung von Papst Pius IX., der um seinen Kirchenstaat fürchtet und sich unter den Schutz des Königs von Neapel begeben hat, marschieren daraufhin französische Truppen in Italien ein und belagern Rom. Außer Garibaldi befindet sich auch Giuseppe Mazzini, mit dem George Sand in freundschaftlicher Verbindung steht, in der Stadt. Zwei Monate lang verteidigen die Römer ihre Stadt und die Republik gegen eine dreifache Übermacht der Belagerer. Schließlich erobern die Franzosen Rom und stellen die absolutistische Herrschaft des Papstes wieder her. Garibaldi kann entkommen und geht nach Südamerika. Mazzini hingegen wird festgenommen und nach London ins Exil geschickt. George Sand schreibt ihm nach dem Fall Roms voller Scham: »So unschuldig man auch sein mag an den Verbrechen der eigenen Nation, es gibt eine Art innerer Solidarität, die unserem Herzen die Gewissensbisse überträgt, welche die andern haben sollten. Ja, Gewissensbisse und Scham. Und ich war so stolz auf Frankreich im Februar [1848]!«

Nicht alle politischen Kräfte in Frankreich nehmen diese Wende so hin. Obwohl die Wahlen zur Gesetzgebenden Versammlung im Mai den napoléontreuen Konservativen die absolute Mehrheit beschert haben, wagen nach der Einnahme Roms französische Republikaner unter Führung von Ledru-Rollin in Paris und Lyon den Aufstand. Er wird mit dem Einsatz von Kanonen niedergeschlagen. Ledru-Rollin muss ins Ausland fliehen. George Sand schreibt verbittert an den Arbeiterdichter Charles Poncy: »Wir haben es mit Männern zu tun, die weder Glauben noch Gesetz, weder Prinzipien noch Mitleid kennen.« Erneut hat Louis-Napoléon gezeigt, dass er mit der Exekutive auch die gesamte Gewalt im Staate in Händen hält. Und er festigt seine Position in den nächsten Monaten: Das Streikrecht der Arbeiter wird im September aufgehoben. Einen Monat später entlässt er das erst im Mai gewählte Kabinett und ernennt ein neues, wobei er die Stelle des Ministerpräsidenten unbesetzt lässt. Das Kabinett ist nun direkt dem Staatspräsidenten unterstellt und damit noch viel leichter als bisher zu gängeln. Weitere Verordnungen und Maßnahmen festigen die zunehmende Alleinherrschaft des Staatspräsidenten: Der Einfluss der Volksschullehrer auf dem Land wird eingedämmt, stattdessen werden regierungstreue Ordensbrüder und -schwestern als Lehrkräfte gefördert. Kirchliche Schulen werden landauf, landab gegründet. Auch an den Universitäten wird der Einfluss der katholischen Kirche gestärkt: Sie erhält Sitze in akademischen Gremien. Um die republikanischen Linken endgültig mundtot zu machen (Louis-Napoléon fürchtet noch immer den Zorn der Barrikadenkämpfer und die Macht des geschriebenen Wortes), werden Versammlungs- und Pressefreiheit weiter beschnitten. Das Wahlrecht, erst vor kurzem vom alten, ständischen Zensus losgelöst, wird nun erneut an die Eintragung in die Steuerrolle gebunden. Ärmere Schichten wie etwa Wanderarbeiter, die nicht erfasst sind, da sie häufig den Wohnsitz wechseln, werden dadurch um ihr Wahlrecht betrogen. Von der Neuerung sind immerhin drei Millionen Einwohner betroffen, genau das Wählerpotenzial, das tendenziell sozialistisch und antiklerikal gestimmt hat.

Für den Mai 1852 sind Präsidentenwahlen anberaumt, auf die die bürgerlichen Linken und die an Gewicht wieder zunehmenden Monarchisten, die das Haus Bourbon favorisieren, die letzte Hoffnung setzen. Die Verfassung verbietet eine Wiederwahl des Staatspräsidenten. Louis-Napoléon versucht eine Verfassungsänderung, doch fehlt ihm die dazu nötige Dreiviertelmehrheit. So bleibt ihm nur noch *ein* Mittel, um an der Macht zu bleiben, ein Mittel, in dessen Vorbereitung er bereits einige Übung hat: der Staatsstreich. In der Nacht vom 1. auf den 2. Dezember 1851 lässt er republikanisch gesinnte Politiker und Offiziere verhaften. Die Staatsdruckerei wird besetzt und Plakate werden eiligst gedruckt. Noch in der Nacht werden diese Aufrufe in ganz Paris angebracht. Darin beschuldigt der Staatspräsident die Gesetzgebende Versammlung des versuchten Komplotts.

Zugleich wird das Wahlgesetz per Dekret aufgehoben. Abgeordnete, die sich am nächsten Tag im Rathaus versammeln, werden sofort vom Militär, das den Staatsstreich stützt, verhaftet und abgeführt. Zeitungen erscheinen nicht, so dass die Einwohner von Paris über die tatsächliche Lage im Unklaren bleiben. Nur vereinzelt gehen die Arbeiter auf die Straße; sie haben nicht vergessen, wie sie im Juni 1848 von den Bürgerlichen schmählich verraten wurden. Als es drei Tage später doch noch zu einer – friedlichen – Massendemonstration auf den Boulevards kommt, lässt Louis-Napoléon auf die wehrlosen Menschen schießen. Mehr als dreihundert Tote sind zu beklagen. So wird jeglicher Widerstand gegen das neue Regime sogleich in Blut ertränkt. Vier Tage nach dem Staatsstreich herrscht in Paris Totenruhe. Aufstände der Arbeiter im Süden Frankreichs werden vom Militär mit aller Härte niedergeschlagen, die Anführer werden nach Algerien deportiert. Bei alldem nutzt Louis-Napoléon die geknebelte Presse, um sich als Retter in der Not darzustellen: Er habe einen Putschversuch der Demokraten vereitelt und für Ruhe und Ordnung im Land gesorgt. Bei der nachfolgenden Volksabstimmung am 21. und 22. Dezember 1851 danken ihm die bürgerlichen und klerikalen Kreise dieses zweifelhafte Verdienst: Mehr als sechsundsiebzig Prozent der verbliebenen Wahlberechtigten bestätigen die neue Verfassung und Louis-Napoléon in seinem Amt als »Fürst-Präsident« – so die offizielle Bezeichnung – auf zehn Jahre. Von nun an kann er ohne jeglichen Widerstand autokratisch regieren. Er setzt seiner absoluten Machtfülle im wörtlichen Sinne noch die Krone auf und lässt sich am 2. Dezember 1852, ein Jahr nach dem Staatsstreich, zum Kaiser der Franzosen ausrufen. In Anlehnung an seinen berühmt-berüchtigten Onkel nennt er sich schlicht nur noch »Napoléon« und fühlt sich auch so. Vom Präsidentenpalast zieht er in das Königsschloss der Tuilerien um.

George Sand beobachtet all dies aus der Ferne, dem ländlichen Nohant. Sie kennt ihre publizistische Machtlosigkeit angesichts einer gleichgeschalteten und geknebelten Presse, versucht aber dennoch, für ihre republikanischen Weggenossen im Exil und in den Gefängnissen das ihr verbliebene Ansehen in die Waagschale zu werfen. Dafür greift sie zu einem Mittel, das viele ihrer Freunde als anbiedernd und rückgratlos empfinden und ablehnen. George Sand sieht dies anders, pragmatisch. Sie appelliert an das Gewissen in Louis-Napoléon und erinnert an ihren einstigen freundlichen brieflichen Umgang. Erneut schreibt sie ihm Briefe – ungeachtet der harschen öffentlichen Kritik, mit der sie ihn vor seiner Wahl zum Staatspräsidenten überzogen hat – und bittet ihn darin um Gnade für die Verfolgten und Gefangenen. Sie weiß, dass sie mit einem Amnestiegesuch Napoléons Gewaltherrschaft indirekt akzeptiert, aber ihr sind ein paar Freigelassene lieber als Grundsatzdiskussionen. Am 20. Januar 1852 wendet sie sich brieflich an Louis-Napoléon, damals noch »Fürst-Präsident«: »Prinz, ich werde mir nicht gestatten, mit Ihnen eine politische Frage zu diskutieren, das wäre meinerseits lächerlich, doch aus der Tiefe meiner Unkenntnis und meiner Ohnmacht rufe ich Ihnen mit blutendem Herzen und tränenerfüllten Augen zu: Genug, Sieger, genug. Verschone die Starken wie die Schwachen. [...] Amnestie, eine baldige Amnestie, mein Prinz!« Reichlich demütige Worte für eine stolze Frau! Gegenüber ihrem Verleger Hetzel verteidigt sie ihre Gnadengesuche: »Für diejenigen, die glauben, sich zu erniedrigen, wenn sie den kleinsten Schritt in dieser Richtung tun, könnte es eher ein großes Verdienst sein, wenn sie diese bittere Pille ihrer Familie zuliebe schluckten [...].« Ihre pragmatische Haltung ist durchaus von Erfolg gekrönt. Louis-Napoléon gewährt ihr Ende Januar und Anfang Februar 1852 zwei Mal eine Privataudienz. Er sei »entzückt«, sie zu empfangen, teilt er ihr eigenhändig mit und überlässt ihr sogar die Wahl eines Besuchstermins. Sie hat einen Passierschein erhalten und kann trotz polizeilicher Sperren jederzeit nach Paris reisen. Vorsichtig umkreisen sie einander: Sie verachtet ihn im Innersten und weiß doch, dass sie – will sie etwas erreichen – an ihm nicht vorbeikommt. Er hört sich ihr Gesuch artig an und tut dies nicht nur aus Höflichkeit einer Dame gegenüber, sondern insgeheim auch aus Respekt vor ihrer Integrität. Sie wiederholt ihre brieflichen Bitten und bemüht sich nicht nur um eigene Freunde, sondern auch um einfache Soldaten, die verhaftet worden sind. Er fasst sie, will man ihrem Bericht glauben, ritterlich an beiden Händen, während sie ihre Bitten vorbringt, wobei sie aus Stolz und Ehrlichkeit nicht umhin kann zu betonen, sie sei auch weiterhin republikanisch, ja kommunistisch gesinnt. Louis-Napoléon verhält sich wie ein Gentleman – und gleichzeitig wie ein gewiefter Staatsmann und Taktiker: Er macht ihr schöne Worte, ohne sich festlegen zu lassen, bittet sie, ihm auch weiterhin ihre Anliegen vorzubringen, und versichert sie seiner Gunst. Dann ist die Audienz beendet. Eine zweite verläuft ähnlich. Inzwischen ist George Sand für viele Inhaftierte in Frankreich zur moralischen Instanz geworden, zur letzten Hoffnung, zum möglichen Rettungsanker. Sie erhält Briefe von Gefangenen in Châteauroux. Die regierungstreuen Zeitungen berichten in propagandistischer Absicht, auf ihr Gesuch hin seien mehr als dreihundert Gefangene freigelassen worden. Diese Meldung stimmt nicht. Laut ihrer eigenen Aussage sind es nur wenige Dutzend. Aber auch darauf kann sie stolz sein.

George Sand verwendet sich weiterhin für die Unglücklichen, die in Gefängnissen schmachten und auf die Deportation warten. Sie vermutet, dass vieles ohne Wissen des Fürst-Präsidenten geschieht, dass sich karrieristische Präfekten und Polizeikommissare mit der Inhaftierung vermeintlicher Regimegegner nur einen Orden verdienen wollen. Im Mai 1852 schreibt sie erneut an Louis-Napoléon, mit der Verve und Überzeugung der aufklärerischen Fürstenerzieherin: »Mein Gott, warum werden

Sie derartig missbraucht? Alle Welt errät und spürt das, nur Sie nicht. [...]. Mein Prinz, denken Sie darüber nach, was ich Ihnen sage, es ist die Wahrheit! Denken Sie nur fünf Minuten darüber nach! Eine Zeugenaussage, die die Wahrheit spricht, ein Aufschrei des Gewissens, der gleichzeitig der Schrei eines dankbaren Herzens und eines Freundes ist, haben es wohl verdient, dass ein Staatschef ihnen fünf Minuten Aufmerksamkeit widmet. Ich bitte Sie um Gnade für alle Deportierten des Départements Indre, ich bitte Sie auf Knien darum, das erniedrigt mich nicht. Gott hat Ihnen die absolute Macht gegeben; also ist es Gott, den ich anflehe und zu gleicher Zeit der Freund von einst.«

Glaubt sie wirklich, was sie da schreibt? Oder spielt sie nicht auch ein doppeltes Spiel mit dem Herrscher? Gleichviel, für sie zählt das Ergebnis. Und da hat sie doch Erfolge aufzuweisen. Sie schreibt auch ein Amnestiegesuch an den Polizeipräsidenten Maupas und bittet darum – nicht ganz uneigennützig –, dass ihrem Verleger Hetzel die Rückkehr aus dem belgischen Exil gestattet werde. Mit Erfolg: Hetzel wird wenige Wochen darauf begnadigt. Aber er weist aus Stolz die Amnestie zurück, denn das käme für ihn einem Schuldeingeständnis und einem Verrat an seinen Mitexilanten gleich. Erst sieben Jahre später wird er nach einer allgemeinen Amnestie nach Frankreich zurückkehren. George Sand ist über dieses Übermaß an Stolz und Integrität verärgert und versucht ihren Verleger zur Räson zu bringen: »Wenn Sie es wünschen, dass Napoléon Bonaparte (in Ihrem Fall) die Initiative ergreift, so bin ich augenblicklich dazu bereit, ihn darum zu bitten. Es wäre nicht das erste Mal und ist erst kürzlich wieder geschehen, dass ich ihn mit Bitten bestürme, für Sie eine Rückkehr zu erwirken, die an keinerlei Bedingungen geknüpft ist.«

Hetzel lehnt ihre Intervention weiterhin ab, und er ist nicht der Einzige, der so reagiert. Für einige Exilanten wird George Sand in jenen Jahren zur Verräterin an der Sache der Republik, weil sie sich vor dem napoleonischen Autokraten erniedrigt. Auch die Sozialisten Alphonse Fleury und Louis Blanc wenden sich heftig gegen ihre pragmatischen Rettungsversuche. Sie verkennen, dass es nicht jedem Menschen gegeben ist, den Märtyrer zu spielen, und dass sie, im sicheren Exil, vergleichsweise Glück haben, im Gegensatz zu den Elenden, die in Gefängnissen oder den Straflagern Algeriens und Guayanas schmachten. Aber zu viel Gerechtigkeit macht bekanntlich selbstgerecht, und anstatt den Usurpator anzugreifen, flammen Grabenkämpfe in den Reihen der exilierten Sozialisten auf. George Sand schreibt voller Bitterkeit an Giuseppe Mazzini: »Der Gedanke ist abscheulich, dass wir unsere schmutzige Wäsche nicht in der Familie waschen können und dass unsere privatesten Auslassungen die Polizei unserer wütenden Verfolger ergötzen können [...]. Seit zehn Jahren predige ich in der Wüste, dass uns Spaltungen vernichten werden. Nun haben sie uns vernichtet [...].«

Ihr Leben wäre in jenen Jahren beinahe traurig zu nennen, wären da nicht eine neue Liebe zu einem Mann und eine neue Leidenschaft: das Theater!

»Zärtlich wie ein Kater und treu wie ein Hund« Späte Leidenschaften

Bereits vor der Februarrevolution nehmen George und Maurice Sand in Schloss Nohant größere bauliche Veränderungen vor: Der Billardtisch muss weichen, verschiedene Wände werden eingerissen, andere neu gezogen. So entstehen zwei mittelgroße Theaterräume mit winzigen Bühnen. George Sand nennt den einen Raum das »große Theater«; in ihm werden in kleiner Besetzung Sprechstücke von Schauspielern aufgeführt. Der andere Raum ist das »Theater der kleinen Schauspieler«, eine Bühne für Marionetten und Handpuppen. Mit ganzer Energie werfen George Sand und ihr Sohn sich auf das Verfertigen der Puppen: Maurice entwirft die Kostüme und schnitzt die Torsi, George Sand schneidert nächtelang die Kleider, oft noch im Anschluss an ihre Schreibtischarbeit. So entstehen zahlreiche Figuren und Typen, die teils der eigenen Fantasie entspringen, teils dem Hanswurst- und Kasperletheater, teils aber auch das Personal der italienischen Commedia dell'Arte aufgreifen. Von Maurice stammt auch eine ganze Reihe kolorierter Figurinen, die er 1860 unter dem Titel *Masques et Buffons* herausgibt.

Das Theaterfieber wirkt ansteckend: Freunde und Bekannte aus Paris und dem Berry pilgern zum Schloss, um sich die Aufführungen anzusehen oder selbst mitzuwirken. Die Jugendfreundin Ursule Jos hilft bei der Herstellung der Kostüme, der Landschaftsmaler Léon Villevieille pinselt die Kulissen. Zum

Publikum gehören der zeitweilig in Nohant wohnende Advokat Alphonse Fleury, der hier nach dem Ende der Republik im inneren Exil lebt, seine Tochter Nancy, der Bürgermeister Félix Aulard und die wechselnden Gäste des Hauses. Auf der Bühne spielen George Sand, Maurice, der Tiermaler Eugène Lambert und ein paar Schauspieler aus Paris, die immer wieder für ein paar Tage ins Berry kommen. Auch Hermann Müller-Strübing, ein deutscher Sozialist, der in Frankreich im Exil lebt und in der Hausherrin eine Gleichgesinnte gefunden hat, wird in das Theaterunternehmen einbezogen: Er muss in den Pausen zwischen den Akten, oder wenn man zur Auflockerung eine Pantomime zum Besten gibt, am Klavier spielen. Im Spiel vergisst George Sand ihre beruflichen Sorgen und die Enttäuschung durch die Politik. Wenn die Handpuppen zum Leben erwachen und ihre grotesken Späße machen, regt sich auch in ihr etwas, das sie verschüttet glaubte: eine kindliche Freude. Staunend sitzt sie da und lacht von Herzen über den Klamauk des Hanswursts und die derben Witze von Pantalone, Arlechino und Pulcinella. Gut gelaunt berichtet sie einem Freund: »Hier hast Du also meinen Bericht, mein Theaterfeuilleton. Das große Stück in drei Akten endet um Mitternacht, die Pantomime, auch in drei Akten, dauert bis drei Uhr morgens. Dann begeben wir uns in den Salon, wo es schön warm ist und wo das Souper uns erwartet. Dabei lachen wir über die Begebenheiten während der Aufführung; das geht so bis fünf oder sechs Uhr und am nächsten Tag beginnt alles von neuem. Die Sache dauert also zweimal vierundzwanzig Stunden jede Woche oder vielmehr alle zehn Tage. Was für salbadernde und verklatschte Artikel könnten übel gesinnte Feuilletonisten darüber verfassen, wenn sie hier Zutritt hätten!«

Aber nicht nur kurze Schwänke, Farcen und Impromptus erblicken in Nohant das Licht der Theaterwelt. Auf der Bühne der »großen Schauspieler« werden auch veritable abendfüllende

Dramen gegeben. Sie spielen Shakespeare ebenso wie Goldoni und Molière. Einmal lässt sich die Schlossherrin sogar als Molière fotografieren, in einem Kostüm des 17. Jahrhunderts, mit mächtiger Lockenperücke. Mit ihren inzwischen schon etwas schlaffen Gesichtszügen, den Pausbacken und dem Doppelkinn sieht sie auf dem Bild zwar eher einem Kardinal oder hohen Richter als dem Komödiendichter ähnlich, doch kann das ihrer mimischen Leidenschaft keinen Abbruch tun.

Auch eigene Stücke bringt George Sand auf die Bühne von Nohant. In den Jahren des Zweiten Kaiserreichs entdeckt sie das Theater als Möglichkeit, unmittelbar auf ein Publikum zuzugehen. Sie bearbeitet daher etliche ihrer alten, aber auch der neuen Romane für die Bühne. Nicht nur die Theaterleidenschaft treibt sie zu diesem Schritt. Sie ist in jenen Jahren – nicht zuletzt durch Solanges Bankrott und durch die finanziellen Hilfsdienste für in Not geratene Freunde – selbst hoch verschuldet und sucht nach neuen Einnahmequellen. So entdeckt sie, neben dem Vorabdruck in Zeitschriften, das Theater als weitere Verwertungsmöglichkeit ihrer Bücher. Vor allem am Pariser ›Odéon‹ und am ›Théâtre du Gymnase‹ werden ihre Stücke in den Fünfziger- und Sechzigerjahren aufgeführt – mit wechselndem Erfolg. Kritiker bemäkeln zu Recht die oft langatmige Handlung, das weitschweifige Psychologisieren, die weltanschaulichen Dispute, die in die Dialoge gelegt werden. Im Roman als offener Kunstform mag das gehen, auf der Bühne wirkt manches umständlich und belehrend. George Sand scheint das geahnt zu haben. So lässt sie ein paar ihrer Stücke von erfahrenen Theaterautoren bearbeiten, sie selbst überwacht nur die Proben. Alexandre Dumas fils und Paul Meurice sind zwei ihrer dienstfertigen Geister, und sie verhelfen der Autorin tatsächlich zu achtbaren Erfolgen.

George Sand lernt den jungen Dumas über den Umweg einer etwas pikanten Situation kennen: Chopins Schwester

Louise Jedrzewicz nimmt nach dem Tod ihres Bruders 1849 die Briefe George Sands an den Komponisten an sich und will damit zurück in ihre polnische Heimat fahren. Doch sie besinnt sich eines anderen. Da sie fürchtet, die russischen Zollbeamten könnten die Briefe beschlagnahmen (immerhin war Chopin als glühender Patriot und Kritiker der russischen Besatzer bekannt), lässt sie das Konvolut durch einen gemeinsamen Bekannten an Dumas aushändigen. Dieser wiederum, unverhofft in den Besitz dieses Schatzes gekommen, wendet sich an George Sand. Sie ist konsterniert, dieses Privatissimum in den Händen eines Fremden zu wissen und fürchtet, die Presse könnte sich der Briefe bemächtigen und ihr Privatleben an die Öffentlichkeit zerren. Feinde hat sie genug, und die bösartigen Stimmen, die behaupten, sie trage eine Mitschuld an der Unterhöhlung von Chopins Gesundheit, verstummen nicht. So ergreift sie die Flucht nach vorn und antwortet Dumas, sie habe nichts zu verbergen, die Briefe offenbarten nur ihre mütterliche Liebe zu Chopin. Dennoch ist ihr die Angelegenheit peinlich, denn in den Briefen stehen Details über das Zerwürfnis mit Solange und Clésinger, auf deren Seite Chopin stand. Daher schreibt sie an Dumas: »Ich möchte Sie infolgedessen um alles in der Welt bitten, mir die Abschrift zuzuschicken, die Sie anfertigen wollten. Ich weiß, dass Sie sie mir sofort zuschicken oder dass Sie sie verbrennen werden, wenn Sie den Grund meiner Beunruhigung verstanden haben. Ich möchte Sie darüber hinaus bitten, alles aus Ihrem Gedächtnis zu streichen, was sich auf sie [Solange] bezieht.« Dumas ist so nobel und übergibt ihr das Konvolut. Sie vernichtet die Briefe (von einigen wenigen abgesehen). Zu Dumas aber fasst sie freundschaftliches Vertrauen und überträgt ihre »mütterliche Liebe« sogleich auf ihn, den sie von da an in ihren Briefen gerne mit »mein Sohn« anspricht.

Dumas ist nicht der Letzte, der an George Sands Theaterleidenschaft teilhat. Neben diesem neuen Ersatzsohn findet sich auch ein neuer Geliebter in Nohant ein, der sofort in das Bühnenunternehmen integriert wird. Sein Name: Alexandre Manceau. Pikanterweise ist es ein Freund von Maurice, den sich die inzwischen Sechsundvierzigjährige als neuen Lebensgefährten erwählt. Eine Konstellation, die nicht ohne Schwierigkeiten bleiben wird: Später wird der sensible und eher verschlossene Maurice – er steht lange, zu lange im Schatten der dominanten und berühmten Mutter – eifersüchtige Anwandlungen zeigen, aber zu Beginn der Fünfzigerjahre überdeckt die gemeinsame Begeisterung für das Theaterspiel alle Konflikte.

Die Liebe zu Manceau ist leidenschaftlich und heftig, George Sand fühlt sich über die körperlichen Misslichkeiten der Wechseljahre hinweggehoben. Sie merkt mit Verwunderung, dass sich ihr Herz, allen Enttäuschungen zum Trotz, noch immer hingebungsvoll an einen anderen Menschen verlieren kann. Manceau, damals dreiunddreißig Jahre alt, ist Graveur. Er hat ein schmales Gesicht, auf dem sich bereits seine Krankheit, die Tuberkulose abzeichnet. Das Haar ist dünn und brav zur Seite gescheitelt, die Augen liegen tief wie die eines Fiebernden. Seine Nase ist lang und schmal, der Mund oft fest verschlossen, über der Lippe und am Kinn sprießt ein schütteres Bärtchen. Manceau entstammt einfachen Verhältnissen, aber gerade seine unverfälschte, bodenständige Art bezaubert die Schlossherrin. An den Verleger Hetzel, der zeitweilig auch ihr Vertrauter in intimen Belangen ist, schreibt sie verzückt: »Ja, ich liebe ihn, ihn! [...] Er liebt auf sehr eigentümliche Weise und ist insgeheim sehr stolz darauf, dass er von mir geliebt wird. Dabei fürchtet er sich dauernd davor, dass der einfache Mann zum Vorschein kommt, für den er sich hält.« Manceau, den Maurice aus dem Malunterricht kennt, hat nicht nur als Zeichner und Graveur Qualitäten. Das erkennt auch George Sand. Er darf nicht nur an den Kulissen ihres Theaters mitpinseln, sondern auch Puppen führen und Aufbauten schreinern. Auch außerhalb der Bühne wird er eingesetzt: als Gärtner, als »Hausmeister«, der im Schloss allerlei Reparaturen und Verschönerungsarbeiten durchführt, und nicht zuletzt als ihr Sekretär. Ihr Schriftstellerunternehmen hat inzwischen solche Ausmaße angenommen, dass es ohne Beihilfe nicht mehr betrieben werden kann. Neben der eigentlichen literarischen Arbeit vergeht ein Gutteil der Zeit mit organisatorischen Belangen. Zwar beschäftigt George Sand in jenen Jahren einen Buchhalter und Agenten, der ihre Honorare und Rechnungen überwacht, Lizenzen ans Ausland vergibt und die zahlreichen Publikationen und Verwertungen koordiniert, doch bleiben da noch die umfangreiche Geschäftskorrespondenz, das Korrekturlesen und das Ins-Reine-Schreiben – alles sehr mühselige und aufwendige Arbeiten in den Zeiten vor der Erfindung der Schreibmaschine und des Fotokopierers. Manceau zeigt sich auch hierin nützlich, und George Sand ist in dem Brief an Hetzel voll des Lobes für das Faktotum: »Er ist Handwerker und übt seinen Handwerkerberuf aus, weil er sich seinen Lebensunterhalt selbst verdienen will und kann. Er ist in unglaublicher Weise künstlerisch begabt. Seine Intelligenz ist außergewöhnlich, aber nur ihm von Nutzen und infolgedessen auch mir. [...] Er hat geschickte Hände und sichere Bewegungen. Er zerbricht nichts und er läuft nicht mit der Nase am Boden wie neunundsechzig Prozent aller Menschen [...].«

Doch über all diesen praktischen Erwägungen steht das Glück einer späten Liebeserfüllung und einer außergewöhnlichen Wesensnähe: »In geistiger Hinsicht ist er eitel, aber er möchte vor dem Spiegel seines Gewissens bestehen und vor allem vor seiner Liebe. Denn er liebt, er liebt, sehen Sie, wie ich noch nie jemanden lieben sah. Alle seine Fehler, die er vor den anderen hat, verschwinden, wenn wir zusammen allein sind. Da ist er dann zu gleicher Zeit zärtlich wie ein Kater und treu wie ein Hund [...].« Sie weiß, dass sie der bürgerlichen

Konvention nach als zu alt für solch eine Leidenschaft gilt und dass sich die Leute über den Altersunterschied mokieren werden. Aber ihr ist das gleichgültig. Sie sieht sich im Recht des Menschen, der erkennt, dass das Leben nicht nur aus Pflichten besteht, sondern auch in der Erfüllung des eigenen Wesens, der eigenen Sehnsüchte: »Kurzum, ich liebe ihn, ich liebe ihn aus ganzer Seele, mit all seinen Fehlern, mit allem, was die anderen Lächerliches an ihm finden, obwohl er manchmal Unrecht hatte und Dummheiten machte, die mir nicht verborgen blieben. Ich liebe ihn mit allem, was er ist, und in meiner Liebe liegt eine erstaunliche Ruhe, trotz unseres Altersunterschiedes, [...] trotz meines schrecklichen Misstrauens schließlich, das mich in all meinen Liebesbeziehungen immer in tiefster Seele gequält hat und das ich trotz übermenschlicher Anstrengungen nie ersticken konnte [...].«

Nicht nur die Liebe bindet George Sand und Manceau aneinander, sie entdecken auch gemeinsame Sammel- und Forschungsleidenschaften. Das Schmetterlingsfieber befällt sie, und sie durchwandern mit Netzen, Keschern und Botanisiertrommel die Flusstäler der Creuse und der Indre auf der Suche nach seltenen Exemplaren. In Nohant werden Schmetterlingspuppen in Kästen gezogen, und George Sand erstattet in der Rolle des Reporters dem in Paris weilenden Sohn genauestens Bericht: »[...] zwischen sechs Uhr morgens und ein Uhr nachmittags ist in der Raupenzucht von Nohant, Kasten Maurice, Abteilung Schmetterlingspuppen, der *Attacus Petitpaon* [kleines Nachtpfauenauge] ausgeschlüpft, und zwar drei Exemplare davon; einer hatte einen gebrochenen Flügel, die beiden anderen sind tadellos gesund, ein Männchen und ein Weibchen. Das Weibchen ist von großer Schönheit, aber nichts im Vergleich zum Männchen, das geradezu vollkommen ist [...].« George Sand, die bislang meist nur in der Welt ihrer Romane gelebt hat und sich in den Jahren der Republik von den Querelen und Intrigen der Politik hat auffressen lassen, findet nun im Rückzug auf die Natur des Berry nicht nur Trost und Ruhe, sie wird geradezu von einem Drang nach botanischer, geologischer und wetterkundlicher Erkenntnis befallen. Einmal beobachtet sie die Wandlungen von Licht und Farben während einer partiellen Sonnenfinsternis und berichtet darüber an einen Meteorologen. Ein andermal beschreibt sie die Gesteinsformationen und vulkanischen Überreste in der Auvergne. Sie ist dabei nicht nur eine genaue Beobachterin, sondern versucht sich auch wissenschaftlich weiterzubilden. Von ihrem Verleger Buloz, mit dem sie sich nach dem heftigen Zerwürfnis wieder versöhnt hat und bei dem sie seit 1860 erneut unter Vertrag steht, erbittet sie sogar die neuesten Schriften zur Botanik, wobei sie ausdrücklich Wert darauf legt, eine möglichst vollständige und umfassende Darstellung der heimischen wie exotischen Pflanzenwelt zu erhalten. Dabei sind ihr die Naturwissenschaften nicht eitler Selbstzweck. Vielmehr gewährt ihr die Natur Einblick in eine göttliche Ordnung und beständige Schönheit. An Buloz, der sich insgeheim um die Produktivität seiner Autorin sorgt, schreibt sie beschwichtigend: »Damit schade ich niemandem, und obgleich der Roman mir Freude bereitet, so scheint mir doch *das Wesen des Schönen, die Natur,* es wert zu sein, den Dingen, die meinem Gehirn entspringen, vorgezogen zu werden.« Natürlich wäre sie nicht Schriftstellerin, wüsste sie nicht diese neuen Erkenntnisse auch für ihren Beruf zu nutzen. Sie plant sogar einen Roman über den schwedischen Botaniker Carl von Linné, den sie allerdings nicht realisiert.

All das hört sich sehr idyllisch an, ist aber auch Kennzeichen eines inneren Exils. Die Geheimpolizei hat George Sand und ihre Freunde im Visier, und die Schriftstellerin weiß es. Immerhin hat sie sich in den Jahren der Zweiten Republik als eine der eifrigsten, in mancher Augen als eine der radikalsten Verfechterinnen des Sozialismus erwiesen, und die Machtorgane des Kaiserreichs vergessen das nicht. Darüber täuschen auch Napoléons freundliche Worte und sein Händedruck nicht hinweg. Denn selbst er ist nur eine Marionette im Getriebe der Macht.

Die Marionetten: Selbst sie werden indirekt zum Politikum, zum Anlass für Verdächtigung, Denunziation und Überwachung. Da sommers manchmal bis zu fünfzig Gäste – Schauspieler und Zuschauer – aus Paris und andernorts nach Nohant strömen, um den Pantomimen, Komödien, Dramen und Sotien beizuwohnen, wird der Geheimdienst schnell misstrauisch. Die Polizei weiß, dass auch politisch Verdächtige wie Alphonse Fleury, Hermann Müller-Strübing oder Emmanuel Arago die Aufführungen besuchen, und vermutet hinter den scheinbar arglosen Hanswurstiaden getarnte Verschwörungsherde. Also werden die Vorgänge in Nohant bespitzelt. Geheime Berichte und Weisungen gehen zwischen der Gendarmerie und den Tuilerien in Paris hin und her. George Sand ihrerseits hat ihre Mittelsmänner, die sie über die Bespitzelung auf dem Laufenden halten. Ihrem Agenten Émile Aucante berichtet sie hiervon und bittet ihn, sich bei den zuständigen Stellen für sie einzusetzen – mit wenig Erfolg. Besonders pikant – auch für das Kaiserhaus – wird es, als im September 1857 Napoléons Cousin, der Prinz Jérôme-Napoléon, nach Nohant kommt. Jérôme, obgleich zeitweilig Kolonialminister und auch mit anderen hohen Ämtern und Aufgaben betraut, zeichnet sich doch durch sein offenes, unkompliziertes und liberales Wesen aus. Zu ihm sucht George Sand nach dem Staatsstreich von 1851 Kontakt und bittet ihn auch um Vermittlung und Hilfe bei ihren Amnestiegesuchen für Freunde und Weggenossen. Nun sitzt der Prinz also im winzigen Theater von Nohant, um seine Mätresse Sylvanie Arnould-Plessy, die mit zur Truppe gehört, spielen zu sehen. Jérôme-Napoléon ist so unvorsichtig gewesen, nicht inkognito zu erscheinen: Vor dem Haus steht seine vierspännige Karosse mit dem fürstlichen Wappen, und die örtlichen Geheimpolizisten verbringen mit Mutmaßungen und der Niederschrift von Protokollen und Berichten eine schlaflose Nacht, während sich drinnen der prinzliche Bonvivant im legeren Ambiente der Schauspieler köstlich amüsiert. Die Hüter der staatlichen Macht wissen gar nicht, worüber sie sich mehr erregen sollen: über das private Lotterleben Jérômes oder über das vermutete Komplott zwischen dem Haus Bonaparte und der Kommunistin von Nohant?

Die Anekdote veranschaulicht, wie schwankend der vermeintlich sichere Boden von Nohant ist. Die Mächtigen haben George Sand immer noch nicht verziehen, dass sie sich in der Zweiten Republik für die Rechte der Bürger und Arbeiter eingesetzt hat. Immer noch werden ihre Veröffentlichungen misstrauisch auf verdächtige Aussagen abgeklopft. Mehr als einmal gerät sie mit der Zensur in Konflikt, werden Sätze und Absätze aus ihren Romanen gestrichen, die allzu frei die hierarchische Ordnung von Besitzenden und Besitzlosen, von Herrschenden und Untertanen, von Bürgern und Arbeitern anzweifeln oder gar kritisieren. George Sand ist dabei nicht so naiv oder überheblich zu glauben, sie sei unangreifbar. Zu oft erreichen sie Bittbriefe von Freunden aus dem In- und Ausland, ihr mit Geld oder Amnestiegesuchen zu helfen. Immer noch schmachten Weggenossen in Gefängnissen oder in der algerischen Verbannung, warten Kollegen und Freunde im englischen oder belgischen Exil auf ihre Rückkehr. Manche, wie Hetzel, lehnen eine Amnestie, die George Sand bei Napoléon erwirkt hat, aus Stolz ab. Andere, wie Victor Hugo, der Autor des Romans *Die Elenden*, einer Auseinandersetzung mit der Stigmatisierung eines ehemaligen Häftlings in einer selbstgerechten restaurativen Gesellschaft, können tatsächlich nicht in ihr Vaterland heimkehren, ohne Gefangennahme und Deportation fürchten zu müssen. Hugo lebt auf der Kanalinsel Guernsey, nur wenige

Meilen von der französischen Küste entfernt, und tritt mit George Sand in brieflichen Kontakt. Persönlich sind sich die beiden nie begegnet, aber Hugo, ein Bewunderer ihrer Romane, nimmt sie in der Presse des Auslands gegen gehässige Kritiker in Schutz, die ihr wegen ihrer Gesprächsbereitschaft gegenüber dem Haus Bonaparte Rückgratlosigkeit vorwerfen.

Nein, es ist kein sicherer Boden, worauf George Sand in jenen Jahren steht, und der Umstand ihres Rückzuges in die ländliche Provinz täuscht nur unzulänglich darüber hinweg, dass der Arm der Staatsgewalt lang ist und an den Stadtgrenzen von Paris nicht Halt macht. Die Situation verschärft sich, als vier Monate nach dem von der Polizei mit Argwohn beobachteten Besuch von Jérôme-Napoléon in Nohant auf seinen Vetter Kaiser Napoléon III. in Paris ein Attentat verübt wird: Bei der Anfahrt zur Oper detonieren unter den Wagen des kaiserlichen Konvois drei Bomben. Acht Menschen sterben, über fünfzig werden verletzt. Napoléon selbst bleibt unverletzt. Der Anschlag mag für den Kaiser folgenlos sein, nicht aber für die Opposition im Lande: Eine Verhaftungs- und Deportationswelle durchzieht ganz Frankreich, und es wird schnell deutlich, dass die Machthaber das Attentat nur als willkommenen Anlass sehen, um sich politischer Gegner zu entledigen. Wie häufig in der Geschichte geschehen solche Knebelungen nicht unter dem Zeichen der Verfolgung Andersdenkender, sondern unter geheuchelten Versicherungen, zum Wohle der Bürger für Sicherheit und Ordnung sorgen zu wollen. Ein entsprechendes Gesetz, das verabschiedet wird, trägt denn auch den euphemistischen Titel ›Gesetz zur allgemeinen Sicherheit‹.

Unter den Verhafteten sind auch zwei enge Freunde George Sands, Ernest Périgois und Jean Patuereau. Wieder verwendet sich George Sand bei den Mächtigen für sie. Sie schreibt sogar ein Gnadengesuch an Kaiserin Eugénie und erreicht für Périgois, der bereits kurz vor der Deportation steht, die Erlaubnis, ins italienische Exil zu gehen. Für Patuereau, einstiger Bürgermeister von Châteauroux, der wegen seiner Art und Weise, auszusprechen, was er denkt, »Francœur« (»der Freimütige«) genannt wird, kommt gleichwohl jedes Gnadengesuch zu spät: Er wird nach Algerien deportiert, das in jenen Jahren des Zweiten Kaiserreichs als das Sibirien Frankreichs gilt.

In dieser enttäuschenden und lähmenden politischen Situation, in dieser Atmosphäre gesellschaftlichen Stillstands bedeutet für George Sand der Rückzug auf Arbeit und Familie der einzige Trost. Besondere Freude bereitet ihr die 1849 geborene Enkeltochter Jeanne, die zweite Tochter von Solange und Auguste Clésinger. Nachdem die Ehe von Solange und Clésinger gescheitert ist, sucht Solange – hochverschuldet und ihrer Mitgift verlustig – reumütig wieder Anschluss an die Mutter. In dieser Situation vergisst George Sand ihren Groll und versucht Tochter und Enkeltochter in jeder erdenklichen Weise zu helfen. Sie nimmt die beiden eine Zeit lang in Nohant auf und gewinnt »Nini«, so der Kosename der Enkelin, herzlich lieb. Das Kind ist klug, gewitzt und lernt schnell. George Sand, die in jenen Jahren als Ausgleich zu ihrer Schreibtischarbeit gerne im Garten werkelt, berichtet über die »Mithilfe« der vierjährigen Nini: »Mit einem Steingarten für meine Enkelin habe ich angefangen, und ich bin dabei, ein immer größer werdendes Gelände einzubeziehen. Sie hilft mir dabei wie ein richtiges kleines Pferdchen. Sie gräbt um, harkt und karrt Erde hin und her. So erwirbt sie sich einen kleinen Körper aus Eisen. Ich verbringe den ganzen Tag mit ihr zusammen.« Wenn Nini krank ist, pflegt die Großmutter sie und berichtet in seitenlangen Briefen an Solange nach Paris über den Zustand der kleinen Patientin.

Solange ist nicht von ungefähr wieder in der Hauptstadt: Sie hat Gerichtliches mit ihrem Mann auszufechten. Der Trennungsprozess steht an, und die Frage des Sorgerechts für Nini ist zu klären. Mehrmals schon hat Clésinger gedroht, seine Tochter notfalls zu entführen. Hat er Nini aber für ein paar Tage bei sich, so weiß George Sand vorwurfsvoll zu berichten, geht er mit ihr mitten im Januar hinaus, obwohl er ihr nur ein leichtes Sommerkleidchen angezogen hat. Abends bringt er die Fiebernde in die Pension zurück, in der er wohnt, und verschwindet daraufhin, begibt sich zur Jagd aufs Land, ohne sich um seine kranke Tochter zu kümmern.

Dann wieder behauptet er, das Kind würde in den »Klauen« der beiden Frauen – Mutter und Großmutter – gefangen gehalten, und droht, er werde Nini nach Paris zurückbringen lassen. In George Sand erwachen die Instinkte einer Löwin. Entschlossen schreibt sie an Solange: »Wenn er einen Arzt schickte, um sie zu holen, könnte er damit rechnen, eine aufs Maul zu bekommen.« Die Gefahr einer tätlichen Auseinandersetzung findet jedoch ein jähes und unerwartetes Ende: Nini erkrankt im sechsten Lebensjahr an Scharlach und stirbt. George Sand ist untröstlich. Wochen- und monatelang ist sie apathisch, antriebslos, hadert mit Gott und dem Schicksal. So vieles erinnert in Nohant an die gemeinsame Zeit mit der Enkelin, an das Lachen der Kleinen, an die kindlichen Spiele und die Augenblicke tiefen Glücks. George Sand versucht sich durch ihre Gartenarbeit abzulenken. Wenn sie aber abends durch die Wohnräume geht, sieht sie schmerzlich die Spuren des Kindes, Gegenstände, die noch so daliegen, als würde Nini jeden Augenblick wieder zur Tür hereinkommen. »Ich lebe nicht mehr ganz in mir noch von mir«, gesteht sie einem Freund, »mein Leben war während der letzten beiden Jahre in dieses Kind eingegangen. Es hat so viele Dinge mit sich fortgenommen, dass ich nicht weiß, was mir geblieben ist, und wage es auch nicht, mich danach umzuschauen. Ich schaue nur ihre Puppen an, ihr Spielzeug, ihre Bücher, ihren kleinen Garten, den wir zusammen angelegt haben, ihre Schubkarre, ihre kleine

Gießkanne, ihre Mütze, ihre kleinen Arbeiten, ihre Handschuhe, alles, was bei mir zurückgeblieben ist und auf sie wartet.« Nicht zum ersten Mal in ihrem Leben hat George Sand einen Verlust hinzunehmen. Sie hat ihre Großmutter und ihre Mutter beerdigt, sie hat Freunde und Geliebte verloren, doch jetzt wiegt der Verlust besonders schwer. Sie ist einundfünfzig und steht für damalige Verhältnisse an der Schwelle zum Alter, jede Berührung mit dem Tod gemahnt auch bitter an die eigene Sterblichkeit. Dass der Tod aber gerade ein so junges, kaum begonnenes Leben mit gleichgültiger Gebärde auslöscht, lässt sie am Sinn des Lebens zweifeln: »Ich betrachte und berühre das alles, wie betäubt, und frage mich, ob ich es werde ertragen können, eines Tages wirklich zu verstehen, dass sie nicht wiederkommen wird und dass man wirklich sie gerade unter meinen Augen begraben hat. [...] Die leidenschaftliche Zärtlichkeit einer Mutter für ihr Kind ist sicherlich gottgewollt, aber die Vorsehung geht sehr hart mit dem Menschen um, vor allem aber mit der Frau.«

Der Schicksalsschlag schweißt Mutter und Tochter nicht zusammen. Auch nach der Trennung von Clésinger und dem Tod Ninis bleibt das Verhältnis von George Sand und Solange kühl und angespannt. Immerhin kann nun die Mutter der vom Leben nicht eben verwöhnten Tochter doch hin und wieder ein offenes Wort sagen. Noch im Juni 1858 schreibt sie der inzwischen fast dreißigjährigen Solange: »Mein Gott, wie war ich gestern dumm, so gut und vernünftig zu sein! Warum das alles? Ich habe es oft gesagt: Ich habe sie [Solange] zur Welt gebracht, ich habe sie genährt, verhauen, heiß geliebt, verwöhnt, ihr gezürnt, sie bestraft, ihr verziehen und bei alldem kenne ich sie überhaupt nicht und kann niemals erraten und verstehen, warum sie dieses oder jenes tut oder tun will, was für mich überhaupt keine Daseinsberechtigung hat.«

Weit besser versteht sie sich mit ihrem Sohn Maurice,

obgleich es ihr Sorge bereitet, dass er sich – inzwischen ein Mann von dreißig Jahren – immer noch nicht binden will, weder an eine Frau noch an einen festen Beruf. Ein Bild aus jener Zeit zeigt ihn als Dandy mit Zylinder, ein feines Seidentuch um den Hals gebunden. Er hat immer noch jünglingshafte, weiche, schwärmerische Züge. Sein Blick geht verträumt und melancholisch in die Welt. Der Mund ist sinnlich und feminin, es ist der Mund der Mutter. Das halblange, lockige Haar fällt ihm über Ohren und Wangen. Alles in allem das Bildnis eines jungen Mannes, der erwachsener zu sein vorgibt, als er im Inneren ist.

Als Maurice noch in Paris wohnt, um bei Eugène Delacroix zeichnen und malen zu lernen, vernimmt seine Mutter Gerüchte, er treibe sich gern, allzu gern, im Nachtleben der Bohème umher, habe wechselnde Frauen und sei in Kneipen und in der Operette mehr zu sehen als in der Bibliothek oder im Atelier. Außerdem versuche er sich neuerdings im Journalismus. Ein hartes und bisweilen intrigantes Geschäft, weiß die Mutter aus eigener Anschauung. So entschließt sie sich, ihm den Kopf gerade zu rücken. Aber die Philippika fällt harmlos aus – der typische Brief einer Mutter, die ihren Sohn liebt und ihm manche Dummheit großmütig und ein wenig weise verzeiht. »Ich sähe es lieber«, heißt es da eingangs, »dass Du Deinen Parisaufenthalt dazu nutzen würdest, das zu tun, was Du hier nicht machen kannst: nämlich, Dich um die Malerei zu kümmern. Ich weiß nicht, ob Du die Absicht hegst, die Malerei ganz aufzugeben. [...] Es ist vielleicht schade, wenn Du Dich so entmutigen lässt. Möglicherweise wäre jetzt der Augenblick gekommen, wo Du gute Fortschritte oder glückliche Anstrengungen machen könntest. Ich habe den Eindruck, dass Du Dich wie ein Kind gebärdest, wenn Du jetzt um einer Laune willen alles hinwirfst, was Dich ein Leben lang beschäftigt hat, dem Du viel Zeit geopfert und zugunsten dessen Du andere

Studien vernachlässigt hast.« Was sie damals noch nicht begreift: Maurice gehört zu den Naturen, deren Talente zu breit gefächert sind, als dass sie es jemals in einem einzigen Metier zur Meisterschaft bringen könnten. Auch der weitere berufliche Lebensweg ihres Sohnes wird sich zwischen Malerei, Buchillustration, dem Verfassen von Zeitungs- und Zeitschriftenartikeln und verschiedenen Forschungsarbeiten über die italienische Commedia dell'Arte, über Schmetterlinge und Insekten bewegen. Nichts Anrüchiges also, im Gegenteil. Aber auch nichts, was ihn über die Zeiten hinweg im kollektiven Gedächtnis verankerte, wäre er nicht zufällig der Sohn George Sands.

Weit mehr als über die Versuche des Dreißigjährigen, auch auf anderen Gebieten Erfahrungen zu sammeln, ist George Sand über seine Neigung beunruhigt, sich dem Müßiggang und dem Vergnügen hinzugeben. Hier redet sie ihm scharf ins Gewissen: »Du sagst, dass es Dir *Vergnügen machen muss*. Dazu sind wir nicht auf der Welt. Wir treffen auf das Vergnügen, wir finden das Vergnügen, es hat mit unserer Arbeit zu tun und mit unserer Tätigkeit, aber wenn es zum Hauptinhalt wird, verwandelt es sich in Torheit oder Überdruss [...].« Aber verlangt sie, die weltberühmte Autorin, eine der bekanntesten Romanschriftstellerinnen ihrer Zeit, nicht zu viel vom bescheidenen Talent ihres Sohnes? Und hat sie nicht in den Zeitungen von der großen Arbeitslosigkeit gelesen, die in jenen Jahren in Frankreich herrscht und nicht nur die Arbeiter betrifft, sondern auch die Intellektuellen? Die Experimente mit den »Nationalwerkstätten«, staatlichen Arbeitsbeschaffungsmaßnahmen, sind gescheitert; man sah in ihnen Unruheherde und hat sie kurzerhand wieder abgeschafft. In den ersten Jahren des Zweiten Kaiserreichs liegt die Wirtschaft am Boden. Erst das zunehmende koloniale Engagement, die wachsende Technisierung und Industrialisierung, der Ausbau des Eisenbahnnetzes und der steigende Konsum auch in den Schichten des Proletariats werden in den Sechzigerjahren zu rasantem wirtschaftlichem Wachstum und zu steigender Prosperität führen. Aber davon ahnt kurz nach dem Ende der Zweiten Republik noch niemand. Die Bürger haben gelernt, sich zu ducken, den Mund zu halten, fatalistisch und lethargisch alles so zu nehmen, wie es kommt, und am besten nichts zu erwarten. Doch auch in dieser prekären Situation macht George Sand ihrem Sohn Mut: »Wenn schon kein Maler aus Dir wird, so doch sicherlich ein guter Illustrator. Wenn Du in diesem Jahr keine Arbeit finden kannst, inmitten der Revolutionen und Katastrophen, dann besagt das für die Zukunft überhaupt nichts. Wenn die Gesellschaft wieder zur Ruhe gekommen sein wird, unter einer stabilen Regierung, wie die auch immer beschaffen sein mag, wird die Arbeit die Arbeitenden suchen.«

Sie wird recht behalten. Doch weit mehr als die berufliche Misere drückt Maurice die private Unsicherheit. Wie ein führungsloses Schiff krängt er, hat wechselnde Liebschaften und erotische Abenteuer, von denen seine Mutter wohl mehr ahnt als weiß. »Eine charmante Schauspielerin für Nohant braucht nicht gleichzeitig eine gute Lebensgefährtin für Dich zu sein«, tadelt sie seine Schwärmerei für eine der im Schloss verkehrenden Miminnen. Er möchte heiraten; andererseits will er weder seine Freiheit noch sein Junggesellenleben aufgeben. Er sucht die große, romantische Liebe; dann wieder betrachtet er den Wert einer Frau nach dem Nutzen für Haushalt, Familie und das persönliche Gleichgewicht. Wie passt das zusammen? Vieles ist in diesem jungen Mann noch unausgereift, unausgegoren. Und vielleicht hat die Anschauung der Verhältnisse im Elternhaus – die gescheiterte Ehe von George und Casimir, die wechselnden und oft genug verworrenen Liebschaften der Mutter – die eigene Empfindung für das, was für ein erfülltes Leben wünschenswert wäre, verunsichert. Aber George Sand hat ihre Lehren aus dem Wechselbad der Gefühle gezogen. In einem langen Brief versucht sie, ohne allzu lehrhaft erscheinen zu wollen, dem Sohn ihre Sicht der Dinge zu erläutern: »Unser Glück in der Ehe, in der Liebe, in der Freundschaft, in allen nur erdenklichen Liebesbeziehungen und menschlichen Bindungen kann nicht das Werk, die Angelegenheit, die Wohltat, das Wunderwerk nur einer Seite sein. Man darf nicht damit rechnen, dass irgendein Mensch auf dieser Welt, trotz besten Willens, uns völlig und in allen Dingen zufriedenstellen kann, wenn wir ihm nicht dabei helfen mit all unserem Wollen und Tun. Es braucht zwei, um das Glück zu schmieden [...].« Eigentlich eine Binsenweisheit, und dennoch für den im Dickicht widerstrebender Wünsche verstrickten Maurice eine hilfreiche Leitregel. Was aber ist Glück? Gibt es das hochtrabende Glück, nach welchem nicht zuletzt auch George Sand in ihren frühen Romanen so bedingungslos gesucht hat? Die lebenserfahrene Frau weiß zu differenzieren: »Es gibt kein wolkenloses Glück. Aber ein relatives Glück, ein Glück, das sehr groß ist im Vergleich zu demjenigen der Schlechten, Dummen und Einfältigen, das ist wohl möglich. Du hast«, wendet sie sich direkt an ihren Sohn, »alle Voraussetzungen für ein häusliches Glück ohne Frau. Eine gute und sanfte Frau könnte sie ergänzen.« Doch für eine Ehe müsse er erst innerlich reif sein. Seine Vorstellung von der Liebe, so ihr Tadel, sei zu sehr vom Nutzen einerseits und von Schwärmerei andererseits durchsetzt. »Du kommst mir zur Zeit so vor, als ob Du eine Frau suchst wie ein Möbelstück, das man braucht«, führt sie aus. »Die Liebe«, belehrt sie ihn, »fällt uns in dem Augenblick vom Himmel, wo wir ihrer würdig sind; wenn man aber nach einer Frau, wie man zu sagen pflegt, auf der Jagd ist, findet man im besten Fall eine mehr oder weniger schöne Liebesaffäre oder eine mehr oder weniger grausame Enttäuschung oder ein mehr oder weniger dummes Abenteuer.« Sie muss es ja wissen.

Aber auch sie hat, trotz aller Enttäuschungen, trotz aller Verletzungen durch das Leben, die Hoffnung und den Glauben an die »große« Liebe nicht fallen lassen. Und so endet ihr Brief an Maurice, entgegen ihrer Äußerung vom »relativen Glück«, doch mit der aufmunternden Verheißung: »Die Liebe ist etwas Unvorhergesehenes. Man nennt das einen Zufall, aber es gibt keine Zufälle. Sie ist ein Blitzstrahl, der vom Himmel kommt und uns erst in Flammen setzt, wenn der Augenblick für uns gekommen ist. Sie ist eine Art Wunder, sie lässt sich nicht vorherberechnen, sondern man muss sie erwarten können, denn eine Heirat ohne Liebe ist wie eine beständige Galeerenstrafe.« Das klingt wie aus einem ihrer Romane. Hat sie sich ihren Büchern anverwandelt? Oder hat sie umgekehrt nie aufgehört, ihre eigenen Sehnsüchte, Leidenschaften und Überzeugungen zu leben und konsequent auch in ihren Romanen zu vertreten und einzufordern? Und überfordert sie, eine maßlose, weil große Persönlichkeit, ihren Sohn nicht mit der Maßlosigkeit ihrer Ideen und Ansprüche?

Maurice jedenfalls scheint diesen Mahnbrief nicht beiseitegeschoben zu haben. Er sieht von einer überstürzten Heirat mit der Schauspielerin ab, kehrt nach dem Ende der Zweiten Republik nach Nohant zurück, nimmt erneut seine Zeichen- und Malutensilien zur Hand und wird schließlich ein geschätzter Illustrator der Werke seiner Mutter und einer Ausgabe mündlicher Volksliteratur, die sie beide gemeinsam sammeln und edieren. In Maurices Innerstem freilich bleibt ein Mangel, eine Unzufriedenheit mit sich und dem Schicksal. Er will nicht der Famulus seiner berühmten Frau Mama sein und auch nicht ewig unter ihren Fittichen stehen, die ihm bisweilen eher Pantoffel zu sein scheinen. Diese in ihrer Kraft, ihrem Ruhm, ihrer Ruhelosigkeit maßlose Frau reißt alles an sich: Als sich Maurice für Schmetterlinge interessiert, geht sie sogleich mit auf die Jagd und studiert dicke wissenschaftliche Schmöker über Insekten. Auch das Marionettenspiel, von ihm in Nohant eingeführt, ist bald ohne sie als Kostümschneiderin und Stückeschreiberin nicht mehr denkbar. Er nimmt sich gegenüber der Mutter zurück, lässt aber seine Ungeduld, seinen verhaltenen Groll oft gegen Dritte aus: So entlässt er, zum Unverständnis aller, ein paar Dienstboten, die seit vielen Jahren treu und ergeben zum Haus gehören. Er streitet sich mit den Liebhabern seiner Mutter, sei es Chopin oder Manceau, und verrät dadurch doch nur seine Eifersucht. Aber er frisst, anders als seine Schwester Solange, seine Nöte in sich hinein. Sein Wesen ist zu weich und gutmütig, als dass er offen rebellieren möchte, noch dazu gegen eine Mutter, die er, gerade in aller Komplexbeladenheit, zärtlich liebt.

Zu jener Zeit schreibt George Sand an einem Mammutwerk. Sieben Jahre, mit Unterbrechungen, benötigt die sonst so geschwinde Autorin dafür. Der Titel: *Geschichte meines Lebens*. Bereits zu Beginn der Arbeit versucht sie sich gegen die im 18. und 19. Jahrhundert gängige Memoirenliteratur abzugrenzen, die oftmals von Klatschsucht, Eitelkeit und einem Hang zur intimen Beichte trieft. Sie dagegen, so George Sand in einem Brief, wolle nicht ihr Privatleben ausbreiten, sondern vielmehr in persönlicher Form Erinnerungen, Betrachtungen und Überzeugungen zu Papier bringen. Ein »nützliches Buch« schwebe ihr vor, ohne Zynismen, Bekenntnisse, Eitelkeiten und Indiskretionen. »Nützlich« soll es nicht nur für den Leser werden, sondern auch für ihre Kasse. Sie sieht mit Sorge, dass sie nicht mehr die hohen Verkaufszahlen ihrer fulminanten frühen Skandalerfolge erreicht. Der Publikumsgeschmack hat sich geändert, die Kaufkraft ist gesunken (mit den üblichen Folgen für den Buchmarkt), und die zunehmend philosophisch-weltanschaulichen und politischen Themen ihrer Bücher können naturgemäß die breite Masse nicht interessieren. So hat Buloz, mit dem sie deswegen einst brach, in gewisser Weise doch recht behalten, wenngleich sie es nicht bereut, Rückgrat bewahrt zu haben. Die zunehmende finanzielle Misere hat sie veranlasst, ihre Erinnerungen zu schreiben, denn sie besitzt genügend kaufmännisches Kalkül, um zu wissen, dass solch ein Buch bei der Leserschaft, für die sie nach wie vor eine geheimnisumwitterte Frau darstellt, reißenden Absatz fände.

Geschichte meines Lebens erscheint 1854/55 in *La Presse*, parallel dazu in Buchform in sage und schreibe zwanzig Bänden. Die damaligen Bücher waren allerdings durchschnittlich weit weniger umfangreich und besaßen meist einen kleineren Satzspiegel als heute, doch auch in der heutigen Dünndruckausgabe der *Bibliothèque de la Pléiade* umfasst das Werk rund 1 600 eng bedruckte Seiten. Mit großem Aufwand ist bei Erscheinen für die nötige Publizität gesorgt. Lautstark wird dafür geworben, marktschreierisch wird dem Publikum vor Augen gehalten, *La Presse* habe die Rechte an diesen Erinnerungen für 130 000 Francs erworben.

Die Erwartungen der sensationslüsternen Leser werden größtenteils enttäuscht: keine Schlüssellochgeschichte aus der High Society, keine intimen Memoiren eines männerfressenden Vamps, kein Sex, kein Crime. Allein die Geschichte von George Sands Ahnen, beginnend bei August dem Starken von Sachsen und seiner Mätresse, der Gräfin Königsmarck, umfasst über fünfhundert Seiten und ist nichts für Gemüter, die nach Handlung, Spannung und Gegenwartsbezügen gieren. Aber neben dieser Enttäuschung der zeitgenössischen Leserschaft regt sich auch lautstarker Protest – wie üblich aus den Reihen der selbsternannten Moralwächter, die, aller Zurückhaltung der Autorin zum Trotz, in den Erinnerungen das Zeugnis geistiger Krankhaftigkeit und sittlicher Verderbnis sehen wollen.

Heute wird man, selbst mit wachsamen Augen, diese inkriminierten Stellen vergebens suchen. Zu sehr haben sich seit der Mitte des 19. Jahrhunderts die Anschauungen über Moral und Sitte geändert. Im Gegenteil: Lässt man die zum Teil weitschweifigen Exkurse über die Vorfahren George Sands außer Acht (obgleich es auch hier treffende und kurzweilige Beschreibungen und Anekdoten gibt), so offenbart sich *Geschichte meines Lebens* als eine der bedeutenden Autobiografien jener Zeit. Die Autorin versteht es nicht nur, ihren Lebensweg (oder zumindest einen Lebensabschnitt) aus persönlich-subjektivem Blickwinkel nachzuzeichnen, sondern auch, die zeitgeschichtlichen und soziologischen Hintergründe und Bedingungen zu beleuchten und Historie und Persönlichkeit als einander ergänzende und bedingende Größen darzustellen. So ist *Geschichte meines Lebens* bis heute wohl das klassisch-zeitloseste, ehrlichste und zugleich fesselndste Werk George Sands geblieben.

Die Fertigstellung ihrer Lebenserinnerungen und der Tod der Enkeltochter Nini haben George Sand so erschöpft, dass sie sich im Frühjahr 1855 in Begleitung von Maurice und Manceau zu einer zweimonatigen Erholungsreise nach Italien aufmacht. Zwanzig Jahre sind vergangen, seit sie mit Alfred de Musset in Venedig war. Oft muss sie an jene Zeit denken, an die Stunden am Bett des fiebernden Dichters, an ihre einsamen Spaziergänge durch die Gassen der Serenissima, an ihre Liebe zu Pagello, an die Illusionen des Glücks und die Ungebärdigkeit ihrer damaligen Hoffnungen und Wünsche. Aber sie begeht nicht den Fehler, auf ausgetretenen Pfaden zu wandeln. Sie will ihr unbekannte Orte aufsuchen und die Stätten der Antike und der Renaissance kennenlernen. Die Reise führt sie über Marseille nach Genua, Livorno, Pisa, Civitavecchia und Rom. Es sind die Jahre nach der Niederschlagung der revolutionären Aufstände und vor den nationalen Einigungskämpfen. Noch bestehen die souveränen Königreiche Sardinien und Sizilien, die Fürstentümer Parma und Toskana. Weite Teile Oberitaliens, so Venetien und die Lombardei, werden von den Österreichern beherrscht. Im Kirchenstaat regiert nach wie vor der Papst als geistlicher und weltlicher Herr.

George Sand kommt in ein Rom, das von seiner einstigen Macht und geistigen Größe nur mehr einen schwachen Abglanz verspüren lässt. Auf dem Forum Romanum, einst Mittelpunkt der antiken Welt, grasen Kühe und Ziegen. Viele der römischen Ruinen sind von Schutt und Erde bedeckt. Aber auch die neue Zeit hat noch nicht recht Einzug gehalten. Papst Pius IX. ist ein erklärter Feind der modernen Errungenschaften, für ihn sind Gasbeleuchtung und Eisenbahn unnütze weltliche Erfindungen, die den Menschen nur vom Wesentlichen ablenken wollen. Aus den einstigen kühnen päpstlichen Baumeistern des barocken Rom sind kleingeistige und ängstliche Verweigerer geworden. In dieser kleinen, verwinkelten, fast bäuerlichen Stadt besuchen George Sand, Maurice und Manceau die Ausgrabungen auf dem Forum, sie bestaunen den Petersdom, die Pietà von Michelangelo, schlendern durch die Vatikanischen Museen, sehen die Stanzen Raffaels und die Sixtinische Kapelle, sie stehen vor Michelangelos Moses und träumen sich in längst vergangene Jahrhunderte hinein. George Sand ist frappiert vom Gegensatz der prächtigen Bauten aus früheren Zeiten und der schmutzigen Ärmlichkeit der Gegenwart. Auch stört sie sich daran, dass die alten Kunstwerke so wenig gepflegt werden. An Delacroix, dem sie ein genauer Berichterstatter und Cicerone durch die römischen Kunstdenkmäler sein will, berichtet sie ausführlich von ihren Kirchen- und Museumsbesuchen und schimpft: »Die Loggien muss man in gutem Glauben ansehen, alles ist in Fetzen; die Stanzen sind dermaßen schwarz, dass man darauf alles erkennen kann, was man will. In den Galerien endlich trifft man auf einige von Raffael stammende Gestalten, die wirklich nichts zu wünschen übrig lassen. Aber davon abgesehen ist sein Werk eine große Aufschneiderei [...].« Weitaus mehr Gnade vor ihren Augen findet Michelangelo. Doch auch hier beklagt sie den sorglosen Umgang der Römer mit Kulturgütern: »Da ist Michelangelo wirklich eine Nummer größer.

Obwohl die ganze Sixtinische Kapelle sehr Schaden gelitten hat, Löcher aufweist, teilweise eingehüllt und verräuchert ist, vor allem die Decke, hinterlässt sie den Eindruck der Bestürzung, des Schreckens und der Begeisterung [...].«

Während in Paris unter Napoléon III. sich das Kaisertum selbst feiert, zahlreiche repräsentative Bauten entstehen und prächtige Boulevards durch die Stadt gezogen werden, bietet Rom ein Bild des Stillstandes und der Verlotterung. Das ist für eine fortschrittsgläubige Frau wie George Sand bedrückend. Um der Enge zu entfliehen, fahren sie für drei Wochen nach Frascati. Dort mieten sie eine Etage der Villa Piccolomini und sind wieder vom Nebeneinander von Schönheit und Schmutz fasziniert und angewidert zugleich. An Solange schreibt George Sand: »Wir haben uns in Frascati einquartiert, was ganz und gar nicht die einfachste Sache der Welt ist, wenn man nicht genügend Piaster zur Verfügung hat. Dennoch haben wir zu einem bescheidenen Preis das Erdgeschoss der Villa Piccolomini gefunden. Ein Palais, nichts weniger als das, aber was für eins! Überall Fresken, nirgends Möbel, Flöhe jede Menge, denn diese Region Italiens gleicht Mallorca in vieler Hinsicht.« Immer wieder steigen die bösen Erinnerungen ihres Winters mit dem kranken Chopin auf Mallorca empor, aber die Anmut der italienischen Landschaft versöhnt sie doch: »Das Land ist von einer Schönheit, von der man sich auch durch die beste Beschreibung nicht die geringste Vorstellung machen kann. Frascati ist eine ganz kleine Stadt, auf Hügeln gelegen, die zu den ersten Vorbergen des Apennin gehören. Der Ort liegt so hoch, dass wir von der Gartenterrasse aus die ganze Römische Campagna und die ganze Kette des Apennin von der Toskana bis zu den Abruzzen sehen können und dahinter ragen die schneebedeckten Gipfel auf. [...] Wir pflücken Anemonen in allen Farben, Alpenveilchen, entzückende Leberblümchen mitten in Wald und Feld. Alle Bäume stehen in Blüte, und es ist schon sehr warm […]. Mit einem Wort, hier ist das Paradies auf Erden […].«

Aber in das Glück mischt sich ein Wermutstropfen, denn sie stört sich an den vielen Dieben und Bettlern und an der – angeblichen – Gewohnheit der Italiener, überall ihre Notdurft zu verrichten, so dass ein romantischer Spaziergang durch Wiesenblumen oder unter blühenden Sträuchern schnell zur Begegnung mit ganz anderen, profanen Gerüchen werden kann – so zumindest behauptet sie es in Briefen nach Hause.

Zurück in Nohant, macht sich George Sand mit frischer schöpferischer Kraft und weltanschaulichem Eifer an einen neuen Roman: *La Daniella*. 1857 erscheint das Buch zunächst als Vorabdruck in *La Presse* und löst einen Skandal aus. Angestachelt durch ihre Beobachtungen im päpstlichen Rom, äußert sie darin unverblümte Kritik an der Rückwärtsgewandtheit des Kirchenstaates und an der absolutistischen Macht des Papstes. In einem Brief an den befreundeten italienischen Graveur Luigi Calamatta stellt sie ihre Beweggründe dar: »Nein, ich will nichts bewundern, nichts lieben, nichts tolerieren im Reiche Satans, in dieser alten Räuber- und Kupplerhöhle.« Die Leser reißen sich um den Roman, an den Erscheinungstagen von *La Presse* bilden sich lange Schlangen vor den Verkaufsständen. Doch auch die Zensur wird hellhörig. Eine Aufmerksamkeit, die für jeden Verleger schnell zum Strick werden kann, denn die Gesetze der Presseüberwachung erlauben das Verbot eines Organs nach dreimaliger Verwarnung. Die Zensur reagiert harsch. Man will es sich mit den Katholiken im eigenen Land nicht verscherzen, obgleich man in der Außenpolitik eher mit den italienischen Republikanern um Cavour und Garibaldi sympathisiert. Auch aus Kreisen in Frankreich lebender Italiener werden Proteste gegen das Buch laut. Sie stoßen sich nicht nur an der Verdammung des Papstes, sondern auch an Beschreibungen des römischen Schmutzes und der angeblichen Gemeinheit der Bewohner. Die Buchausgabe von *La Daniella*, noch im selben Jahr erschienen, ist im inkriminierten letzten Kapitel stark gekürzt und entschärft. Die Obrigkeit hat der unbequemen Literatin von Nohant ein Exempel statuiert. Moralische Unterstützung erfährt George Sand hingegen durch Victor Hugo, der ihr brieflich nicht nur seine Sympathie bekundet, sondern auch versichert, *La Daniella* sei ein großes und schönes Buch. Sie antwortet ihm bescheiden: »Das ist ein Akt reiner Freundschaft von Ihrer Seite. Das Buch ist nicht so geworden, wie ich fühle, dass es sein müsste. Wenn gehässige und wütende Kritiker sagen, dass ich nicht das mindeste Talent habe, fühle ich, dass sie Unrecht haben, weil sie noch weniger Talent besitzen als ich und deshalb mich nicht beurteilen können. Wenn aber ein Genie und ein Geist wie der Ihre mir Lob spenden, dann fühle ich, wie wenig ich zu geben vermochte und wie wenig infolgedessen meine Arbeit wert ist.« Selbsterniedrigung? Keineswegs. Sie weiß um ihr Talent, aber auch um die Nötigung des Schriftstellers durch Verleger und Publikum: »Ich weiß von mir, dass ich etwas wert bin, dass meine Seele lebendig und entwicklungsfähig ist. Aber die Gedanken des einfachen Lesers und die Höllenqualen, die die Verleger uns bereiten, die hundertmal schlimmer sind als der Druck von Seiten der Regierung (denn der Terror des Händlers wiegt mehr als die Strenge des Gesetzes) – all diese Dinge beengen einen beim Schreiben, töten die Begeisterung und sorgen dafür, dass man das, was man macht, nicht zu ernst nimmt.«

Sie hat Lehrgeld zahlen und bittere Enttäuschungen einstecken müssen – und ist dennoch nicht gewillt, der Zensur, dem schlechten Geschmack des Publikums oder aber der Trägheit des Herzens nachzugeben. Immer wieder ermahnt sie sich in jenen Jahren der rauschhaften Oberflächlichkeit des Zweiten Kaiserreichs dazu, sich in die Belange der Öffentlichkeit einzumischen und nicht der Verführungskraft eines Operettenstaates anheimzufallen. Es entsteht eine Reihe von Romanen und Theaterstücken, die vom Publikum eher verhalten aufgenommen, von der Kritik meist wüst angegriffen werden, was George Sand in ihrem Widerspruchsgeist jedoch bestätigt. Unter den Büchern jener Jahre sind Dorfromane zu finden, wie etwa *Mont-Revêche* und *Les Maîtres Sonneurs*, die vordergründig auf die Behandlung sozialer oder politischer Fragen verzichten. Ein Zugeständnis, zu dem sie sich Anfang der Fünfzigerjahre – ihre finanzielle Lage ist weiterhin angespannt – genötigt sieht, so dass sie eine entsprechende Klausel im Vertrag mit dem *Constitutionnel*, wo diese Romane im Vorabdruck erscheinen, unterzeichnet. Doch bei genauerer Betrachtung erweisen sich diese Bücher als Historiografie einer bäuerlichen Welt, die im Begriff ist, durch die Umbrüche der Zivilisation unwiederbringlich unterzugehen. Die Personen in George Sands Dorfromanen besitzen noch die urtümliche, dabei aber nicht volkstümelnde Kraft der einfachen, unverdorbenen Leute. Sie gehen noch handwerklichen Arbeiten nach, die sie – anders als die zivilisierten Städter – nicht ihrer selbst entfremden. Mit diesen Romanen wie auch mit der Artikelsammlung *Sitten und Gebräuche des Berry* wird George Sand nicht nur zum genauen Beobachter und Chronisten einer vorindustriellen Zeit und einer originären Bevölkerung, sie verweist damit indirekt auch auf die Gefahren der Zivilisation, die den Menschen allzu oft seiner Wurzeln beraubt und ihn in einer Welt auswechselbarer und gesichtsloser Waren zum bloßen Objekt des Konsumzirkels degradiert.

Einen Skandal mit weitreichenden Folgen ruft George Sand mit dem Roman *Mademoiselle La Quintinie* von 1863 hervor. Das Buch ist eine Entgegnung auf den erbaulichen Roman *Histoire de Sibylle* von Octave Feuillet, einem Modeautor des Bürgertums und des Adels, der mit seinen Trivialromanen nicht nur riesige Verkaufserfolge zu verbuchen hat, sondern wenige

Jahre später als erklärter Lieblingsschriftsteller der Kaiserin Eugénie sogar zum Bibliothekar von Schloss Fontainebleau ernannt wird. In Feuillets Buch wird die Geschichte eines katholischen Mädchens erzählt, das den Mann, den es liebt, nicht heiratet und stattdessen Verzicht übt, da er anderen Glaubens ist. George Sand konstruiert nun in ihrer »Anti-Sibylle« den konträren Fall und weist ihn aus als Beispiel von Mut und emanzipatorischer Selbstfindung: Quintinie, ebenfalls Katholikin, entscheidet sich nämlich für den geliebten Mann und sein Freidenkertum und gegen ihre Konfession. Die Grundaussage des Buches als solche wäre schon provokant genug. Sie wird aber noch verschärft durch Passagen, in denen die Autorin den patriarchalischen und frauenfeindlichen Charakter des christlichen Glaubens anprangert. Jesus, so die Behauptung, habe in Wahrheit nur seine Jünger geliebt. Er habe Johannes an sein Herz gedrückt, während er der Büßerin Maria Magdalena nur die Füße überließ. Als er am Kreuz hing, habe er in den Himmel geschaut und seine Mutter zu Füßen des Kreuzes keines Blickes gewürdigt.

Natürlich sind solche Thesen nicht nur einseitig, sondern auch theologisch fragwürdig. Sie zeugen sogar davon, dass George Sand die Evangelientexte entweder unzureichend kannte oder – um ihrer Streitschrift gegen Feuillet mehr Schliff zu verleihen – manches zurechtbog, was der Romanaussage hätte widersprechen können. Zudem muss zwischen den Ansichten der Autorin und den Äußerungen der Romanfiguren unterschieden werden. Jedenfalls legt George Sand ihr Buch als Gegenschrift zu Feuillets Roman an und ist wohl auch deshalb gezwungen, manche Aussagen zu pointieren und zu vereinfachen. Ihre eigene Einstellung zum Katholizismus ist zeitlebens gespalten. Sie selbst betrachtet sich als gläubigen Menschen und bekennt sich auch zu christlichen Werten und Tugenden. Doch stoßen der autokratische Machtanspruch und die dogmatischen Lehren der päpstlichen Amtskirche sie ab. Sie ist also eine aufgeklärte Christin, was der damaligen Kirche als unlösbarer Widerspruch gelten muss.

So verwundert es nicht, dass die Amtskirche zurückschlägt: Noch im selben Jahr wird George Sand exkommuniziert. Grund dafür ist nicht nur die antikatholische Tendenz mancher ihrer Bücher, sondern auch ihre Befürwortung einer nationalen italienischen Einigung, die den souveränen Kirchenstaat gefährdet. Sie selbst nimmt die Nachricht ihrer Exkommunikation mit Gelassenheit auf. An den Prinzen Jérôme-Napoléon schreibt sie anlässlich einer bevorstehenden Hochzeit: »Wir sind exkommuniziert wie alle, die mit Gedanken oder Werken die Einheit Italiens und den Sieg Viktor Emanuels gewünscht haben. Wir halten uns für aus der Kirche ausgeschlossen.« Und im Hinblick auf die streng katholische Frau des Prinzen: »Aber sagen Sie das nicht der Prinzessin Clothilde! Man soll Engel nicht zum Weinen bringen. Sie glaubt an die katholische Kirche, wir aber nicht. Wir wären Heuchler, wenn wir in eine katholische Kirche gingen.«

Der Ausschluss von den Sakramenten ist nicht die einzige Strafe der katholischen Kirche. Auch als Schriftstellerin soll George Sand mundtot gemacht werden. Ihr gesamtes literarisches Werk wird auf den Index der verbotenen Bücher gesetzt. Dieser Index, erstmals 1559 herausgegeben, versammelt die Titel von Büchern, deren religiöser oder sittlicher Inhalt die Gläubigen gefährden könnte. Er ist kirchenrechtlich bindend, der Besitz und die Lektüre der indizierten Bücher sind den Gläubigen verboten. Doch bereits im 19. Jahrhundert gleicht der Index eher einem verzweifelten Versuch einer in ihrer Autorität stark in Frage gestellten Kirche, ihre geistige Macht aufrechtzuerhalten. Nahezu alle kritischen Autoren finden sich im Index wieder, seien es Sozialisten oder Anarchisten, Materialisten oder Nihilisten, kirchenkritische oder feministische, »dekadente« oder homosexuelle Literaten. Im Index der verbotenen Bücher zu erscheinen gleicht irgendwann eher einer reklameträchtigen Wahl in eine Anti-Akademie als einer literarischen Brandmarkung. Allein aus dem französischen Kulturkreis finden sich darin Literaten wie Baudelaire, Zola, Proust, Gide und Céline. George Sand kümmert die Indizierung wenig – zunächst jedenfalls. Denn vier Jahre später beschließt auch der französische Senat, der von kirchentreuen Männern dominiert wird, das Werk George Sands aus den öffentlichen Bibliotheken zu verbannen. Diese Maßnahme soll die Verbreitung von George Sands Büchern im Volk unterbinden. Doch ist letztlich auch diese Maßnahme ohne weiterreichende Konsequenz. Auf dem Buchmarkt bleiben ihre Werke frei zu erwerben, und die billigen Volksausgaben und zahlreichen Übersetzungen in Fremdsprachen – darunter auch ins Deutsche – gewährleisten weiterhin einen starken Absatz.

Und auch auf den Brettern, die die Welt bedeuten, gelingt ihr schließlich, nach rund einem Dutzend mäßig bis allenfalls verhalten freundlich aufgenommenen Stücken, ein Durchbruch: 1864 wird *Le Marquis de Villemer* – nach einem ihrer Romane in der Theaterfassung von Alexandre Dumas fils – am Pariser Odéon mit grandiosem Erfolg aufgeführt. Dabei – Ironie der Geschichte – ist dies wohl nicht allein dem Stück zu schulden, sondern auch als Sympathiekundgebung für die kurz zuvor exkommunizierte und indizierte Autorin zu verstehen. Allerdings birgt auch das Stück sozialen Sprengstoff, handelt es doch von der unstandesgemäßen Liebe eines reichen Marquis zu einem verarmten Mädchen einfacher Herkunft. Dabei wird nicht nur das Recht auf diese Liebe verteidigt, sondern auch die Forderung erhoben, ein Herrscher solle nicht durch seine Herkunft und seinen Stand erkoren sein, sondern einzig durch seine Arbeit und seine Leistung sich beweisen, um schließlich der Primus inter Pares, der Erste unter Gleichen zu sein.

Zur Premiere des Stückes finden sich nicht nur zahlreiche Studenten ein, sondern auch der theaterbegeisterte und liberale Prinz Jérôme-Napoléon und der Schriftsteller Gustave Flaubert, dem wenige Jahre zuvor – darin ähnelt sein Schicksal dem George Sands – wegen seines Romans *Madame Bovary* der Prozess wegen Verletzung der öffentlichen Moral und Verleugnung der Ideale des Zweiten Kaiserreichs gemacht wurde. Während der Aufführung kommt es immer wieder zu tumultartigen Beifallsbekundungen, so dass die Schauspieler alle Mühe haben, weiterzusprechen. Frenetisch werden die Darsteller und die Dichterin gefeiert. Stundenlang wird George Sand daran gehindert, nach Hause zu fahren. Es kommt zu antiklerikalen Ausschreitungen der Studenten. George Sand, noch ganz im Bann und Rausch des soeben Erlebten, schreibt in der Nacht nach der zweiten Aufführung nach Hause:

»Es ist ein beispielloser Erfolg, Beifallsstürme bei jedem Wort von Anfang bis zum Schluss, und zwar so spontan, so allgemein, dass jede Tirade dreimal unterbrochen wird. Eine Gruppe von Claqueuren, die versucht, an den entsprechenden Stellen den Beifall anzuheizen, macht gegen diesen Enthusiasmus nicht mehr Effekt als ein Sack Nüsse. Die Zuschauer reagieren ganz unbekümmert. Sie unterbrechen, wo es ihnen gefällt, mit Donnergetöse. Nie habe ich Ähnliches erlebt. Der Saal ist zum Bersten voll und droht einzustürzen [...].« Über die nächtlichen Begeisterungsstürme berichtet sie: »Es sollte sich wieder ein Demonstrationszug formieren wie gestern Abend, aber ich weiß gar nicht, ob ich Euch schon geschrieben habe, was alles los war. Vor dem Tor zum Katholischen Klub und vor dem Jesuitenseminar hatten sich mindestens sechstausend Menschen versammelt, die mit mokierender Falsettstimme *Komm, heiliger Geist* und andere Kirchenlieder sangen.«

Die Polizei schreitet ein, treibt die Demonstranten auseinander, es kommt zu Handgreiflichkeiten. Zwei berittene Regimenter sind vorsorglich ausgesandt worden, gelangen aber glücklicherweise nicht zum Einsatz. Die Staatsgewalt ist über den Erfolg des Stückes und über die frenetischen Reaktionen der Studenten verunsichert. Soll sie das Stück verbieten? Aber liefe man dann nicht Gefahr, dass der geballte Volkszorn losbricht und es zu Straßenkämpfen kommt? Bereits mehrmals in der französischen Geschichte waren vermeintlich kleine Anlässe Auslöser für Aufstände und Revolutionen. Das weiß auch Kaiser Napoléon III., und er macht gute Miene zum bösen Spiel: Er weiß, dass ein im Stück gesungenes Lied durchaus als Spottvers auf ihn, die junge Kaiserin und des Kaisers Versuche, über mangelnde innenpolitische Erfolge mit außenpolitischen Eskapaden hinwegzutäuschen, verstanden werden kann (und von den Studenten so auch verstanden wird). In dem Lied werden die Verse gesungen: »Der Herr von Framboisy / will sich verheiraten, / doch das Mädchen ist noch zu jung, / und bald reut es ihn. / Er zieht in den Krieg, / damit sie heranwachsen kann.« Der Kaiser will sich seine Unsicherheit und seinen Groll nicht anmerken lassen und erscheint zur zweiten Aufführung höchstselbst. George Sand berichtet voller Genugtuung: »Die Kaiserin wurde zwar durch das Lied vom *Herrn von Framboisy* etwas auf den Arm genommen, aber der Kaiser hat gut reagiert und dem Stück Beifall geklatscht. Nach dem Theater ging er dann zu Fuß zu seinem Wagen, den die Menge daran gehindert hatte, durchzukommen. Er wollte nicht, dass die Polizei ihm einen Weg bahnt. Das gefiel den Leuten und sie spendeten ihm Beifall. Als er das Theater betrat, applaudierte ihm ein Polizeitrupp, der aber von den Studenten zum Schweigen gebracht wurde.« Da in dem Stück auch antiklerikale Spottlieder vorkommen, sind auch katholische Kreise verärgert. Etliche Katholiken beschließen, eine Vorstellung durch Pfiffe zu sprengen. Doch es kommt nicht dazu. George Sand schreibt: »Heute waren ziemlich viele Katholiken in der Vorstellung, die versuchten, geringschätzige und gelangweilte Mienen aufzusetzen. Aber sie konnten keinen Ton von sich geben. Nach dem geringsten Wort aus ihrem Munde brach ein Sturm der Entrüstung los. Ohne Frage sind sie ziemlich unbeliebt und wagen sich nicht zu rühren. Sie werden sich in den Zeitungen dafür rächen, sei's drum.«

Dieser Bericht über den Erfolg des *Marquis de Villemer* ist an Maurice und seine Braut Lina gerichtet. Elf Wochen nach diesem Ereignis heiratet das Paar nach protestantischem Ritus, zugleich wird der bereits zehn Monate alte Sohn Marc-Antoine getauft. George Sand ist über die Hochzeit ihres Sohnes überaus beglückt. Endlich, mit nunmehr vierzig Jahren, gibt Maurice sein unstetes und orientierungsloses Junggesellendasein auf und lässt sich als künftiger Herr in Nohant nieder. Auch äußerlich betont Maurice inzwischen seinen Anspruch, ein »gestandener« Mann zu sein. Nichts ist von der mädchenhaften Zartheit und Weichheit geblieben, die seine Züge zeigten, als er noch in Paris Malerei studierte. Jetzt, zu Beginn des fünften Lebensjahrzehnts, ist er fülliger geworden, er trägt einen Oberlippenbart, das Haar ist kurz geschnitten, Wangen und Kinn sind fleischig, der Blick geht forschend und fordernd in die Welt.

George Sand findet Gefallen an ihrer Schwiegertochter Lina. Sie ist die Tochter des mit ihr befreundeten Graveurs Luigi Calamatta, ein hübsches, zartes, dunkeläugiges Geschöpf mit Puppengesicht, zum Zeitpunkt der Hochzeit gerade einmal zweiundzwanzig Jahre alt. In einem Brief an Lina spricht George Sand ihre Erleichterung und ihre Zuversicht über das Glück des Paares aus: »Meine Lina, Liebes, vertraue Dich uns an, *vertraue Dich ihm an*, und glaube an das Glück. Es gibt nur dies auf der Welt: zu lieben und geliebt zu werden. Wir beide haben kein anderes Ziel und keinen anderen Gedanken, als Dich zärtlich zu lieben und zu verwöhnen. [...] Um von mir zu sprechen: Ich habe das Gefühl, dass ich Dir eine wahre Mutter sein werde, denn ich brauche eine Tochter, und ich kann keine bessere finden als die Tochter meines besten Freundes.«

Ihre Segenswünsche sind nicht ganz uneigennützig. Sie spürt Erleichterung darüber, eine Schwiegertochter ins Haus zu bekommen, mit der sie sich zu verstehen glaubt. Zu sehr sitzt ihr noch der Ärger mit Solange und ihrem heuchlerischen Ehemann Clésinger im Herzen. George Sand merkt in jenen Jahren, dass ihr die Sorge um den Erhalt von Schloss und Gut langsam zu viel wird, ihr die Arbeit in Haus und Hof über den Kopf wächst. Sie möchte eigentlich nur noch ihrer schriftstellerischen Arbeit leben und weiß, dass ihr nicht mehr viele Jahre bleiben. Mehrmals schon war sie dem Tode nahe, erst wenige Jahre zuvor erkrankte sie lebensgefährlich an Typhus. Aber um die ihr verbleibende Zeit sinnvoll mit ihrer Literatur ausfüllen zu können, muss das eigene Haus bestellt sein. Bereits früher hat sie in einem Brief den damals noch orientierungslosen Maurice gemahnt: »Wenn Du Dich an einen Menschen bindest, dessen Charakter sich mit dem meinen nicht verträgt, laufe ich Gefahr, meine traurigen Tage irgendwo zu beenden, fern von Dir und Deiner jungen Familie. Ich möchte, dass Du in Nohant leben kannst, denn nur für Dich richte ich das Leben dort ein und kümmere mich um das Haus. Aber ich könnte dort nicht bleiben, wenn ich nicht mehr geliebt würde, und wenn ich mit einer Schwiegertochter wieder ein Leben fristen müsste, wie es meine arme Solange mit mir gemacht hat.«

Doch nicht die Sorge, sich mit der Schwiegertochter nicht zu verstehen, bewahrheitet sich, vielmehr kommt es mit Maurice immer wieder zu Reibungen. Genauer gesagt: Er und Alexandre Manceau, der Geliebte der Mutter, geraten immer öfter aneinander. Unterschwellige Eifersucht und die Angst, Manceau könne ihm, Maurice, die Herrschaft in Nohant streitig machen, treten hinzu. So ist es nicht verwunderlich, dass sich

Manceau und George Sand seit 1857 immer wieder auf Wochen in das nicht weit entfernt liegende Dorf Gargilesse zurückziehen, wo Manceau ein Häuschen kauft und mit viel Liebe, Geschmack und handwerklichem Geschick wohnlich gestaltet und einrichtet. Damals wird das Haus ›Villa Algira‹ genannt, nach einem seltenen afrikanischen Schmetterling, den George Sand und Manceau dort im Tal der Creuse, einer klimatischen Wärmeinsel, gefunden haben. Heute befindet sich in dem Haus ein Museum, das an George Sand erinnert. Über das dortige einfache Landleben – seit eh und je Traum eines jeden zivilisationsgeschädigten Städters – schreibt George Sand voller Begeisterung: »Dieses Leben auf dem Dorf, wirklich inmitten der Landbevölkerung, kommt mir viel normaler vor als das Leben im Schloss, das wirklich kompliziert für mich ist. Es ist schon immer mein Wunschtraum gewesen, mich um die Dinge des täglichen Lebens überhaupt nicht kümmern zu müssen, und dieses Ideal sehe ich verwirklicht in meinem Kämmerchen, wo gerade Platz ist, um zu schlafen, sich zu waschen und zu schreiben. Von meinem Bett und meinem kleinen Arbeitstisch aus schaue ich zu einem Fenster hinaus, das nicht größer ist als eine Scheibe unserer Fenster in Nohant, und genieße dabei einen Ausblick, der eigentlich keiner ist. Ich schaue auf ein Gewirr von Bäumen, Sträuchern und schwarzen Ziegeldächern, hinter denen am Horizont Felsen aufragen, die von sehr altem Waldbestand gekrönt werden.« Und über das Innere ihres neuen Heimes: »Das kleine Haus besteht aus zwei sehr reinlich gehaltenen Zimmern, darin Eisenbetten, Rohrstühle, Tische aus blankem Holz. Es steht in einer Reihe mit ebensolchen anderen, aber weniger sauberen Häusern, die von Bauern des Ortes bewohnt werden, sehr liebenswerte, zuvorkommende Menschen, aber keineswegs Schmeichler oder Bettler.« Zur Dorfbevölkerung findet sie in ihrer leutseligen, unvoreingenommenen Art rasch Kontakt: »Ich bin übrigens für sie keine

Schlossherrin, sondern jemand aus der Auvergne, weder männlich noch weiblich, das heißt, *eine Fremde, die nicht von hier ist*, die sich hier aber gerne aufhält.«

Doch die Wochen in Gargilesse sind nur eine Atempause für George Sand und ihren Lebensgefährten. Manceau hustet seit geraumer Zeit, klagt über Erschöpfungszustände. Er ist erst Mitte vierzig und sieht doch bereits aus wie ein Greis: abgezehrt, mit schweren Tränensäcken, tiefen Falten um die Mundwinkel, die Augen stumpf und leer. Wie einst bei Chopin will George Sand auch jetzt die Schwere der Krankheit nicht wahrhaben. Sie hält es für eine Folge chronischer Überarbeitung und Überreizung und redet dies sogar den behandelnden Ärzten ein. Dass es sich um die Schwindsucht, wie die Tuberkulose damals noch genannt wird, handeln könnte, streitet sie wiederholt ab. Zu sehr heftet sie die Hoffnungen ihres Alters an diesen Mann, der von Jahr zu Jahr, von Monat zu Monat schwächer und abgezehrter wirkt.

Als George Sand und Manceau wieder nach Nohant zurückziehen, kommt es zum Eklat. Maurice, inzwischen bereits vierzig Jahre alt und immer noch nicht der Herr im Haus, fürchtet Manceaus Einfluss auf Anwesen und Familie. In Wahrheit ist Manceau viel zu selbstlos und zu krank, als dass er Machtansprüche besäße. Dennoch will Maurice ein Exempel statuieren: Er verweist Manceau des Hauses. Er tut das nicht einmal in der Art, wie man einen Nebenbuhler hinauswirft, sondern er »entlässt« den einstigen Freund wie einen Dienstboten, nämlich »an Johanni« (24. Juni). Aus jener Zeit ist ein *Agenda* genanntes Haustagebuch erhalten, worin alle Bewohner recht freimütig ihre Gedanken und Gefühle eingetragen haben, obwohl oder gerade weil sie wussten, dass die anderen mitlasen. Von Manceaus Hand ist darin am 23. November 1863 zu lesen: »Im Anschluss an ich weiß nicht mehr welches Gespräch hat man mir verkündet, dass ich frei bin und an Johanni nächsten Jahres gehen kann; alle haben meinetwegen Tränen vergossen. Aber das hat nicht lange gedauert. Das ist alles, was ich nach fünfzehn Jahren aufopfernder Hingabe an Bedauern habe ernten können.« Und er fügt scheinbar gefasst hinzu: »Ich werde also meine Freiheit wiedererlangen, und wenn ich jemand anderen lieb gewinne und mich erneut aufopfere, denn das ist ja meine einzige Freude, kann ich das in aller Freiheit tun. Es ist eine schöne Sache um die Freiheit! Manceau« Darunter der Kommentar von Maurice: »Siehe Tartuffe!«, womit er auf Molières gleichnamiges Stück um einen Heuchler und Scheinheiligen anspielt, der sich in das Haus einer fremden Familie einschleicht und mit seinen falschen Schmeicheleien alle beinahe in den Abgrund reißt. George Sand liest ihrerseits diese beiden Einträge und fasst einen schnellen und für ihr Alter gewagten Entschluss. Sie will mit beinahe sechzig Jahren Nohant, das sie von der Großmutter erbte und worin sie einen großen Teil ihres Lebens verbracht hat, verlassen und mit Manceau, dem Geliebten, neu beginnen. »Gehen wir, mein Alter«, sind in der *Agenda* ihre Worte an Manceau, »wir wollen ohne Groll und ohne Zwist von hier scheiden und immer beisammen bleiben. Alles soll ihnen gehören, alles sollen sie haben, aber unsere Würde und unsere Freundschaft opfern wir ihnen *niemals*.« Darunter erneut ein sarkastischer Kommentar von Maurice: »Man lese die Rolle des Vaters in *Tartuffe*. Meine Mutter ist stets die Dumme.«

George Sand spaßt nicht, und sie will ihren Sohn Lügen strafen. Manceau und sie verlassen Nohant tatsächlich und ziehen nach Palaiseau, im südlichen Umland von Paris. Dort mieten sie ein Haus mit Garten, das unmittelbar neben dem Bahnhof liegt. So können sie einerseits die Stille des Landlebens genießen, andererseits jederzeit in Kürze in die Hauptstadt fahren. Erstaunlicherweise bessert sich im Abstand das Verhältnis zwischen George Sand und ihrem Sohn, so dass sie bald wieder auf vertrautem Fuß stehen. Vor allem die glückliche Ehe von Maurice und Lina versöhnt George Sands Herz. Sie trifft mit Maurice die Vereinbarung, ihm die Einkünfte des Gutes zu überlassen; umgekehrt muss er jedoch für den Erhalt des Hauses in Nohant aufkommen. Da George Sand selbst Schulden hat, mehr als zehntausend Francs, die sie in Not geratenen Freunden geliehen hat, hofft sie, nun, da sie in Palaiseau bescheiden und mit weit kleinerem Hausstand lebt, diese bald los zu sein. Erleichtert und guten Mutes schreibt sie an Maurice: »Das Leben ist billiger als in Paris, und die Leute hier sind ehrlich, nicht unterwürfig, und infolgedessen stehlen sie nicht. Man sieht die Haustüren offen stehen. Nach allem, was ich gesehen habe, ist es das Beste und in sich sehr gut.«

Da durchkreuzt das Schicksal erneut ihre Pläne: Bereits ein Jahr später stirbt Manceau, gerade einmal achtundvierzigjährig, an der Tuberkulose. In den letzten Lebenswochen leidet er unter unsäglichen Krämpfen und Erstickungsanfällen, und George Sand sitzt weitgehend hilflos tage- und nächtelang an seinem Bett und sieht, wie der Mann, mit dem sie fünfzehn Jahre beisammen war, von ihr genommen wird. Aber sie verzweifelt nicht, ihr strömt auch in diesen schweren Stunden eine ungekannte Kraft zu. An Maurice schreibt sie: »Es ist grauenvoll, mit ansehen zu müssen, wie er sich an das Leben klammert, ohne es halten zu können. Ich pflege ihn und spreche mit ihm, als ob er am Leben bliebe, als ob er wieder gesund würde [...]. Kurzum, ich lebe unter dem Schlag dieser Agonie mit einem Mut, der mir deutlich macht, dass man alles ertragen kann, wenn man muss.«

Manceau stirbt am Morgen des 21. August 1865. Wenige Stunden zuvor, kurz nach Mitternacht, schreibt George Sand an einen Freund, den Kunstmaler Charles Marchal: »Lieber Freund, Sie haben mir angeboten, mir zu Hilfe zu kommen, wenn ich am Ende meiner Kräfte bin. Der gefürchtete Augenblick naht heran, und ich kann fast nicht mehr. Kommen Sie und verbringen Sie den Tag mit mir, und vielleicht auch den morgigen.« Der »dicke« Marchal, wie sie ihn nennt, eilt sofort nach Palaiseau, um die Trauernde zu trösten. Aber er bleibt mehr als nur ein oder zwei Tage. Er wird der letzte Geliebte George Sands. Doch ist dies ein Verhältnis, das sie – bei aller Sympathie und körperlichen Nähe – nicht mehr in tiefster Seele anrühren wird. Zu den Siegeln ihres Herzens hat in den letzten Lebensjahren nur noch *ein* Mann Zugang: Gustave Flaubert.

»Ich mache im alten Trott weiter«
Zwei späte Troubadoure

Selten begegneten sich in der Geistesgeschichte zwei Menschen, die so gegensätzlich in Charakter und Ansichten waren wie George Sand und Gustave Flaubert. Schlechtere Voraussetzungen für eine Freundschaft sind schwer denkbar. Wie Feuer und Eis sind sie, die mütterliche und menschheitsliebende Sozialistin aus dem Berry und der misanthropische, elitäre Einsiedler aus Croisset bei Rouen. Aber nicht nur in ihrer Haltung zum Leben sind sie konträr, auch in künstlerischen Belangen schließen sie sich aus: George Sand, der das Schreiben nie schwer gefallen ist, die Jahr für Jahr, Monat für Monat Romane auf den Markt wirft, ohne sich groß um Fragen der Poetik, der ästhetischen Konzeption und Komposition, des Stils oder des Verhaftetseins in literarischen Traditionen zu kümmern; Flaubert hingegen, der oft stunden- und tagelang über dem »richtigen Wort« brütet, der nachts in seinem Garten in Croisset auf- und ab stampft und den einen und einzigen tagsüber sich abgerungenen Satz laut vor sich hinbrüllt, um ihn auf Rhythmus und Klang genau abzuhören, so wie ein Steinmetz den Marmor mit einem Hämmerchen auf etwaige Risse und Einschlüsse abklopft, da das Ohr genauer zu urteilen weiß als das Auge; George Sand, die sich nie allzu sehr um die Kritik – sei es Lob oder Verriss – kümmert und unbeirrt den Weg ihrer persönlichen Überzeugung und ihres künstlerischen Gewissens geht; Flaubert hingegen, der – bringt er nach Jahren und Jahrzehnten endlich einen Roman heraus, zu dem mehrere vollständige Fassungen existieren – sich die vernichtende Kritik bornierter und anachronistischer Schreiber so zu Herzen nimmt, dass er in Depressionen verfällt und auf Monate hin verstummt.

Dabei ist der Sonderling, als den ihn viele aus der literarischen Szene betrachten, nicht immer so gewesen. Doch mangelnde Liebe seitens des Vaters, gescheiterte Beziehungen und literarische Misserfolge in jungen Jahren haben ihn misstrauisch und misanthropisch werden lassen. Seltsamerweise hat gerade dieser Zyniker und Menschenfeind in seiner literarischen Frühzeit eine Phase durchlaufen, die ihn als geistigen Verwandten George Sands zeigte. Seine Jugendwerke strotzen nur so von Romantizismen, von hehren Gefühlen und Idealen. Es gibt Briefe aus jener Zeit, in denen er sich als glühender Bewunderer der frühen Romane George Sands offenbart. Dann aber, als er reifer wird und ihn persönliche Verletzungen und die Enttäuschung über die gescheiterte Revolution von 1848 einholen, zieht er sich auch in seiner Literatur von allen persönlichen Gefühlsbekundungen zurück. Er konstruiert eine Poetik, die sich durch Unpersönlichkeit und Teilnahmslosigkeit auszeichnet. Er will niemanden mehr überzeugen, nichts beweisen, seine Meinung und sein Innerstes verbergen. Die erzählten Geschichten und ihre Personen sollen für sich selbst sprechen, der Autor hält sich im Hintergrund wie ein hochmütiger Gott. Er verabscheut die bürgerlichen Konventionen von Moral und Schönheit und will sich mit seiner mühseligen Suche nach dem »richtigen Wort« den Gemeinplätzen der Alltagssprache entziehen. Diese Absonderung von den Konventionen und dem Geschmack der Masse hin zu einer absoluten Kunst impliziert einen hohen Grad an Verachtung gegenüber der Welt. Die Überzeugung, mit Hilfe der eigenen Kunst die

Menschheit mit dem Ideal und der Utopie versöhnen zu können, wie sie George Sand allen Erfahrungen der Realität zum Trotz erfüllt, ist Flaubert fremd, sie reizt ihn allenfalls zu Spott und Sarkasmus.

Keine günstigen Voraussetzungen also für eine Freundschaft. Was sie dennoch ermöglichte, war – neben einer gewissen Lebensreife, die Nachsicht übt und Eiferertum verachtet – eine literarische Neugierde, auf beiden Seiten. Als 1856 Flauberts Roman *Madame Bovary* erscheint – die Geschichte einer Frau, die sich nicht damit abfinden kann, dass das Leben sich nicht wie in romantischen Romanen vollzieht, und daher an ihren Illusionen zerbricht –, wird das Buch von Kritikern bald als moralisch anstößig inkriminiert. Es kommt zu einem Prozess, worin dem Autor eine Verletzung der öffentlichen Moral vorgeworfen wird. Zwar wird Flaubert freigesprochen, doch von da an haftet ihm und seiner Kunst in der bigotten und selbstgerechten Gesellschaft des Zweiten Kaiserreichs ein Makel an. Es mag gerade der Skandal gewesen sein, der George Sand auf den Roman aufmerksam machte. Sie lässt sich von Manceau das Buch vorlesen, der in der *Agenda* vermerkt, sie finde großes Vergnügen daran. Wenig später lässt Flaubert dem einstigen literarischen Idol ein Widmungsexemplar des Romans zukommen, und George Sand wiederum veröffentlicht im *Courrier de Paris* eine Verteidigung der *Madame Bovary*. Von da an begegnen sich die beiden Schriftsteller immer wieder – sei es persönlich oder literarisch. Einmal laufen sie sich in einem Theater in Paris über den Weg, es kommt zu einer kurzen Begrüßung. Dann wieder schicken sie einander ihre jeweils neuesten Veröffentlichungen. Als 1862 Flauberts nächster Roman, *Salammbô*, erscheint und erneut von der Kritik heftig angegangen wird, kann er sich wieder auf das Urteil George Sands verlassen. Sie veröffentlicht in *La Presse* eine lobende Rezension. Umgekehrt steht er ihren Romanen noch immer skeptisch gegenüber. An

Mademoiselle La Quintinie, der wegen seiner Kirchenfeindlichkeit einen Skandal hervorruft, kritisiert Flaubert die Offenkundigkeit der Doktrin. Seiner Meinung nach soll sich der Autor hinter seinem Buch verbergen und nicht, wie George Sand es tut, einen Roman als Vehikel für seine Ansichten und Theorien missbrauchen. »Kunst darf nicht als Kanzel dienen«, äußert er sich ablehnend. Aber dennoch steht er George Sand und ihrem Schaffen weiterhin unvoreingenommen gegenüber. So besucht er auch die Uraufführung ihres Theaterstücks *Le Marquis de Villemer* und erlebt den beispiellosen Triumph jenes Abends.

Enger wird der Kontakt erst nach Manceaus Tod. George Sand scheut die Einsamkeit des Hauses in Palaiseau, das von Erinnerungen an den verstorbenen Gefährten belastet ist. Sie fährt wieder häufiger in die nahe gelegene Hauptstadt und besucht Theater und Konzerte. Außerdem nimmt sie seit 1866 an einem literarischen Stammtisch teil, der sich alle zwei Wochen »bei Magny«, einem Restaurant, trifft. Zu den abendlichen Diners kommen außer ihr Flaubert, Sainte-Beuve, Dumas fils, Ernest Renan und die Brüder Edmond und Jules de Goncourt. Sie alle haben außer dem Interesse an der Literatur herzlich wenig gemeinsam, ihre Ansichten zu Politik und Kunst gehen weit auseinander. So verwundert es nicht, dass es zu teils heftigen Streitgesprächen kommt, an denen sich George Sand – wie die Brüder Goncourt in ihren Tagebüchern berichten – kaum beteiligt. Zu sehr ist sie in diesen Jahren des beginnenden Alters bereits abgeklärt, um sich noch über jede Meinungsverschiedenheit zu ereifern oder an jeder literarischen Fehde teilzunehmen. Auch besitzt sie die Gewohnheit – das haben Zeitgenossen mehrfach bezeugt –, bei Gesprächen scheinbar teilnahmslos dazusitzen. Doch ihr Blick einer »Schlafwandlerin«, wie die Brüder Goncourt spöttisch bemerken, täuscht. Sie spielt nur die Teilnahmslose. In Wahrheit verfolgt sie die Dispute und Diskussionen sehr genau und kritisch, beobachtet die Runde, macht sich im Stillen ein eigenes Bild, um ihre Eindrücke und Meinungen später in einem Roman oder einem Artikel niederzulegen. Sie sieht ihre »Mitbrüder«, wie sie sie ironisch nennt, durchaus kritisch. Auch ahnt sie, dass sich einige hinter ihrem Rücken das Maul zerreißen. Die Brüder Goncourt etwa ulken in ihrem Tagebuch – wobei sie bei allem Spott auch eine genaue Beobachtungsgabe besitzen: »Heute kam Madame Sand zum Diner bei Magny. Sie sitzt hier, neben mir, mit ihrem schönen, anmutigen Kopf, in dem sich mit dem Alter von Tag zu Tag der Typ der Mulattin verstärkt. [...] Sie hört zu, spricht nichts, hat eine Träne für einen Vers von Hugo, für dessen falsche Sentimentalität.« Die einzigen, für die sich George Sand innerhalb der Runde erwärmen kann, sind ihr alter Mentor Sainte-Beuve und Flaubert. Bald bemerken die Brüder Goncourt die geistige Annäherung der beiden Antipoden und ziehen sie spöttelnd ins Fleischliche: »Madame Sand tritt auf in einem pfirsichfarbenen Kleid, einer Toilette zum Verlieben, die sie vermutlich angelegt hat, um Flaubert zu vergewaltigen. Man meint, eine Pasiphaë aus Schwarzafrika vor sich zu sehen.« Der Vergleich mit der mythologischen Figur der Pasiphaë, der Gattin des Kreterkönigs Minos, die sich in einem kultischen Ritual vom Stier des Poseidon begatten ließ, offenbart, wie sehr das Klischee von der Femme fatale die Jahrzehnte überdauert hat und George Sand in jenen Jahren immer noch anhängt, selbst bei klugen Köpfen wie den Goncourts.

Natürlich mischt sich in den Spott der Zeitgenossen etwas Neid auf die literarische Legende und wohl auch etwas kompensierter Respekt vor ihrer durchaus stattlichen äußeren Erscheinung. In jenen Jahren lässt sie sich in mehreren Porträtserien von dem bekanntesten Fotografen der Zeit, Félix Nadar, ablichten. Persönlichkeiten wie Charles Baudelaire, Victor Hugo, Stéphane Mallarmé, Émile Zola oder die Kaiserin Eugénie zählen zu seinen Kunden. Ursprünglich steht George

Sand der neuen Technik skeptisch gegenüber. Die ersten Daguerreotypien und Fotografien lassen die Porträtierten meist seltsam steif und gespenstisch aussehen. An Dumas fils schreibt George Sand: »[...] ohne Frage ist nichts auf der Welt so verlogen wie die nach der Natur aufgenommene Fotografie.« Doch als sie Nadar kennenlernt, der außerdem auch Ballonfahrer ist, zeigt sie sich von dessen Kunst, die Porträtierten in ihrer charakteristischen Eigenheit darzustellen, begeistert. Einmal bestellt sie vier Tage vor Weihnachten von einer Aufnahme zweihundert Abzüge, um sie an Freunde und Bekannte zu verschenken, nicht ahnend, dass sie den Fotografenmeister damit völlig überfordert. Sie entschuldigt sich später: »So kommt es, wenn man vom Beruf des anderen nicht die geringste Ahnung hat. [...] Warum hast Du mir denn nicht gleich geantwortet, dass ich ein Esel bin, statt Dich so damit zu plagen?« Auf den Porträtfotos jedenfalls ist George Sand als ziemlich imposante Erscheinung zu sehen, die trotz rundlicher Züge nichts Träges ausstrahlt, sondern eine aufrechte Körperhaltung, ein lebendiges Gesicht und einen wachen Blick zeigt. Freilich kommen im Alter bestimmte Merkmale wie ihre vollen Wangen und Lippen immer mehr zur Geltung; das Südländische, das Balzac einst so enthusiastisch beschrieben hat, erhält einen matronenhaften Einschlag.

Natürlich schenkt sie auch ihrem Kollegen Flaubert einen Fotoabzug und außerdem – sie glaubt, einen glühenden Verehrer ihrer Bücher vor sich zu haben – eine fünfundsiebzigbändige Ausgabe ihrer Werke. Der Bärbeiß mit der Halbglatze, dem Schnauzbart eines Seehunds, den Tränensäcken unter den Augen und den vorzeitig erschlafften Gesichtszügen zeigt sich ihr gegenüber jedoch erstaunlich sanft, zuvorkommend und ritterlich, und wirft bald alle Vorurteile und Vorbehalte über Bord. Es entspinnt sich ein reger Briefwechsel, der bis zu George Sands Tod andauert und nicht nur eine bedeutsame literarhistorische und zeitgeschichtliche Quelle ist, sondern auch das beeindruckende Dokument einer zärtlichen und achtungsvollen Freundschaft darstellt. In den ersten Jahren schwankt George Sand in der Anrede noch zwischen Du und Sie. Bald jedoch nimmt sie sich als die Ältere (Flaubert ist siebzehn Jahre jünger) die Freiheit, ihn vertraulich zu duzen. Er hingegen behält bis zum Schluss das »Sie« in der Anrede bei, nicht aus Distanz, sondern weil ihn die Hochachtung vor ihrer Person dazu zwingt. Er betitelt sie oft als »Meisterin«, ganz ohne Ironie, denn er hat inzwischen, allen ästhetischen Vorbehalten zum Trotz, erkannt, welche literarische und menschliche Größe sie verkörpert. Sie dagegen bringt bald eine Art Maskerade ins Spiel und betitelt sich als »alten Troubadour«, womit sie ironisch die Art und Weise, wie die Minnesänger des Mittelalters die Liebe besangen, persifliert und zugleich zum Ausdruck bringt, dass ihre Art des Liebesideals wohl inzwischen Geschichte geworden ist. Eine Einsicht, die das Alter mit sich bringt, mehr von süßer Melancholie durchzogen als von Bitternis oder Resignation.

Ach, die Liebe! Immer noch zieht George Sand Kraft aus ihr, und mit dem falstaffähnlichen Bonvivant Charles Marchal, dem »Dickerchen«, dem »Mastodon«, wie sie ihn zärtlich-scherzend nennt, verlebt sie noch manch schönen Augenblick. Wichtiger wird ihr aber wieder die eigene Familie. 1869 verkauft sie das Haus in Palaiseau und zieht – mit dem Einverständnis von Maurice – nach Nohant zurück. Freilich hält sie weiterhin ein Appartement in Paris, um dort untertauchen zu können, wenn sie die Zerstreuung der Großstadt braucht. In Nohant kehrt unterdessen wieder Leben ein. Maurices und Linas erstes Kind, Marc-Antoine, stirbt zwar, erst einjährig, 1864. Doch kommen zwei weitere Kinder zur Welt: 1866 die nach der Großmutter benannte Aurore (sie wird fünfundneunzig Jahre alt und stirbt 1961), und 1868 Gabrielle (die 1909 im

Alter von nur einundvierzig Jahren stirbt). Die beiden Enkeltöchter sind George Sands ganzer Stolz. Sie spielt häufig mit ihnen und lehrt sie lesen und schreiben. Auch das Marionettentheater kommt für die kleinen Zuschauer zu neuen Ehren. Später hat Aurore Lauth-Sand ihre Erinnerungen an die berühmte Großmutter unter dem Titel *Erinnerungen an Nohant* veröffentlicht.

Mit Sorge und Bestürzung sieht George Sand, die von Familientrubel und Kindergeschrei umgeben ist, wie ihr neu gewonnener Freund Flaubert in Croisset das Leben eines Einsiedlers führt. Zwar lebt auch seine alte Mutter noch im Haus, aber dennoch fehlt ihm die Heiterkeit eines Ehe- und Familienlebens – so jedenfalls glaubt sie. Mehrmals ermahnt sie ihn brieflich, doch mehr unter die Menschen zu gehen und sich eine nette junge Frau zu suchen. Hat sie die bitteren Erfahrungen ihrer eigenen Ehe mit Casimir vergessen? Oder siegt nur die Vernunft der Matrone, die den früh alternden und oft kränklichen Flaubert gut versorgt sehen will? Flaubert blockt ab. Dabei war er in seiner Jugend kein »Kostverächter«; vor allem auf seinen Reisen durch den Orient hatte er häufigen Kontakt mit Frauen (daher rührt auch eine Syphiliserkrankung, an deren Folgen er schließlich 1880 mit nur achtundfünfzig Jahren sterben wird). Nein, er hat in der Jugend seinen sexuellen Spaß gehabt; vor einer tiefer gehenden Bindung schreckt er zurück. Zu oft haben die Menschen ihn enttäuscht, und er will wenigstens seinen innersten Kreis von ihnen rein halten. Nur drei Personen erhalten noch Zutritt: seine Mutter, seine »Meisterin« George Sand und sein enger Freund, der russische Dichter Iwan Turgenjew.

Zum ersten Mal besucht George Sand den Freund in dessen Haus in Croisset im August 1866. Sie kommt mit dem Zug in Rouen an, Flaubert wartet bereits am Bahnhof und zeigt ihr die Stadt. Besonders haben es der Romantikerin die verwinkelten

Gassen angetan. Sie bestaunt ein Beinhaus und ist von der Kathedrale überwältigt. Dann fahren sie nach Croisset, wenige Kilometer vor der Stadt, direkt an der Seine, die hier bereits sehr breit ist und von schweren Lastkähnen durchzogen wird. Flauberts Haus macht auf sie einen gepflegten und reinlichen Eindruck. Insgeheim hat sie sich die Höhle dieses verschlossenen Hagestolzes unordentlich und altmodisch vorgestellt. Stattdessen ist alles nicht nur sauber, sondern bequem und geschmackvoll eingerichtet. Abends liest ihr Flaubert aus einem neuen Romanmanuskript vor, der *Versuchung des heiligen Antonius*. Sie ist von diesem gewagten Sprachkunststück verstört und begeistert zugleich. Bis zwei Uhr in der Nacht sitzen sie beisammen, plaudern und rauchen. Sie hat ihm ihren neuesten Roman gewidmet, *Die letzte Liebe*, und schämt sich nun ein wenig, diesem Sprachgiganten eines ihrer mit leichter Feder geschriebenen Bücher dediziert zu haben. Er widerspricht ihr, verteidigt ihr Buch, nennt es sogar bemerkenswert.

Anfang November desselben Jahres besucht George Sand den Freund noch einmal. Wieder sind es heitere, unbeschwerte Tage, die bei Gesprächen, Literatur, Ausflügen in die Umgebung und gutem Essen verfliegen. Er liest ihr wieder aus einem Manuskript vor, der Zweitfassung seines Romans *Lehrjahre des Gefühls*. Sie ist begeistert, drängt ihn zur Fertigstellung. Wieder sitzen sie halbe Nächte beisammen. In ihrem Tagebuch vermerkt sie: »Dann plaudern wir noch. Um halb drei habe ich Hunger. Wir gehen hinunter und holen uns kaltes Huhn in der Küche. Wir setzen einen Fuß vor die Tür, um uns Wasser im Hof zu pumpen. Es ist mild wie im Frühling. Wir essen, gehen wieder hinauf, rauchen und plaudern weiter. Wir trennen uns erst um vier Uhr früh.«

Nach ihrer Abreise schreibt Flaubert an eine Bekannte: »Meine berühmte Freundin, Madame Sand, hat mich Samstagabend verlassen. Man kann nicht fraulicher, gutmütiger und weniger Blaustrumpf sein.« Auch er trägt – ähnlich wie die Brüder Goncourt – noch die althergebrachten Klischees im Kopf. Und weiter: »Auch wenn sie ein bisschen zu wohlwollend und weihevoll ist, macht sie doch sehr subtile Bemerkungen mit ausgeprägtem gesunden Menschenverstand, solange sie nicht ihr sozialistisches Steckenpferd reitet.« Hat er seine Meinung über sie geändert? Oder spielt er nur den wohlerzogenen Charmeur? Die großen Unterschiede zwischen beider Poetik werden bereits wenige Tage später wieder deutlich.

George Sand ist in jenen Tagen viel allein. Das Novemberwetter drückt ihr aufs Gemüt. In Gedanken ist sie viel bei Flaubert, durchlebt im Geiste nochmals die Tage in Croisset. »Denkst Du manchmal an ihn, an den ›alten Troubadour der Herbergsuhr, der immerdar und immerzu von vollkommener Liebe singt?‹«, fragt sie ihn wehmütig und spielt mit den Verschlüsselungen wohl auf ein nächtliches Gespräch in Croisset an. Sie haben sich dort über die Wahrhaftigkeit der Liebe unterhalten, und sie verteidigt ihre Utopie gegen den Menschenfeind erneut, indem sie ihm zuruft: »Oh ja, doch, die gibt's!« Eine Woche später kreist das Briefgespräch um weltanschauliche und poetologische Fragen. Sie hat Hochachtung vor der Art und Weise, wie Flaubert seine Bücher kunstvoll ziseliert; zugleich aber glaubt sie, dass er es mit seiner Suche nach dem »richtigen Wort« und seiner Glaubenshaltung der »Unpersönlichkeit« der Literatur etwas übertreibt und sich damit sein Schreiben und Leben unnötig erschwert. Sie ersucht ihn zur Mäßigung: »Die Frage für uns Künstler ist, ob Enthaltsamkeit uns kräftigt oder überspannt macht, was dann zu einer Schwächung führen würde. Sie werden einwenden: für alles ist Zeit, und Energie ist genug da, um seine Kräfte auszuleben. Folglich treffen Sie eine Unterscheidung und setzen Grenzen, und anders geht's auch nicht. Die Natur, glauben Sie, setzt ohnehin welche und lässt nicht zu, dass wir uns verausgaben. Aber nicht doch, sie ist nicht weiser als wir, denn auch wir sind die Natur. Arbeitswut wie auch Genusssucht können uns durchaus umbringen, und je größere Naturen wir sind, desto unbekümmerter schlagen wir über die Stränge und desto weiter stecken wir die Grenzen unserer Kräfte.« Dann kommt sie auf die Poetik zu sprechen und gesteht offen: »Ich verfechte keine Theorien. Ich tue nichts anderes, als Fragen aufzuwerfen und mir Lösungsvorschläge anzuhören, die mal in die eine, mal in die andere Richtung weisen [...]. Ich mache im alten Trott weiter und schlüpfe in die Haut meiner Figuren. Man bekrittelt es, das macht aber nichts. Sie verfolgen eine andere Bahn, ist's Methode oder Instinkt, ich weiß nicht so recht. [...] Mit Ihrer peinlich genauen Arbeitsweise erstaunen Sie mich immer wieder. Ist's Koketterie? [...] Ich glaube, dass Sie sich mehr Mühe machen als nötig, und dass Sie häufiger mal den anderen ans Werk lassen sollten. Das würde auch etwas werden, und ohne Anstrengung.«

Sie überliest den Brief nochmals – und der Mut verlässt sie. Könnte Flaubert ihr nicht Altklugheit oder Bevormundung vorwerfen? Also schickt sie ihn besser nicht ab und macht sich tags darauf nochmals ans Abfassen. In dem zweiten Schreiben, das schließlich in Flauberts Hände gelangt, lautet ihr Ratschlag etwas entschärft: »[...] seien Sie weniger grausam mit sich selbst, machen Sie beherzt weiter, und wenn der Atem dann alles ausgestoßen hat, können Sie das Ganze noch eine Nuance feiner abstimmen [...].«

Die Freundschaft der beiden ist nicht konfliktfrei. Zu sehr fühlen sich beide von den Lebensanschauungen und Arbeitsweisen des anderen beunruhigt und in Frage gestellt. Aber allen Gegensätzlichkeiten zum Trotz empfinden sie ein tiefes Vertrauen zueinander und wissen, dass die menschliche Achtung über etwaigem literarischen Geplänkel steht. »[...] da wir uns so lieben, wie wir sind, geht alles gut«, fasst sie es in einem Brief an den Freund zusammen, »wenn der eine an den anderen zur selben Stunde denkt, dann deshalb, weil er sein Gegenüber nötig hat. Eins findet im anderen für Augenblicke seine Ergänzung und Übereinstimmung.« In Flauberts Gegenwart fühlt sie sich wohl; sie weiß, dass er sie so annimmt, wie sie ist. Das ist auch der einzige Grund, überhaupt noch zu den Diners bei Magny zu erscheinen. Die Atmosphäre dort ist geistreich, aber herzlos und intrigant. Die Brüder Goncourt, in ihren Romanen – etwa *Germinie Lacerteux* – geniale Vorbereiter des Naturalismus, verbreiten sich in ihrem Tagebuch wie die Marktweiber über zweifelhafte Äußerlichkeiten. Über das Diner Anfang Dezember 1866 notieren sie: »Madame Sand, die ich vergangenen Montag bei Magny gesehen habe, wiederkäuend und mit feuchten Augen, mit Goldflitter in ihrem alten Haar, der sie aussehen ließ wie eine Fratze aus einem etruskischen Grab.«

Im Gegensatz zu den humorlosen Chronisten des Zweiten Kaiserreichs hat die »Fratze aus einem etruskischen Grab« immer noch Blut genug, um über die Stränge zu schlagen. Ihr Briefwechsel mit Flaubert diskutiert nicht nur Fragen der richtigen Lebens- und Arbeitsweise, sondern kennt auch den unvermittelten, beinahe jugendlichen Scherz. Für Flaubert schlüpft sie in die Rolle einer ungebildeten Leserin, die dem Autor der *Madame Bovary* schreibt, weil sie sich erhofft, er gestalte auch aus ihrem Lebenslauf einen Roman: »Mein Herr, son Getöhse wie Sies folführen in der Litterattur durch ihr distinquirtes Talent hab ich ehdem auch gemacht auf die Art wie ich's konnte mit meinen Mitteln. [...] ich habe ihre distinquirten Werke gelesen insbesondern Mde Bovary dass ich mich fähig füle ihnen als Model zu dienen wenn sie die Kette von ihren Füssen zerreisst um zu laufen wo ihr Herz sie hinruft. [...] ich bin gut erhallten für mein forgerücktes Alter und wenn Sie für eine Künstlerin im Ehlend abstössig empfinden, würde ich mich mit Ihren ideahlen Gefülen begnügen. Sie können also auf mein Herz zälen anstatt über meine Person verfügen wo ich verheiratet bin mit einem Schwerenöter der mir schon ein Waxkabinett aufgefressen hat mit lauter Figuhren von berümte Personen Könige Keiser, alt und neu und berümte Verbrechen dass wenn ich Ihre Erlaupnis gehabt hette Sie auch reingekommen wären.«

Flaubert bedankt sich artig für dieses »Meisterwerk«: »Kein Wort, das nicht das Wort eines Genies wäre. Ich habe mehrmals laut gelacht.« Aber auch er kennt den überschwänglichen Spaß und kann durchaus seine zurückhaltende »Distinktion« hinter sich lassen. Als er an Weihnachten 1869 einige Tage in Nohant verbringt, wird im Marionettentheater wieder eine Vorstellung gegeben. Flaubert, so George Sand im Tagebuch, amüsiert sich dabei wie ein Kind. Er spielt auch mit Aurore und Gabrielle, erzählt ihnen Geschichten, liest am Abend darauf ein eigenes Märchenspiel vor. Dann verkleidet er sich als Frau und tanzt mit Edmond Plauchut, einem Freund des Hauses. Flaubert hat an Mummenschanz sichtlich Gefallen. Als er ein andermal, nun in Begleitung Turgenjews und des Ehepaars Viardot, in Nohant ist, zieht er sich erneut einen Rock an und tanzt einen Fandango. Er lacht viel, macht Späße, ist kaum zu bremsen, so dass George Sand – die durch ihre Enkelkinder Lärm und Unruhe wahrlich gewöhnt ist – nach seiner Abreise erschöpft dem Tagebuch anvertraut: »Ich bin wie erschlagen von meinem lieben Flaubert. Dabei mag ich ihn sehr, und er ist ein ausgezeichneter Mensch, aber als Persönlichkeit zu strotzend.«

Auch George Sand erfindet für die Enkel, als sie etwas größer sind, Geschichten. Als *Erzählungen einer Großmutter* erscheint ein erster Band 1873, ein zweiter posthum. Diese Geschichten entstehen nicht etwa am Schreibtisch, sondern abends am Bett der Kinder, wenn sie stundenlang Märchen über Feen und andere Zauberwesen frei erfindet. Über das Familienleben schreibt sie beglückt an Flaubert: »Es gibt kein ruhigeres und glücklicheres Wesen als diesen alten Troubadour, der sich von seinen Geschäften zurückgezogen hat, von Zeit zu Zeit seine kleine Romanze an den Mond singt, ohne sich groß zu sorgen, ob er gut oder schlecht singt [...]. Es ist ihm nicht immer so gut gegangen. [...] aber da er nichts Böses verbrochen hat, weder üble Leidenschaften gekannt noch nichtiger Eitelkeit gefrönt hat, ist ihm das Glück beschieden, Ruhe gefunden zu haben und sich an allem freuen zu können.«

Das Alter könnte schön sein, wären da nicht gesundheitliche Malaisen. Das Rheuma, das sie in der Jugend quälte, tritt wieder auf. Zeitweilig ist ihr rechter Arm gelähmt, aber sie gibt nicht auf und lässt sich nicht gehen. Sie erfindet sogar – ohne von den Methoden des Pfarrers Sebastian Kneipp zu wissen – eine Form der Kaltwassertherapie, indem sie täglich, auch bei schlechtem Wetter, im nahen Fluss Indre badet: »Ich gehe zu Fuß zum Fluss und lege mich, aufgeheizt von der Sonne, ins eiskalte Wasser. Der Arzt findet das verrückt, aber ich lasse auch ihn reden und werde gesund, während die von ihm behandelten Patienten sich schonen und eingehen. Ich bin wie das Gras auf dem Felde: Wasser und Sonne, das ist alles, was ich brauche.«

Freilich merkt sie bisweilen, dass das Familienleben sie zu sehr beansprucht. Dann entflieht sie, wie in alten Zeiten, für ein paar Tage und bereist fremde Regionen. Aus der Betrachtung anderer Landschaften und fremder Menschen schöpft sie immer wieder Inspiration zu neuen Romanen, die nach wie vor mit Regelmäßigkeit entstehen – wenngleich nicht mehr so viele wie früher; ein oder zwei pro Jahr sind es aber immer noch. Keine Meisterwerke mehr, allenfalls *Nanon* (1872), ein historischer Roman über die Französische Revolution, sticht heraus. Eine Reise führt George Sand im September 1869 in die Ardennen. Begleitet wird sie von Edmond Plauchut und dem befreundeten Ehepaar Lamber-Adam. Sie besichtigt die Tropfsteinhöhlen von Han und ergötzt sich an der Wunderwelt der Stalaktiten. Sie interessiert sich für die belgischen Land- und Forstwirtschaftsmethoden und schreibt an Maurice seitenlange Briefe, worin sie über die dortigen Kühe und Schafe und über eine besonders ökonomische Form der Wiederaufforstung berichtet. Auf der Hinreise in die Ardennen besichtigt sie die Kathedrale von Reims und findet sie sehr schön, »aber verdorben durch Obszönitäten, und typisch katholisch. Über dem Portikus ist die Unzucht dargestellt durch einen Herrn, der sich mit sich selbst vergnügt; ein charmantes Schauspiel für die kleinen Kommunionkinder.«

Ein andermal ist sie zu Gast bei den Lamber-Adams in deren Sommerhaus am Golf Juan in der Provence. Juliette Lamber-Adam, sie ist 1836 geboren, schreibt später ihre Memoiren, worin sie sich auch ausführlich an George Sand erinnert. Sie nennt sie darin auch »die gute Dame von Nohant« und greift damit eine stehende Wendung auf, die sich damals im Freundeskreis, aber auch bei vielen Menschen aus dem Volk einbürgert. George Sand, die Femme fatale, das exkommunizierte Satansweib, tut in ihren letzten Lebensjahren mehr für Arme, Verfolgte und unschuldig in Not Geratene als mancher Biederbürger und Kirchenmann. Sie setzt sich beim Kaiser für die Begnadigung von politisch Inhaftierten ein, leiht in Not geratenen Freunden Geld, obwohl sie selbst Kredite aufnehmen muss, nimmt ein Waisenkind auf und erzieht es. Täglich erreichen sie Bittschriften, oft von ihr unbekannten Personen, auch von einfachen Leuten aus dem Volk. Der karitative Einsatz geht bisweilen an die Grenzen ihrer Kraft. An den Biografen Louis Ulbach, der für eine Artikelserie Einzelheiten über ihr Leben wissen will, schreibt sie, sie sei »nichts weiter als eine ganz normale Frau, der man die wüstesten und fantastischsten Charaktereigenschaften angedichtet hat«. Im Übrigen gebe es, so beteuert sie, in ihrer Biografie »keine glänzenden Höhepunkte«.

Koketterie? Ein wenig. Aber auch das ruhige Selbstverständnis einer Frau, die zeitlebens nur das eine wollte: den ihrer Natur gemäßen eigenen Weg zu gehen. Im selben Brief an Ulbach verweist sie aber auch auf ihre zahlreiche Korrespondenz, mit Freunden, aber auch mit Hilfesuchenden, und schätzt, dass sie täglich im Schnitt zehn Briefe zu schreiben hat. Sie weiß, dass sie allerorten, teils aus Hochachtung, teils aus Spott, die »gute Dame von Nohant« genannt wird, aber sie trägt es mit Gleichmut und in der Überzeugung, nur das getan zu haben, was für einen Menschen, der wirklich Mensch sein will, selbstverständlich sein sollte. Im Übrigen will sie davon nicht viel Aufhebens machen: »Wenn man das Gute tut, dann lobt man sich nicht selber; man findet, dass man das Vernünftigste getan hat und das ist alles.« Und das Böse in der Welt? Sie hat ihre eigene Meinung dazu: »Ich glaube nicht an das Böse, aber an die Dummheit.«

Es ist die Frage nach Gut und Böse, nach Liebe und Hass, die noch einmal die Kluft zwischen Flaubert und ihr aufbrechen lässt. Er schreibt ihr im September 1871: »Die Menschheit bietet nichts Neues. Ihr auswegloses Unglück hat mich seit meiner Jugend mit Bitterkeit erfüllt. Deshalb erlebe ich jetzt keinerlei Enttäuschung. Ich glaube, dass die Menge, die Zahl, die Herde immer hassenswert sein wird. Wichtig ist allein eine kleine Gruppe von Geistern, immer die Gleichen, die sich die Fackel weitergeben. [...] Ah! Liebe gute Meisterin, wenn Sie hassen könnten! Das ist es, was Ihnen gefehlt hat: der Hass. Trotz Ihrer großen Sphinxaugen haben Sie die Welt wie in goldener Farbe gesehen. Sie kam von der Sonne Ihres Herzens. Aber es ist so viel Dunkelheit aufgetaucht, dass Sie die Dinge jetzt nicht mehr erkennen.« Und in Anspielung auf ihr Bild, sie fühle sich wie eine Windharfe, fordert er sie auf: »Schreien Sie! Wettern Sie! Nehmen Sie Ihre große Leier und zupfen Sie die eherne Saite.«

George Sand ist über den nihilistischen Sarkasmus des Freundes empört. Sofort setzt sie sich hin und schreibt einen flammenden Antwortbrief, bis sie merkt, dass die darin behandelten Probleme eigentlich von öffentlichem Interesse sind, denken doch viele so wie Flaubert. Also entschließt sie sich, das Schreiben als offenen Brief abdrucken zu lassen. Er erscheint Anfang Oktober in *Le Temps* unter dem Titel *Antwort an einen Freund.* »Wie bitte?«, fragt sie darin, »Du willst, dass ich zu lieben aufhöre? Du möchtest, dass ich eingestehe, dass ich mich ein Leben lang getäuscht habe, dass die Menschheit verachtenswert, hassenswert, immer so gewesen sei und es auch immer bleiben werde? [...] Du sagst, dass Dir dies alles seit Deiner Jugend bekannt ist und freust Dich darüber, nie daran gezweifelt zu haben, denn auch in späteren Jahren wurde diese Deine Meinung nur bestätigt. Bist Du denn nie jung gewesen? Ach, wie verschieden wir doch sind, denn ich habe nie aufgehört, jung zu sein, wenn lieben jung sein bedeutet.« Dann geht die Schlossherrin von Nohant und Nachfahrin Augusts von Sachsen auf ihre Abstammung mütterlicherseits ein, auf ihre Herkunft aus dem einfachen Volk von Paris, die sie mit Stolz erfüllt. In heutiger Zeit Klassenunterschiede zu treffen sei anachronistisch und dünkelhaft: »Du sprichst immer vom Volk. – Das Volk, das sind wir, Du und ich, dagegen können wir uns nicht wehren. Es gibt keine zwei Sorten Menschen; zwischen den Klassen einen Unterschied zu machen, heißt lediglich, eine relative Ungleichheit festzustellen, die zudem meistens nicht zutrifft. Ich weiß nicht, ob Deine unmittelbaren Vorfahren aus dem Bürgertum stammen; meine Wurzeln liegen mütterlicherseits direkt im Volk, und ich fühle, dass sie noch immer am Grund meines Wesens leben.«

Flaubert, dem sie eine Ausgabe des *Temps* geschickt hat, widerspricht ihr: »Was wir vor allem brauchen, ist eine *natürliche*, das heißt legitime *Aristokratie*. Man kann nichts machen ohne Kopf [...]. Die Masse, die Zahl ist immer idiotisch. Ich habe nicht viele Überzeugungen. Aber diese ist bei mir sehr stark. Und doch muss man die Masse respektieren, so dumm sie auch sein mag, weil sie Keime für eine unberechenbare Fruchtbarkeit enthält. Geben Sie ihr die Freiheit, aber nicht die Macht.« Der Idealismus George Sands und der pragmatische Skeptizismus Flauberts stehen sich wieder einmal diametral und unversöhnlich gegenüber; auch die Freundschaft kann das nicht überbrücken.

Trotz allen Einsatzes für ihre Überzeugungen ist George Sand in den letzten Lebensjahren abgeklärt. Jegliche Form engstirnigen Eiferertums ist ihr fremd. Im Gegenteil: In einem Brief an den Sozialisten Armand Barbès verteidigt sie ausdrücklich die Freiheit eines jeden Menschen, zu glauben, was er für richtig hält. Man solle, schreibt sie, »den anderen die vollkommene Freiheit [...] gewähren, die auch jene einschließt, nicht mit uns zu glauben.«

Das Alter und die Nähe des eigenen Todes lassen sie weniger erschauern als vielmehr ruhig werden. Mitte sechzig ist sie, für damalige Verhältnisse ein durchaus respektables Alter. Sie verliert Weg- und Zeitgenossen, Freunde und Gegner. Schwer trifft George Sand der Tod des Kritikers und Mentors Sainte-Beuve im Oktober 1869. Bei seiner Beerdigung sieht sie viele Bekannte wieder, auch sie sind alt und krank geworden: Dumas père, der gelähmt ist und nicht mehr sprechen kann, Grzymala, der Freund Chopins, und andere. Als sie nach dem Begräbnis zu ihrem Wagen geht, erlebt sie eine spontane Respektbezeugung: »Wie ich so durch das einfache Volk zurückging, wurde ich der Gegenstand einer *Sympathiebekundung*, von der ich sagen kann, dass ich sie dankbar entgegengenommen habe, denn die Menschen huldigten mir voller Respekt und ohne Überschwang. Sie gaben mir eine Art Ehrengeleit, indem sie zurückwichen, um mir Platz zu machen, und schweigend alle den Hut zogen.« Sie ahnt, sie ist für das Volk eine Legende geworden. Aber Legenden, so ihre geheime Befürchtung, können sich selbst überleben. Flaubert gegenüber gesteht sie, sie denke, ihre eigentliche Zeit in der literarischen Welt sei abgelaufen: »Ich glaube, dass ich in fünfzig Jahren völlig vergessen und vielleicht sogar gröblich verkannt sein werde. Das ist der Lauf der Dinge, die nicht erstklassig sind, und ich habe mich nie für erstklassig gehalten.«

1871 stirbt ihr Ehemann Casimir Dudevant. Eine späte Fotografie zeigt ihn mit abgeschlafften, etwas verbitterten Gesichtszügen und mit der Nase eines Säufers. Bis zu seinem Tod bleibt vieles ungesagt und ungeklärt. Ein Waffenstillstand zwischen den Eheleuten, der nie in einen Friedensschluss mündete. Später findet man in den Papieren des abgedankten Kaisers Napoléon III. einen Brief Casimirs, worin er den Herrscher um das Kreuz der Ehrenlegion bittet, nicht nur wegen seiner langjährigen Verdienste um das Vaterland, sondern auch als »moralische« Rehabilitierung für das »grausame Leid«, das ihm, Casimir Dudevant, durch die Ehe mit George Sand zugefügt worden sei. Im Tod tritt schlaglichtartig zutage, welch zugleich mittelmäßige und tragische Figur Dudevant war.

Allem trauten Familienleben, aller Freundschaft, allem Ruhm zum Trotz kommt George Sand in den letzten Lebensjahren nicht zur Ruhe. Wieder einmal greift die Geschichte in ihr Leben und Denken ein. Ihre wohl schlimmste politische Erfahrung war der Verrat an der Zweiten Republik und der Staatsstreich des Usurpators Louis-Napoléon. Kritiker haben ihr immer ihren Einsatz beim Kaiser für die Amnestie Verfolgter vorgeworfen. Sie verkaufe sich und biedere sich dem Regime an, hieß es. George Sand hat ihren Frieden mit dem Zweiten Kaiserreich gemacht – vordergründig zumindest. Ein wenig gleicht sie einer Figur in Bertolt Brechts Parabel *Maßnahmen gegen die Gewalt:* Darin kommt ein Agent zu einem Mann, unterjocht ihn, nimmt ihm jegliche persönliche Freiheit und stellt ihm die Frage, ob er ihm dienen wolle. Der Mann fügt sich – scheinbar – und dient dem Fremden, antwortet aber auf die Frage nicht. Als nach sieben Jahren der Agent alt und durch das Bedientwerden fett geworden ist, stirbt er. Der Mann schafft den Leichnam aus dem Haus, reinigt die Zimmer, tüncht die Wände und antwortet endlich: »Nein.«

Immer wieder kam es in den Jahren des Kaiserreichs zu Verstimmungen zwischen George Sand und dem Herrscherhaus: Mal war der von der Geheimpolizei bespitzelte Besuch des Prinzen Jérôme-Napoléon in Nohant die Ursache, ein andermal ein auf den Kaiser gemünztes Spottlied in ihrem Stück *Le Marquis de Villemer*. Im Jahre 1869 kommt es erneut zu einem Konflikt: Kaiserin Eugénie, eine geborene Gräfin Montijo aus Granada, sieht sich in der Figur einer oberflächlichen spanischen Aristokratin in George Sands jüngstem Roman *Malgré-tout* widergespiegelt. Das Kaiserpaar ist verstimmt und empört. Über einen Mittelsmann wird sogar Flaubert eingeschaltet, der George Sand ausrichten soll, der Kaiserhof erwarte eine öffentliche Entschuldigung. Die Kaiserin ködert sie sogar mit der Aussicht auf die Wahl in die Académie Française. George Sand geht auf diesen Kuhhandel nicht ein. Auf einen Sitz in der Akademie verzichtet sie gerne. An solch zweifelhaften öffentlichen Ehrungen liegt ihr nichts.

Dem operettenhaften Kaiserreich wird ein jähes Ende bereitet: Nach einer von Bismarck inszenierten und lancierten diplomatischen Verstimmung zwischen König Wilhelm von Preußen und dem französischen Botschafter wird in Bad Ems, dem Kurort des Monarchen, die sogenannte *Emser Depesche* veröffentlicht, auch sie von Bismarck inhaltlich pointiert. Darin lässt Wilhelm dem Gesandten mitteilen, er »habe ihm nichts weiter zu sagen«. Diese Meldung löst in Frankreich, das durch den Anspruch der Hohenzollern auf den spanischen Thron bereits verstimmt ist, eine Welle der Entrüstung aus. Es erklärt am 19. Juli 1870 Preußen den Krieg. George Sand ist entsetzt. Es ist ein ungewöhnlich heißer Sommer, die Ernte vertrocknet auf den Feldern, viele Wälder brennen. An Flaubert schreibt sie: »Ich halte diesen Krieg für infam [...]. Die Menschen sind blutrünstige und eitle Rohlinge. [...] Die Ernten sind so gut wie null und nichtig, dafür aber haben wir Krieg, hurra!« Flaubert sieht sich wieder einmal in seiner Verachtung der menschlichen Zivilisation bestätigt. Unbestechlich sieht er die Begeisterung der Masse als Psychose. Der Freundin antwortet er voller Zynismus: »Der gute Franzose will kämpfen: 1. weil er neidisch ist auf Preußen, 2. weil der natürliche Zustand der Menschheit die Barbarei ist, 3. weil der Krieg in sich ein mystisches Element enthält, das die Massen fortreißt.«

Die waffentechnisch und logistisch überlegene preußische Armee bereitet der französischen schwere Niederlagen. Am 2. September wird das französische Heer bei Sedan in Lothringen vernichtend geschlagen, Napoléon III. wird gefangen genommen. In Paris wird die Dritte Republik ausgerufen. Unter den Intellektuellen Frankreichs trauert kaum einer dem Kaiser nach, auch George Sand nicht. Die Proklamation der Republik erfüllt sie mit der Hoffnung auf eine gerechtere Gesellschaft. Doch die Freude währt nicht lange. Die Provisorische Regierung der Republik entschließt sich zu weiterem Widerstand gegen die Preußen; umgekehrt lehnen die Invasoren einen Waffenstillstand ab und marschieren auf Paris zu. Die Stadt wird von der preußischen Armee eingeschlossen, kann aber nicht erobert werden; zu mächtig sind die Verteidigungsringe, zu erbittert ist der Widerstand der Bevölkerung. Auch wenn Frankreich militärisch am Boden liegt, gelingt der republikanischen Regierung doch ein symbolischer Befreiungsakt, der auf eigentümliche Weise mit dem Namen George Sands verbunden ist: Am 7. Oktober sieht die Bevölkerung von Paris über dem Hügel von Montmartre zwei große Ballons aufsteigen. Wütend feuern die preußischen Belagerer mit ihrer Artillerie darauf, können sie aber nicht vom Himmel holen. In den Körben befinden sich die Mitglieder der Regierung der Republik, unter ihnen ihr Anführer Léon Gambetta. Sie entweichen unbeschadet nach Tours, später nach Bordeaux. Kein anderer als Félix Nadar, der Fotograf und Ballonfahrer, hat die beiden Flugapparate konstruiert. Das Pikante: Die Ballons tragen in großer, weithin sichtbarer Schrift die Namen zweier bekannter Persönlichkeiten, die die Menschen mit der Freiheit des Worts und der Postulierung des Sozialismus verbinden: Armand Barbès und George Sand!

Den ganzen Winter hindurch hält sich Paris. Die Bevölkerung leidet Hunger, es gibt kaum noch zu essen und mangelt an Brennholz. Viele Alte und Kranke sterben. Die Preußen bombardieren die Stadt, es gibt zahlreiche Tote. Unterdessen lässt sich der preußische König am 18. Januar 1871 im Spiegelsaal des Schlosses von Versailles zum deutschen Kaiser proklamieren, eine Geste des Triumphes und der Demütigung gegenüber dem »Erzfeind« Frankreich. George Sand ist über die Sinnlosigkeit und die Menschenverachtung der Ereignisse empört. Sie spendet ihre gesamten Ersparnisse, zweitausend Francs, der Ambulanz in Palaiseau und schickt Wäsche, die sie nicht mehr benötigt, an gemeinnützige Einrichtungen.

Ende Januar lenkt die französische Nationalversammlung ein und schließt einen Waffenstillstand. Paris bleibt weiterhin uneingenommen. Unter den Augen der Preußen werden Wahlen abgehalten, aus denen die Konservativen mit starker Mehrheit hervorgehen. Die neue Regierung unter Adolphe Thiers schließt Anfang März einen Friedensvertrag mit Preußen. Die Bedingungen des Siegers sind hart: Frankreich muss fünf Milliarden Francs an Reparationen zahlen und das Elsass und einen Teil Lothringens an das neu gegründete Deutsche Reich abtreten. Um die standhafte Bevölkerung von Paris zu demütigen, marschieren Anfang März die preußischen Truppen in einer großen Parade mitten durch die Hauptstadt. George Sand ist über die Friedensbedingungen und den großspurigen Auftritt der Sieger empört. Aber sie verfällt nicht wie viele andere in einen blinden Hass auf die Deutschen. Sorge bereitet ihr jedoch, dass sie längere Zeit nichts von ihrem Freund Flaubert gehört hat. Züge verkehren nicht, die Post wird nicht befördert. Die Preußen, so erfährt sie, haben auch Croisset besetzt. Ist Flaubert in Gefahr? Haben die fremden Truppen sein Haus requiriert, sein Arbeitszimmer verwüstet, seine Manuskripte vernichtet? Nach einigen Wochen endlich ein Brief von ihm: Mit Erleichterung erfährt sie, dass sein Haus zwar zwischenzeitlich beschlagnahmt worden ist, die Preußen aber voller Respekt sein Arbeitszimmer unberührt ließen.

Doch selbst nach der Unterzeichnung des schmachvollen Friedensvertrages ist dem Land keine Ruhe vergönnt: Das Volk von Paris erhebt sich und ruft eine sozialistische Republik aus. Die revolutionäre Regierung, die »Commune«, setzt sich aus Anführern verschiedener radikaler Richtungen und Gruppierungen zusammen. Während der acht Wochen ihres Bestehens leitet die Commune einige weitreichende Neuerungen in die Wege, die freilich dem Bürgertum als Angriff auf seine Privilegien und auf die Grundfesten eines konservativen Staatsgebildes erscheinen müssen. Die Trennung von Staat und Kirche wird besiegelt, die Wehrpflicht wird abgeschafft, die Freiheit der Kunst wird erklärt, ein kostenloses und laizistisches Schulwesen, auch für Mädchen, soll eingeführt werden, Mieter und kleine Handeltreibende sollen staatlich geschützt werden, leer stehender Wohnraum soll beschlagnahmt werden, das Nachtarbeitsverbot wird durchgesetzt, und verlassene Fabriken sollen in Form von Kooperativen von den Arbeitern selbst verwaltet werden. Außerdem wird die Gleichwertigkeit der Frauenarbeit festgestellt.

Liest man George Sands Briefe aus jenen Wochen, so ist man ein wenig erstaunt über ihre heftige Verurteilung der Commune. Immerhin kommen die Beschlüsse der revolutionären Regierung vielen ihrer einstigen Forderungen von 1848 sehr nahe. Doch zu ihrer Distanzierung tragen Gräuelnachrichten bei, die von den Presseorganen der Nationalversammlung ausgestreut werden. Außerdem empfindet sie eine Abneigung gegenüber jeglichem Regime, das in doktrinärer Weise seine Ansichten als die allein gültigen und selig machenden den Menschen aufzwingt – notfalls mit Gewalt. Sie hat aus dem wechselhaften Lauf der Geschichte gelernt, dass die Freiheit auch immer die Freiheit des Andersdenkenden einschließen sollte. An Alexandre Dumas fils schreibt George Sand, sie betrachte die Ereignisse in Paris als »Saturnalien des Pöbels«.

Unterdessen haben reguläre Truppen der Nationalversammlung die verbarrikadierte Stadt umschlossen. Um diesen Zernierungsring herum liegen noch immer die Besatzungstruppen der Preußen. Täglich sickern grauenvolle Nachrichten aus Paris ins Umland, wobei für die Zeitgenossen nicht zu unterscheiden ist, was wahr ist, und was propagandistisch übertrieben wird. George Sand zeigt sich von der Situation angeekelt und verurteilt die jakobinischen Terrormethoden der Commune – so jedenfalls wird es der französischen Bevölkerung in der Provinz vermittelt. Dennoch will sie ihre Verzagtheit gegenüber Flaubert, dem Zyniker, nicht recht eingestehen. Immer noch hält sie mit dem Mut der Verzweiflung die Fahne der Zivilisation und des Fortschritts aufrecht. »Für mich«, schreibt sie am 28. April an den Freund, »ist das unwürdige Experiment [der Commune], das Paris erprobt oder erleidet, keinerlei Beweis gegen die Gesetze des ewigen Fortschritts der Menschheit und der Dinge, und wenn ich mir einige Prinzipien, gute oder schlechte, zu eigen gemacht habe, so wurden sie dadurch weder erschüttert noch modifiziert.« Im selben Schreiben räumt sie jedoch ein, dass sie den jetzigen Aufstand der Masse als Verrat an den hohen Idealen der Republik betrachte: »Man beklagt ein Vögelchen, das aus dem Nest fällt, wie sollte man dann nicht eine Masse in den Schmutz gefallener Gewissen beklagen? Man litt weniger unter der Preußenbelagerung. Man liebte das unglückliche Paris trotzdem. Heute ist es um so beklagenswerter, als man es nicht mehr lieben kann.« Sie empfindet keinen Hass gegen die Communarden, auch wenn sie deren Mittel nicht gutheißen kann. Sie hat Mitleid mit den Menschen, die in der eingeschlossenen Stadt sitzen, von außen von den Regierungstruppen belagert, im Innern vom Terror bedroht. Und um Flauberts Triumph im Vorfeld zu unterbinden, setzt sie nach: »Wer niemals liebt, leistet sich tödlichen Hass. Was soll man darauf erwidern?«

Am 22. Mai schließlich finden die Tage der Commune ein blutiges Ende: Die konservative Nationalregierung beschließt die gewaltsame Eroberung von Paris. In lang anhaltenden Kämpfen wird Barrikade um Barrikade erstürmt. Die Communarden wehren sich verzweifelt und zünden zahlreiche Häuser, auch öffentliche Gebäude, an. Die Wut von Angreifern und Verteidigern schaukelt sich gegenseitig hoch. Blutige Ausschreitungen, Geiselnahmen, willkürliche Erschießungen sind die Folge. Als Paris nach Ablauf einer Woche endlich in Händen der Regierungstruppen ist, zeigt sich ein schauderhaftes Bild: Mehr als 17 000 Opfer sind auf beiden Seiten zu beklagen. Die konservative Regierung geht auch nach dem Ende der Kämpfe mit aller Härte vor: Brandstifter werden standrechtlich erschossen, Tausende von Aufständischen werden zu Zwangsarbeit verurteilt oder nach Neukaledonien deportiert.

Wieder einmal scheint die französische Öffentlichkeit durch die gewaltsamen Vorgänge gespalten. Keine gute Ausgangssituation für die Dritte Republik. Dennoch können die republikanischen Linken unter Gambetta bei den Wahlen zur Nationalversammlung im Juli 1871 zahlreiche Sitze auf sich vereinigen und so den Monarchisten und Bonapartisten (Louis-Napoléon hofft im Exil noch immer auf eine Rückkehr) den Wind aus den Segeln nehmen. George Sand, die sich in einem in der *Revue des Deux Mondes* publizierten Kriegstagebuch auch öffentlich gegen die Commune gewandt hat, wird nun von den Linken wiederum hart angegangen. Sie kontert angeekelt in einem Brief an ihren Freund Edmond Plauchut, sie sei des ganzen Parteienhaders müde und wolle sich nun – wie schon nach 1848 – aus dem öffentlichen Leben zurückziehen.

Weit mehr als aller Parteien- und Richtungsstreit macht sie der Fall der gesellschaftlichen Integrität traurig. Es gebe in all diesen Kämpfen und Kriegen keine Sieger, sondern nur moralische Verlierer, so glaubt sie. Auch gegenüber den scheinbar so triumphalen Siegern des Krieges von 1870/71 empfindet sie nur Mitleid. An Flaubert schreibt sie eine sibyllinische Weissagung: »[...] die deutsche Nation ist wegen ihrer Siege genauso zu beklagen wie wir wegen unserer Niederlagen, denn für sie ist das der erste Schritt zu ihrer moralischen Zersetzung. Die Tragödie ihres Niedergangs hat begonnen, und da sie dabei selbst Hand anlegt, wird der Verfall rapide eintreten. All diese kulturlosen Staatsgebilde, die das Gesetz, die Gerechtigkeit und die Achtung vor dem Menschen verleugnen, sind wie Kolosse auf tönernen Füßen; wir haben diese Erkenntnis teuer bezahlt. Denn der moralische Niedergang Deutschlands trägt nicht zum künftigen Wohl Frankreichs bei, und wenn wir dazu aufgerufen werden, ihnen das zu vergelten, was sie uns zugefügt haben, dann wird ihre Vernichtung uns auch nicht wieder aufhelfen. Nicht im Blute können sich die Völker verjüngen und neue Kräfte schöpfen.« Ihre Rufe verhallen in der vom Nationalismus vergifteten öffentlichen Atmosphäre. Ebenso ihre beinahe prophetische Äußerung über die Genese dunkler Kräfte: »Warten wir ab, bis die germanische Rasse ans Werk geht, deren natürliche Anlage zur Disziplin wir so bewundern, [...] und wir werden sehen, was geschieht, wenn deren Leidenschaften erst entfesselt sind! Das aufgewiegelte Volk von Paris wird uns im Vergleich dazu maßvoll und tugendhaft vorkommen.«

Ihren resignativen Vorsatz, sich künftig aus Belangen des öffentlichen Lebens herauszuhalten, lässt sie bald fallen. Zu häufig wird die »gute Dame von Nohant« in Bittbriefen um Rat und Hilfe angegangen, zu sehr brennen ihr manche Fragen noch immer auf den Nägeln. Obwohl sie die unkontrollierte Herrschaft der Commune als »Saturnalien« abgelehnt hat, widerspricht sie ihren bürgerlichen Freunden, die zwar die Republik immer gewollt haben, sie aber als bürgerliche, antimonarchistische Staatsform betrachten und jeden Einfluss der Arbeiterklasse am liebsten zurückdrängen wollen. George Sand begreift die Zeichen der Zeit, sie anerkennt die Arbeiterschaft als nicht mehr zu leugnende Klasse, der Rechte eingeräumt werden müssen, will man nicht wieder einen Bürgerkrieg riskieren. Ihrer Freundin Juliette Lamber ist ein offener Brief gewidmet, der im November 1871 in *Le Temps* erscheint, und worin die Autorin das allgemeine, nicht an Besitz und Herkunft gebundene Wahlrecht verteidigt und es als »Sicherheitsventil« für eine friedliche Gesellschaft betrachtet, als Fundament, ohne das das Staatsgebäude zum Einsturz käme.

Ihr Bild vom Proletarier ist gleichwohl idealisiert. In einem Artikel, ebenfalls in *Le Temps* erschienen, vertritt sie die These, der Arbeiter sei von Natur aus brav, ordentlich und fleißig, erst der Kontakt mit der Zivilisation in der modernen Großstadt habe ihn moralisch verkommen lassen. Damit lässt sie zum einen die unzureichenden hygienischen und räumlichen Zustände in den Arbeiterslums der modernen Industriestädte außer Acht, die entscheidend zur geistigen und gesundheitlichen Misere des Proletariats beitragen. Zum anderen stülpt sie Rousseaus Vorstellungen vom edlen Naturmenschen dem modernen Menschen über, ohne zu bedenken, dass sich die ökonomischen und gesellschaftlichen Gegebenheiten seit dem 18. Jahrhundert vollständig verändert haben. Mit anderen Worten: Sie sieht die Symptome der gesellschaftlichen Veränderungen, aber nicht deren tiefere Ursachen. Sie will vieles mit Hilfe christlich-aufgeklärter Tugenden wie Toleranz, Mitleid und Caritas verstehen und verbessern, ohne zu begreifen, dass die anbrechende Moderne dem Materialismus und der Ökonomie unterworfen ist. Letztlich gehören Flaubert und sie einer untergehenden Klasse an, nämlich dem aufgeklärten Bürgertum, das seine jahrhundertelange Berechtigung und geistige Kraft aus dem Kampf gegen die Feudalherrschaft gezogen hat und das nun – endlich emanzipiert – im Lauf der Geschichte plötzlich von der Massengesellschaft überrollt und abgelöst wird. Aus dieser Angst heraus ist auch Flauberts Hass auf die Masse zu verstehen, und auch George Sands liebende Hinwendung zum Volk ist vielleicht unterschwellig die Kompensation einer ungenauen Scheu. Zwei unterschiedliche Reaktionen also auf dieselbe Form von Furcht – nur dass George Sand mittels der Sublimierung ihrer Angst in Liebe großmütiger erscheinen kann als Flaubert, bei dem sich die Angst nach innen kehrt und verkehrt. Turgenjew hat dies richtig beobachtet, wenn er an George Sand über den gemeinsamen Freund schreibt: »Das Unglück gleitet in seine Seele wie in Butter.«

George Sand und Gustave Flaubert sind einander in den Voraussetzungen ihrer Natur sehr ähnlich, haben aber wegen der Verschiedenartigkeit ihrer Erfahrungen verschiedene Schlüsse für ihr Leben gezogen. So gehen ihre Dispute über Ästhetik, Poetik und Politik in ihren Briefen und Gesprächen unablässig weiter. Sie liest erneut seinen Roman *Lehrjahre des Gefühls*, der von der Kritik heftig angegriffen worden ist, und ist vom Thema des Buches weiterhin überzeugt, der Ausführung hingegen steht sie skeptisch gegenüber. Seine Art, sich als unpersönlicher Autor hinter seinen Figuren zu verbergen, geht gegen ihre innersten Überzeugungen von der Pflicht des Schriftstellers, mit seiner Literatur die Menschen wachzurütteln. Flaubert verteidigt seine Poetik wiederholt, ein Hin und Her, das bisweilen wie ein gewohnheitsmäßiges Geplänkel zweier Menschen wirkt, die sich an diesem Ritual aufrecht halten. »Mir scheint«, tadelt sie ihn, »Deine Schule geht den Dingen nicht genügend auf den Grund und macht allzu schnell an der Oberfläche Halt. Da es ihr auf die Form ankommt, macht sie es sich mit dem Gehalt zu leicht.« Er kontert: »Ich berste vor Zorn und Entrüstung. Aber in dem Kunstideal, das ich habe, darf man davon nichts zeigen, so glaube ich, und der Künstler darf in seinem Werk nicht sichtbarer sein als Gott in der Natur. Der Mensch ist nichts, das Werk ist alles!« Sie daraufhin versöhnlich: »Du scheinst zu glauben, ich wolle Dich zu einer Doktrin bekehren. Aber nein, kein Gedanke daran. Jeder geht von seinem Standpunkt aus, den er, und das respektiere ich, frei gewählt hat.« Um daraufhin wieder lang und breit ihre Überzeugung darzulegen, der Schriftsteller müsse »wahrnehmen, wie alles Greifbare und Ungreifbare unweigerlich angezogen wird vom Guten, Wahren und Schönen.«

Nicht immer verharrt sie so im althergebrachten bürgerlichen Bildungskanon. Gerade in den letzten Monaten ihres Lebens geht ihr Denken, das seit jeher auf der Achtung vor allem Leben beruhte, einen Weg, der sie zu einer frühen Mahnerin zur ökologischen und ethischen Umkehr macht, bevor es zur Selbstzerstörung des Menschen komme. In dem Artikel *Dialogues et Fragments philosophiques* – eine Rezension zu einem Buch Ernest Renans –, der acht Tage nach ihrem Tod in *Le Temps* erscheint, warnt sie vor einer Welt des ökonomischen Materialismus und des technikgläubigen Positivismus: »Ihr sagt, dass die Zukunft der Welt den Wissenschaftlern gehören wird, dass sie alles sind, und wir anderen Dummköpfe nichts wert. Ihr behauptet, die Demokratie vermöge nichts für den Fortschritt zu leisten und müsse ihn hinnehmen, wolle sie nicht von ihm beseitigt werden, wenn sie ihm, weil sie ihn nicht begreift, im Wege stehe [...]. Wir werden also in grausame Kriege gestürzt werden, wo Ihr herrschen werdet durch den Schrecken, und Eure Kunst der Vernichtung wird sich mit jedem Tage steigern, so dass jeder neue Krieg noch mörderischer sein wird als die früheren, bis Ihr allein vor Euren grauenhaften Instrumenten zurückbleiben werdet und keine andere Möglichkeit mehr haben werdet, als den Planeten in die Luft zu sprengen, um allem ein Ende zu machen.«

Seit Jahren hat George Sand neben ihren rheumatischen Beschwerden auch Verdauungsprobleme. Ansonsten fühlt sie sich jünger denn je, wie sie ihrem Arzt noch am 28. Mai 1876 versichert: »Die Beine sind gut, die Augen besser, als sie seit zwanzig Jahren gewesen sind, ich habe einen ruhigen Schlaf und die Hände sind so sicher und geschickt wie in der Jugend.« Wenige Tage später fühlt sie sich jedoch schwach, sie legt sich zu Bett. Ein Brief von ihrem »Troubadour« Flaubert trifft ein, worin er ihr mitteilt, er habe eine neue Erzählung mit dem Titel *Ein einfaches Herz* begonnen. Es ist die Geschichte der Dienstmagd Félicité, die sich hingebungsvoll für ihre Herrschaften aufopfert, und der, nachdem ihr alles, was sie liebte, genommen wurde, nur noch die verschrobene Zuneigung zu einem ausgestopften Papagei bleibt. Doch im Tod wird Félicité, deren ganzes Leben von Verzicht und Verlust geprägt war, eine eigentümliche Verheißung zuteil: Sie glaubt, über ihrem Haupt den Papagei als den Heiligen Geist schweben zu sehen.

An solch einer seltsam zärtlichen Geschichte schreibt Flaubert also. Er befürchtet schon wieder einen ästhetischen Disput mit der Freundin und meint daher beschwichtigend: »Sie werden bei meiner *Geschichte eines einfachen Herzens,* wo Sie Ihren unmittelbaren Einfluss erkennen können, sehen, dass ich nicht so dickköpfig bin, wie Sie glauben. Ich glaube, dass die moralische Tendenz, oder eher der menschliche Hintergrund dieses kleinen Werkes Ihnen gefallen wird!« Was er verschweigt: Er will die Erzählung, die später eines seiner bekanntesten und beliebtesten Werke werden wird, ihr widmen, es soll eine Art zärtliche Kundgebung an sie sein.

George Sand erlebt die Fertigstellung von *Ein einfaches Herz* nicht mehr. Sie stirbt einundsiebzigjährig nach mehrtägigem schmerzhaften Todeskampf infolge eines Darmverschlusses am 8. Juni 1876 im Beisein ihrer Familie in Nohant.

Zur Beerdigung auf dem kleinen Friedhof des Schlosses kommen zahlreiche Freunde, Bekannte, Reporter, aber auch einfache Leute aus dem Volk, um der »guten Dame von Nohant« die letzte Ehre zu erweisen. Bauern aus dem Dorf tragen den Sarg. Solange hat dem Bischof von Bourges die Einwilligung zu einem katholischen Begräbnis der exkommunizierten Verstorbenen abgeschwatzt. Ob dieses heuchlerische Manöver im Sinne George Sands gewesen wäre, darf bezweifelt werden. Am Grab wird eine Botschaft Victor Hugos verlesen, worin er in pathetischen und getragenen Worten George Sands Bedeutung und den Verlust für die literarische Welt betont. Sie gipfelt in dem Satz: »Ich trauere um eine Tote und grüße eine Unsterbliche.« Flaubert, der oft schwierige und zurückgezogene Freund, hält sich von der illustren Trauergemeinde etwas abseits. Die Tränen rinnen ihm über die Wangen, es regnet, und kaum einer nimmt ihn, wie er so unter seinem Schirm steht, recht zur Kenntnis.

Noch am selben Abend fährt er nach Paris zurück, tags darauf sitzt er in Croisset wieder unverdrossen über seiner Erzählung *Ein einfaches Herz*, die nun zu spät fertig wird. An Maurice Sand schreibt er im Oktober 1876 – weit anrührender als das Pathos Victor Hugos – die schlichten Worte: »Sie fehlt mir.«

Auswahlbibliografie
1. Autobiografische Quellen

George Sand et Alfred de Musset: Correspondance/Journal intime de George Sand (1834), hg. von Louis Evrard, Monaco 1956.

Correspondance de Frédéric Chopin, hg. von Bronislas Édouard Sydow, Paris 1960.

Les Lettres de George Sand à Sainte-Beuve, hg. von Östen Södergård, Genève/Paris 1964.

George Sand: Correspondance, hg. von Georges Lubin:

Band 1, 1821–1831, Paris 1964; Band 2, 1832–1833, Paris 1966; Band 3, 1835–1837, Paris 1967; Band 4, 1837–1840, Paris 1968; Band 5, 1840–1842, Paris 1969; Band 6, 1843–1845, Paris 1969; Band 7, 1845–1847, Paris 1970; Band 8, 1847–1848, Paris 1971; Band 9, 1849–1850, Paris 1972; Band 10, 1851–1852, Paris 1973; Band 11, 1852–1853, Paris 1976; Band 12, 1853–1854, Paris 1976; Band 13, 1855–1856, Paris 1978; Band 14, 1856–1858, Paris 1979; Band 15, 1858–1860, Paris 1981; Band 16, 1860–1862, Paris 1981; Band 17, 1862–1863, Paris 1983; Band 18, 1863–1864, Paris 1984; Band 19, 1865–1866, Paris 1985; Band 20, 1866–1868, Paris 1985; Band 21, 1868–1870, Paris 1986; Band 22, 1870–1872, Paris 1987; Band 23, 1872–1874, Paris 1989; Band 24, 1874–1876, Paris 1990; Band 25, Suppléments, Paris 1991; Index des Correspondants, Paris 1991.

George Sand: Œuvres autobiographiques, hg. von Georges Lubin, Paris 1970/1971:

Bd. 1, Histoire de ma vie, Teil 1–4 (Kap. 1–7)
Bd. 2, Histoire de ma vie, Teil 4 (Kap. 8–15), Teil 5 / Voyage en Espagne / Mon grand-oncle / Voyage en Auvergne / La blonde Phoebé / Nuit d'hiver / Voyage chez M. Blaise / Les couperies / Sketches and hints / Lettres d'un voyageur / Journal intime / Entretiens journaliers avec le très docte et très habile Docteur Piffoël, Professeur de Botanique et de Psychologie / Fragment d'une lettre écrite de Fontainebleau / Un hiver à Majorque / Souvenirs de Mars – Avril 1848 / Journal de Novembre – Décembre 1851 / Après la mort de Jeanne Clésinger / Le théâtre et l'acteur / Le théâtre des marionnettes de Nohant.
George Sand: Questions politiques et sociales, Présentation de Georges Lubin, Plan de la Tour (Var) 1976.
George Sand: Geschichte meines Lebens. Aus ihrem autobiographischen Werk ausgewählt und mit einer Einleitung versehen von Renate Wiggershaus, Frankfurt/M. 1978.
George Sand: Ein Winter auf Mallorca, dt. von Ulrich C. A. Krebs, München 1985.
George Sand: Nimm Deinen Mut in beide Hände. Briefe, übersetzt und herausgegeben von Annedore Haberl, München 1990.
George Sand: Agendas, Textes transcrits et annotés par Anne Chevereau, préface de Georges Lubin, Paris 1990-1993: Bd. 1,1852–1856; Bd. 2,1857–1861; Bd. 3,1862–1866; Bd. 4,1867–1871; Bd. 5,1872_1876; Index des Patronymes.
Gustave Flaubert/George Sand: Eine Freundschaft in Briefen, hg. und erläutert von Alphonse Jacobs, aus dem Französischen von Annette Lallemand, Helmut Scheffel und Tobias Scheffel, München 1992.
Iwan Turgenjew: Briefe, dt. von Günter Dalitz, Irene Zimdahl und Friedrich Baadke, in: Gesammelte Werke in Einzelbänden, hg. von Klaus Dornacher, Berlin 1994.

Sand et Musset: Le roman de Venise. Composition, préface et notes de José-Luis Diaz, Arles 1999.
Sand, Delacroix: Correspondance. Éd. De Françoise Alexandre, Paris 2005.

2. Personalbibliografien

Le Vicomte de Spoelberch de Lovenjoul: George Sand. Étude bibliographique sur ses œuvres, New York 1971 (zuerst: Paris 1914).
Colin, Georges: Bibliographie des premières éditions des romans de George Sand, Bruxelles 1965.

3. Biografische Darstellungen

Album Sand. Iconographie réunie et commentée par Georges Lubin, Paris 1973.

Bloch-Dano, Evelyne: Le dernier amour de George Sand, Paris 2010.

Cate, Curtis: George Sand, London 1975.

Chalon, Jean: George Sand, une femme d'aujourd'hui, Paris 2004.

Edwards, Samuel: George Sand. A Biography of the First Modern, Liberated Woman, New York 1972.

Hamon, Bernard: George Sand et le prince Napoléon: histoire d'une amitié, 1852–1876, Vendoeures 2008.

Jordan, Ruth: George Sand. A Biographical Portrait, New York 1976.

Lauth-Sand, Aurore: Souvenirs de Nohant. In: Revue de Paris, 1. September 1916, S. 81–109.

Maurois, André: Lélia ou la vie de George Sand, Paris 1952 (dt. unter dem Titel: Dunkle Sehnsucht. Das Leben der George Sand, übersetzt von Wilhelm Maria Lüsberg, München 1953).

Schlientz, Gisela: George Sand. Leben und Werk in Texten und Bildern, Frankfurt/M. 1987.

Tricotel, Claude: Comme deux troubadours: histoire de l'amitié Flaubert – Sand, Vendoeuvres 2007.

4. Literatur zu Einzelaspekten

Baroli, Marc: La vie quotidienne en Berry au temps de George Sand, Paris 1982.

Delamaire, Mariette: George Sand et la vie littéraire dans les premières années du Second Empire, Paris 2012.

Grandemange, Christophe: Le château de Nohant: maison de George Sand, Saint-Cyr-sur-Loire 2010.

Hecquet, Michèle: Poétique de la Parabole. Les romans socialistes de George Sand 1840–1845, Paris 1992.

Hirth, Friedrich: Heinrich Heine und seine französischen Freunde, Mainz 1949.

Lubin, Georges: George Sand en Berry, Paris 1967.

Mann, Heinrich: Gustave Flaubert und George Sand, In: ders., Essays, Berlin und Weimar 1959, S. 82–127.

Rambeau, Marie-Paule: Chopin dans la vie et l'œuvre de George Sand, Paris 1985.

Tourneuer, Michelle: George Sand et Delacroix, Lille 1972.

Vermeylen, Pierre: Les idées politiques et sociales de George Sand, Bruxelles 1984.

Fräulein Berend findet einen Lehrer

Er war kein schöner Mann.

Das Fräulein Berend hatte sich den Maler Lovis Corinth anders vorgestellt. Nicht als vergeistigten Jüngling, so nicht. Sie hatte in der Galerie Cassirer sein Bild *Ohm Friedrich* gesehen, ein Porträt seines Onkels, das sie angerührt hatte. Schockiert und begeistert aber war sie von seinem *Salome*-Bild in der Secession gewesen, das in Berlin einen Skandal ausgelöst hatte. Unerhört diese Komposition aus nackten und halbnackten Leibern, in der Mitte Salome, überreich verziert mit Schmuck und Blüten, mit entblößten Brüsten sich über die Schale mit dem Haupt des Jochanaan beugend, mit gespreizten, von kostbaren Ringen vollgesteckten Fingern eines seiner gebrochenen Augen öffnend: »Erhebe deine Lider, Jochanaan! Hast du Angst vor mir, Jochanaan, dass du mich nicht ansehen willst?« Das Bild hatte eine solche Wucht und Dramatik, das konnte kein kraftloses Bürschchen gemalt haben. Das musste ein Künstler sein, der eine Provokation nicht scheute. Charlotte hatte sich den Namen des Malers gemerkt. Sie war aufgeregt und gespannt gewesen, als sie las, dass er Schüler annehme.

Wer da vor ihr an der Staffelei stand, glich einem Bauern, der im Spreewald Gurken anbaute, oder einem Droschkenkutscher, der gerade sein Pferd abgespannt und in den Stall gebracht hatte: ein Hüne von einem Mann, stiernackig mit großem Kopf, derben Gesichtszügen, sich lichtendem Kopfhaar und einem ruppigen Schnauzbart. Kein Bürschchen. Durchaus kraftvoll. Aber wirklich nicht attraktiv.

Lovis Corinth verabscheute wie alle Maler Störungen, während er arbeitete. Er hatte »Herein« gerufen, als es klopfte, ohne den Pinsel abzusetzen und den Blick von der Leinwand zu wenden. Erst als die Stille lastend wurde, drehte er sich um. Da stand nun ein Berliner Fräulein vor ihm, brav gekleidet mit

Bluse und schwarzem Faltenrock, das höflich fragte, ob vielleicht noch ein Platz in der Malschule für sie frei sei. Nein, sie stotterte nicht, war nicht verlegen. Zurückhaltend ja, aber bestimmt. In ihren Augen sah er einen Anflug von Keckheit. Corinth hatte schon wieder verdrängt, dass er im Eingang des Secessionsgebäudes einen Anschlag angeheftet hatte, auf dem er seine neugegründete *Mal-Schule für Akt und Porträt* annonciert hatte. »Malschule für Weiber« wurde solch eine Einrichtung im Kollegenkreise genannt, denn die Männer gingen ja zum Studium auf die Staatliche Kunstakademie – den Frauen war dies verwehrt. So konnten sie nur auf privaten Schulen ihr Talent ausbilden, um vielleicht eines Tages als malende Ehefrau das Heim zu verschönern, oder, wenn sich ein Ehemann nicht einstellen wollte, als schlechtbezahlte Zeichenlehrerin an eine Schule zu gehen.

Corinth dachte eher despektierlich über die malenden Weiber. Frauen mochten vielleicht eine gewisse Begabung haben, aber das Geniale, das einen wahrhaften Künstler auszeichnete, war ihrer Natur fremd. Er war nicht zynisch, er würde seine Lehrtätigkeit ernst nehmen, aber er verhehlte sich und auch seinen Kollegen nicht, dass er sein Atelier nur öffnete, weil er Geld brauchte. Sein Freund, der Maler Walter Leistikow, der ihm großzügig das schöne Atelier überlassen hatte, um ihn von München weg nach Berlin zu locken, hatte ihm geraten: »Sieh zu, dass du dir eine regelmäßige Einkommensquelle verschaffst: gründe eine Malschule und verdinge dich bei anderen Schulen als Korrektor! Das verschafft dir Freiheit für deine Malerei.«

»Haben Sie schon Zeichenunterricht gehabt?«

Charlotte wurde eilfertig: »Ja, in der Staatlichen Kunstschule in der Klosterstraße, dann an der Kunstgewerbeschule.« Sollte sie ihm erzählen, dass die Aufnahmeprüfung an der Kunstschule eine ganze Woche gedauert hatte und von mehr als achtzig Prüflingen nur zwei bestanden hatten, und sie war eine davon. Es wird ihn nicht beeindrucken, entschied sie und sagte nichts.

»Also, dann haben Sie bei Ludwig Manzel studiert?«

»Ja.«

»Dann zeigen Sie mal Ihre Mappe her«, forderte Corinth sie auf. Einen Stuhl bot er ihr nicht an. Der einzige Stuhl im Atelier war sowieso mit Malutensilien belegt.

Er blätterte in ihren Zeichnungen, verharrte bei einigen lange, andere legte er rasch zur Seite. Hielt einige gegen das Licht, schien andere erst gar nicht prüfen zu wollen.

Charlotte beruhigte sich selbst: Mach dir nichts draus. Der alte Querkopf wird dich nicht nehmen. In Ordnung, es gibt auch andere Maler in Berlin. Aber im Grunde ärgerte sie sich schon jetzt, dass Lovis Corinth mit allen Anzeichen von Widerwillen ihre Zeichnungen abhakte. Einen Augenblick lang überkam sie das Verlangen, ihm einfach die Mappe aus den Händen zu reißen und mit lautem Getöse die Ateliertür zuzuschlagen. Sie hatte manchmal solche Temperamentsausbrüche. Oft taten sie ihr später leid.

»Na schön, Fräulein Berend«, sagte der Meister schließlich. »Das ist ja alles treuherzig ungeschickt. Ich unterrichte Sie. Am besten fangen wir sofort an.«

Damit zog er eine Porträtskizze aus der Mappe, die Charlotte von ihrer fünf Jahre älteren Schwester Alice gezeichnet hatte. »Ist das Ihre Freundin?«

»Nein, das ist meine Schwester.« »Sie können sie nicht leiden.« Charlotte widersprach heftig: »Im Gegenteil. Ich liebe sie. Wie können Sie denn so etwas sagen?«

»Sie haben ihr den langweiligsten Gesichtsausdruck der Welt verpasst. Und woran liegt es? An den Augen. Es reicht eben nicht, zwei Streifen Wimpern und zwei Pupillen mit etwas Weiß drumherum zu zeichnen. Schauen Sie mir in die Augen. Na, nun trauen Sie sich schon. Was sehen Sie? Erst einmal: Nie sind beide Augen gleich, nie. Das müssen Sie zeichnen. Dadurch bekommt jedes Gesicht Charakter. Dann: Wie kommt ein Ausdruck zustande, der etwas anderes signalisiert als Langeweile? Ich schaue Sie jetzt neugierig an. Was verändert sich an meinem Blick? Richtig, die Augenlider schieben sich weiter nach oben. Die Pupillen treten stärker hervor, das Weiß bekommt mehr Kontur. Sehen Sie das?

Und jetzt zeichnen Sie eine Studie: nur Blicke, nur Augen. Hier haben Sie einen Block und Stifte. Auch Rötel, wenn Ihnen das lieber ist.«

Charlotte atmete tief durch. Was sich hier abspielte, war völlig anders als bei Professor Schäfer oder Professor Manzel, die vor allem gelehrte Vorträge gehalten hatten.

»Da in der Ecke steht ein Spiegel. Schauen Sie sich nur recht lange an!«

Charlotte sah sich im Spiegel an, riss die Augen weit auf, senkte sie zur Hälfte, schielte nach rechts, nach links, ließ die Lider fallen, dass sie nur noch wie durch einen Vorhang einen winzigen Spalt ihrer Augen im Spiegel sah, blinzelte. Dann griff sie zum Bleistift.

Erst nach einer Stunde schaute ihr Corinth über die Schulter.

»Na, das bottert ja ganz fein«, sagte er. Seine Augen lachten über ihren verwunderten Blick. »Na, Fräulein Berend, plattdeutsch können Sie wohl auch nicht? Bottern heißt: Jetzt flutscht es. Oder in der Sprache der wohlerzogenen Töchter: Jetzt ist es gut! Ziemlich gut, wenigstens.

Also, nächsten Dienstag um 9 Uhr, dann ist allgemeiner Unterricht. Und ziehen Sie sich um Gotteswillen etwas anderes an! Diese schwarzen Sachen, die Sie da tragen, sind einfach schrecklich. Und dann noch schwarze Strümpfe.«

Charlotte schluckte: »Ich bin in Trauer, Herr Corinth. Mein Vater ist gestorben.«

– Leseprobe –

»Der kann sich allen Ernstes niemals gewünscht haben, dass Sie wie eine Nachteule herumlaufen. Also bei der nächsten Sitzung bitte ich mir bunte Farben aus. Oder wenigstens weiß. So kann ich nicht arbeiten.«

Charlotte verließ Corinths Atelier im dritten Stock und wendelte sich die Treppe hinunter. Soll ich da noch einmal hingehen, dachte sie, als sie den Weg zur Elektrischen einschlug, die am Tiergarten Richtung Halensee, wo sie mit Mutter und Schwester wohnte, abfuhr. Zu diesem komischen Kauz? Aber war nicht das Porträt ihrer Schwester tatsächlich viel besser geworden, nachdem sie Alice neue Augen verpasst hatte? Vielleicht konnte sie bei diesem Maler doch noch etwas lernen.

Auch Corinth sann seiner ersten Schülerin nach. Hatte er nicht einem Freund vor einigen Wochen geschrieben, dass eine Malschule Überraschungen bereithalten könne. Allerdings hatte er dabei eher an unerfreuliche Erlebnisse gedacht. *»Wer weiß, was das Schicksal hier bringen wird. Montag über 8 Tage will ich die Schule eröffnen. Da erlebt man auch Dinge bei Vorführung von »hochtalentvollen« Wesen, die einem sonst erspart bleiben…*

Das Malweib

Corinth war 44 Jahre alt, als er seine Malschule eröffnete.

Er malte seit Jahrzehnten und verkaufte jedes Bild leichten Herzens, wenn sich nur ein Käufer fand. Aber es fanden sich zu wenig Interessenten. Auch wenn mit der Gründung der Secession in Berlin der Kunstmarkt in Bewegung geraten war und nicht mehr ausschließlich die *saucige Historienmalerei* dominierte, wie der Kunstkritiker Julius Meier-Graefe die akademische Kunst der Wilhelminischen Zeit nannte, tat sich die moderne Malerei schwer, bürgerliche Käufer anzusprechen. In Berlin mochte man risikofreudiger sein als in München, aber aufs Geld schaute man auch. Bilder der französischen Impressionisten, die auf Betreiben Max Liebermanns erstmals in Berlin gezeigt wurden, fanden nur sehr verhaltene Resonanz. Und eine Ausstellung mit Werken Edvard Munchs musste 1892 wegen »unsittlichen Inhalts und künstlerischer Fragwürdigkeit« geschlossen werden.

Charlotte war Corinths erste Schülerin, aber schnell tauchten andere »Malweiber« auf: Lilli Waldenburg und Lisa Winchenbach, ein Fräulein von Ubich und sogar eine Amerikanerin, Frau Dr. Rahel Lippmann. Und eine Woche darauf kamen weitere Fräuleins: die beiden Fräulein Lehfeld, Helene Wolff, Emmi Ostermann. Charlotte war nicht mehr die einzige. Und wurde doch – je länger, je mehr – des Lehrers einzige.

Nach dem Ende des Unterrichts verstand es Corinth, Charlotte unter einem Vorwand länger im Atelier zu halten. Er müsse ihr noch etwas zeigen. Ob sie noch Zeit habe, die Zeichnungen zu ordnen? Die Fragen waren genauso fadenscheinig, wie sie klangen. Lovis Corinth hatte sich in die aparte Charlotte

Berend verliebt. Aber es fehlte ihm jede Raffinesse, das begehrte Fräulein zu umwerben. *Sehr geehrtes Fräulein Berend, Ich bin seit vorgestern wieder hiesig,* schreibt er reichlich unbeholfen in einem ersten Brief, nachdem er von einer Reise nach Paris zurückgekehrt ist. *Nach Verabredung teile ich Ihnen das mit, falls Sie noch dieselbe Gesinnung betreff der Portraitmalerei haben. Ich würde mich freuen, wenn Sie mal zu mir ran kommen, so es Ihre kostbare Zeit erlaubt, Vielleicht Montag zwischen 11 u. 12 oder andern Vormittag. Schreiben Sie mir, wie es Ihnen am besten paßt. Besten Gruß Ihr Herr Lehrer Lovis Corinth*

Das Fräulein Berend, gerade 22 Jahre alt, hatte Zeit. Und bald aß das ungleiche Paar im Atelier zu Mittag Kaviar, den Lovis in großen Mengen herbeischleppte, sprach über Kunst und Künstler, über Maltechniken, über Geschichte und Politik. Das Fräulein war gebildet.

Am Schluss des Semesters im Juni 1902 fragte er: »Fräulein Berend, ich würde gerne Ihr Porträt malen. Was meinen Sie dazu?« So kam es zum ersten der über achtzig Porträts, die Corinth von Charlotte malte: *Charlotte Berend im weißen Kleid.* Ihr Gesicht ist füllig, eingefasst von üppigem dunklen Haar, ihr Leib über der dunklen tiefsitzenden Schärpe leicht gerundet, die Brust ausgearbeitet. Corinth malt sie wie eine römische Vestalin, so wie sie Livius beschrieben hat: *verehrungswürdig und unantastbar.* Charlotte aber trägt keine Schale mit Feuer, sondern einen blühenden Zweig in ihrer linken Hand, über den rechten Arm fällt eine Stola. Ihr Kopf ist zur Seite geneigt, sie blickt auf den Zweig, der vielerlei Bedeutung tragen kann: Frühling ihres gerade erblühten Lebens, Verheißung von nahender Fülle und Frucht.

Corinth hat ein Porträt von ihr gemalt, das möglichst große Ähnlichkeit aufweisen soll, darüber hinaus hat er sie inszeniert als eine Inkarnation der Schönheit, wie sie nur in der Malerei darstellbar ist. Er hat seine Schülerin Charlotte Berend mit liebendem Auge betrachtet, vielleicht schon mit dem Begehren, sie möge seine Geliebte werden.

Der Meister signierte es mit *Der Herr Lehrer für Frl Charlotte Berend* und schenkte es ihr.

Ein Kind entdeckt das Malen

»Ach, das Kind kann ja malen«, rief Ida aus, die mit Martin zu Besuch in die Burggrafenstraße gekommen war. Martin, der eigentlich Mosche hieß, sich aber umbenannt hatte, um nicht auf den ersten Atemzug als Jude identifiziert zu werden, war Ernst Berends Bruder. Er leitete in London die Geschäfte der Firma Berend, so wie Ernst, Charlottes Vater, die Obliegenheiten in Berlin. Ida, Martins Frau, setzte sich spontan zu ihrer angeheirateten Nichte auf den Teppich, ihr Rock schob sich über die Knie, was Hedwig, Charlottes Mutter, missbilligend registrierte.

»Die Lotte hat Talent«, rief Ida. Sie neigte zu enthusiastischen Auslassungen, wenn ihr etwas gefiel. »Wisst Ihr, dass Euch da eine kleine Künstlerin heranwächst?« Niemand hörte Ida zu. Hedwig war in der Küche verschwunden, Ernst und Martin, beide Liebhaber von edlen Getränken, hatten sich in den Weinkeller verzogen, um einen Burgunder für den Abend auszuwählen. Alice, die ältere Tochter, saß in einem Sessel und war schon in das neue Buch versunken, das ihr Ida mitgebracht hatte.

Seit Charlotte vier Jahre alt war, lief sie mit Zeichen- und Buntstiften durch die Welt. Wenn sie zum Geburtstag eine Puppe geschenkt bekam, lag diese am Abend in der Ecke und wurde nicht wieder angesehen. Die Eltern versuchten es mit Alben, in die man Abziehbilder kleben konnte, mit Puppenstuben und Kaufmannsladen, mit illustrierten Kinderbüchern. Charlotte nahm die Bücher, malte in den Bildern herum, verzierte die Buchstaben mit Arabesken.

»Woher hat sie denn diese künstlerische Ader?«, fragte Ida beim Abendessen, das wie immer, wenn die »Londoner« zu Besuch waren, mit allem Pomp zelebriert wurde. Da kamen die schweren Damasttischtücher auf den Tisch, die böhmischen

Kristallgläser, das feine Porzellan aus Meißen, da gab es Rinderlende und Lachs, von den Beilagen und den Getränken ganz zu schweigen. Ida trug eine knallrote Jacke über einem dekolletierten schwarzen Kleid. Ihre lockigen Haare waren kurz geschnitten und nicht wie Hedwigs streng aus dem Gesicht gekämmt und zu einem Dutt hochgesteckt.

Ernst betrachtete wie immer seine Schwägerin mit Wohlgefallen. Diese Frau wusste sich zu kleiden, sie war lebhaft, charmant, konnte kokett ihre Vorzüge zum Leuchten bringen. Den Kontrast zu seiner Frau empfand er schmerzlich. Sie konnte sich nicht anziehen, schlimmer: Sie wollte es nicht. Wie oft hatte er von seinen Geschäftsreisen aus Paris und der Schweiz schöne Stoffe mitgebracht, Brokat und handgeklöppelte Spitze, Seide und Taft: Das alles verschwand in den großen Truhen im Wirtschaftszimmer. Wenn Hedwig sich fein machen wollte, zog sie das immer gleiche graue Kleid mit einem weißen Bubikrägelchen an. Sie beteiligte sich nicht an dem Gespräch, sondern kontrollierte kritisch, ob das hereingetragene Gemüse warm, das Fleisch gleichmäßig aufgeschnitten und in Soße eingerahmt war, die Fruchtkörbe voll, aber nicht üppig aussahen. Ida, unbeeindruckt von aller haushälterischen Anspannung, plapperte munter weiter: »Na, von euch hat Charlotte das Talent ja wohl nicht. Aber ihr müsst sie fördern. Und wie in der Musik kann man damit gar nicht früh genug anfangen. Sucht ihr doch einen guten Zeichenlehrer!«

Dieser Vorschlag empörte Hedwig so sehr, dass sie nun doch den Mund aufmachte: »Ich glaube, Ida, du spinnst. Das hieße ja wohl das Geld zum Fenster hinauswerfen. Einen Zeichenlehrer für eine Vierjährige! Ich bitte dich!« Ernst stand seiner Frau nicht bei. Er war mit Martin in ein Gespräch über die nachlassende Qualität der ägyptischen Baumwolle vertieft. Aber mit halbem Ohr hatte er die Auseinandersetzung der beiden Frauen doch mitbekommen.

Am nächsten Tag bestellte er keinen Zeichenlehrer – das hätte auch er für exaltiert gehalten – aber er brachte Charlotte ein kleines Zeichenbrett und ihren ersten Aquarellfarbkasten mit. Natürlich genoss er es, dass Charlotte jubelte, er genoss nicht weniger, dass sich Hedwig ärgerte. »Natürlich, wenn Ida etwas sagt, ist das gleich ein Evangelium. Charlotte – eine Künstlerin? Mit vier Jahren? Einfach absurd. Und hast du diese rote Jacke, gesehen? Eine anständige Frau trägt so etwas nicht.«

»In Paris und London tragen alle Frauen rote Jacken. Ich würde dir auch eine kaufen.« Ernst Berend lachte, weil er wusste, dass er niemals nach einer solchen Jacke Ausschau halten musste. Wenn Hedwig nur nicht immer ihre Kritik unverblümt und manchmal verletzend ausposaunen müsste. Denn natürlich hatte sie Ida am Ende des Abends gesagt: »Hier in Berlin gehen wir aber nicht mit dir aus, wenn du solch ein knalliges Rot trägst. Das wählen hier nur bestimmte Damen, na, du weißt schon.« Einen Augenblick schien es, als sei Ida ernsthaft eingeschnappt. Aber dann hatte sie gelacht: »Hedwig, Rot ist die Farbe der Lebensfreude. Und gerade daran scheint es dir zu fehlen.«

In den nächsten Tagen wich Charlotte nicht von Idas Seite. Sie malte ein Blatt nach dem anderen voll und schenkte es der Tante, die sich so anders als ihre Eltern über ihre Geschenke freute. Ida übte auch richtig mit ihr, zeigte ihr, wie man ein Blatt mit Wasser bepinseln muss, um dann Aquarellfarben aufzutragen, die zu schönen Mustern verlaufen, zeigte ihr, wie man ein Haus richtig zeichnete, sodass die Linien eines Daches zu einem Perspektivpunkt hin verlaufen, wie man einen Baum aufbaut, erst den Stamm, dann die Äste, dann die Zweige mit Blättern. Als Ida und Martin Berend abreisten, heulte Charlotte Rotz und Wasser. Der kostbaren Babypuppe, die Ida Charlotte mitgebracht hatte, wurden ein paar Tropfen Wasser unter die echten Wimpern geträufelt, damit auch sie echte Tränen vergoss.

»Das haben wir nun davon«, sagte Hedwig zu ihrem Mann.

Charlottes früh entwickeltes Talent für das Gestalten mit Stift und Farbe wurde auch in späteren Jahren als Kinderei angesehen. Eine nette Spielerei. Das wächst sich aus. Im Wohnzimmer der Familie wurde keine Kindermalerei an die Wand gehängt, sondern Gobelinstickereien, schwere Ölgemälde mit Landschaftsmotiven oder die beliebten kolorierten Stiche von Hunden und Pferden, die Martin aus England mitbrachte, wenn man ihn darum bat.

Hedwig und Ernst Berend hatten keine künstlerischen Neigungen. Sie nahmen auch nur sehr begrenzt am kulturellen Leben der Stadt teil. Ab und an ging man ins Lessingtheater, das vorwiegend leichte Komödien gab, die Premiere von Gerhart Hauptmanns *Vor Sonnenaufgang* im Jahr 1889 war da eine Ausnahme. Ernst Berend gab die Theaterbesuche bald wieder auf, die Boulevardkomödien gefielen ihm nicht, er verabscheute alles »Süßliche«. Und mit ernsten Stücken wollte er sich nicht auseinandersetzen.

Hedwig liebte Operetten, und über dieses »Gesumse« konnte Ernst nur Hohn und Spott ausgießen. Um sie zu ärgern, sang er manchmal dröhnend im Badezimmer: »Ich lade gern mir Gäste ein. Man lebt bei mir recht fein« aus der *Fledermaus*. Hedwig hielt ihm ja oft genug vor, dass er immerzu Freunde einladen und reichlich bewirten müsse, weil er die Abende nicht alleine – alleine mit ihr – verbringen könne. Für Ironie hatte Hedwig keinen Sinn.

Sie nutzte eine Geschäftsreise Ernsts nach London, um mit ihrer Schwester Elise, deren Sohn Erwin und ihren Töchtern Alice und Charlotte in ein Kabarett zu gehen. Charlotte war begeistert, die Handlung blieb ihr nebulös, aber die Musik war wunderbar, vor allem als eine Art *Galop infernal* begann, riss es sie vom Sitz. *Da begann die Musik. Es schien ein Marsch. Denn als mitten in der Musik der Vorhang hochging, stand eine lange Reihe junger Damen da und turnte nach den Klängen dieser flotten Musik. Sie hoben alle gleichzeitig ein Bein ganz hoch und winkten dann über ihren Köpfen mit dem Fuß. Sowas ist verflucht schwer. […] Natürlich sah man die Hosen von den Damen. […] Außerdem – ich mußte das zugeben –, diese Hosen waren derart niedlich, wie ich noch nie welche gesehen hatte. Zufällig hatten alle die jungen Damen ganz gleiche Hosen an. Mit viel Spitzen – wirklich sehr niedlich. Und alle trugen dieselben schwarzseidenen Kleider … Plötzlich hoben alle ein Bein hoch und winkten Abschied – winke winke – mit dem Fuß. Dabei sah man freilich die kleinen Hosen. Da saß ein Herr neben mir, der klatschte in die Hände, daß es knallte. Alle Leute klatschten. Ich auch, so doll ich konnte.*